長い一日

滝口悠生

KODANSHA

長い一日

目次

装画＝松井一平
装幀＝佐々木暁

長い一日

二〇一七年八月一六日（一）

八月のお盆明けの、水曜日のこと。

いつも通り先に起きて、ベランダの鉢の水やり、花の水の取り替え、食器を洗ったり、昨日の夜夫婦で出しっぱなしにした新聞や本や郵便物などを片づけたりする。物音や足音で寝ている妻を起こさないように、と思うが、どうせもうそろそろ起きなくてはいけない時間だし、この家は古い木造で、いくら慎重に足を運んでも床はきしむし、物音もよく響いた。それに、たぶんちょっとぐらいの物音で妻は起きない。

洗濯機をまわして、朝ごはんをつくりはじめようかと思ったけれども、ちょっとひと息、と座布団に座って朝刊を読んでいたら、網戸越しに階下の話し声が耳に入ってきた。話し声とともに、ベランダの下の庭から聞こえる物音は、実はもっと早くから聞こえていたはずなのだけれど、この時になってようやく、今日はあの日だ、と思った。

結構大きな音なのに、なかなか意識にのぼってこないのは、毎日下の庭から聞こえてくる音に、もう慣れてしまったからだ。

一階には大家のおじさんとおばさんが住んでいて、おじさんはむかし今よりも敷地の広かったここで鉄工所を営んでいた。工場をたたんだ時に余分の土地は宅地として売ってしまい、自宅の分の土地だけ残してそこに二階建ての家を建てた。

大家さん夫婦には子どもがふたりいて、やがて息子さんが結婚して家庭を持つと、家を二世帯住宅に改築して、一階におじさんとおばさんが、一階と玄関を分けた二、三階部分に息子家族が住むことになった。

何年か後に息子家族が別のところへ引っ越すことになって、そのへんの事情も前に一階にお邪魔した時におばさんから聞いたのだが、それはここには書かない。ともかくそれから上階を貸しに出して、三組めの店子《たなこ》だという私たち夫婦がここに住んでもう七年になる。私たちが越してきたのは二〇一〇年の一月だった。その時はまだ結婚していなかった。

おじさんは工場をたたみはしたが、その後も庭で鉄鋼製品を解体する仕事を続け、九十一歳になった今も、ほぼ毎日庭でひとり作業をしていた。何をどうしているのか詳しくは知らないが、金槌で一斗缶を引っぱたいているような音が、一階の庭から上階の私たちの部屋に、というか、近所じゅうに響きわたる。庭と言っても地面はセメントで埋められて庭木も草もなく、道路との間には高いブロック塀が設けられている。ベランダから下をのぞくと隅に積み上げられた大小の鉄鋼材が見えるそこは、ほとんどおじさんの作業場と言うべき場所だった。

早朝からはじまるその音に引っ越し当初は閉口したが、七年も住めば慣れてしまう。近所の人たちもこの古い地主の立てる騒音にきっともう慣れている。私も妻も、階下でおじさんがかんかん鉄板を叩いていても、平気で寝ていられるくらいになったし、私が日中家で仕事をしている時も全然気にならない。

今日の音は、いつもと少し違って、金物の音はするけれどおじさんが作業をしている音はせず、代わりに他の人の話し声がした。だいたい月に一度か二度、おじさんが毎日の作業で庭にためた鉄くずを、トラックに乗った二人組みの業者が回収しにくる日があって、どうやら今日がその日だった。

回収の日は、ふだんおじさんが乗っているのとは違うエンジン音のトラックが家の前に停まり、庭から鉄くずを満杯に詰めた袋がいくつも運び出される。そしてどんどんトラックの荷台に積み上げられていく。二人組みは、五十代くらいのおじさんと、その息子に見えなくもないが違うかもしれない三十代くらいの男の人で、大家のおじさんおばさんと冗談を言って笑いあったりする声なども聞こえる。その声や物音で、今日はあの日だ、と月に一度か二度ある回収の日を、私はいつの間にか聞き分けるようになっていた。

回収の日だからと言って、上階の私たちには何の関係もない。二人組みは顔を合わせると作業中も快活に挨拶をしてくれたけれど、わざわざ外に出て挨拶しに行くようなこともない。だから私は朝刊を読み続けながらただその音を聞いていたのだけれど、今日はそこにはちょっといやな予感みたいなものがあった。

私は、もしかしたらおじさんはもう仕事を引退するのかもしれない、とここ何日か思っていた。

それはそんなにはっきりした推測ではなくて、だから、思っていた、というのもあまり正確ではなくて、どうも最近階下の物音がしない日が多く、これまではほぼ毎日家の前に停めて何か積んだり降ろしたりしていたおじさんのトラックのエンジン音もほとんど聞こえなくなっていたことに、心のどこかで違和感をおぼえていたくらいのもので、それが今朝、回収の音を聞いていたら、もしや、という予感に変わった。

生活のなかの悪い予感、そして悪い出来事というのは、だいたいいつもそんなふうにして訪れるものだ。と、そういう局面になってから気づくものだ。

長い距離の運転こそしないものの、おじさんは日頃二トントラックに乗っていた。すぐ近所の駐車場から荷を積んだトラックを家の前に移動させてきて、作業が終わるとまた駐車場に戻す。高齢者の免許返納を促す向きが年々強まるなか、おじさん自身も、もう今年は免許の更新はしないから、と繰り返し口にしていた。そして、そしたらもう仕事もおしまいにしなきゃ、と寂しそうに必ず言い添えた。けれどもしばらく経って外でおばさんに会うと、おじいさんったらいつの間にか免許更新してきちゃったんですよ、と呆れたように、けれど少々嬉しそうに話すのを聞かされる、ということがもう何年も繰り返されていた。私も妻も、呆れたように、そして少々嬉しい気持ちで何度もそれを聞いた。

近所の駐車場と自宅の往復だけだからと言いつつ、時々はトラックでおばさんを病院まで送迎したり、買い物に出かけたりしているらしいのも知っていたから、万一何かあったら、と思わずにはいられないが、店子に過ぎない私たちがおじさんに無理に免許返納を説得する分もない。

駅までは徒歩十分、バス停も五分ほどであるし、スーパーも駅のそばにあるし、頼めば宅配などもしてくれる。車がなくても決定的に生活に困るわけではない。それよりも九十を過ぎるまで続けた仕事をやめてしまったら、おじさんが急に老け込んでしまうのではないかという方が心配で、私には全然持ち上げられない鉄くずの入ったずた袋を軽々持ち上げて運ぶおじさんの壮健さは、仕事によって維持されているところが大きいに違いなく、しかしそのためにはトラックの運転が必須、というのが悩ましいところだった。

それで私は新聞をおいて外に出て、階段を降りていってみた。庭と表口との間を行き来する二人組みはいつものように明るく挨拶をしてくれたけれど、トラックの前に立っていたおじさんに、おはようございます、と言うと、黙って会釈をしてからたっぷり間を開けて、もうおしまい、とおじさんは言った。

私は、ああやっぱり、と思った。上体がふっと緩んで、そんな他人事にずいぶん体を強張らせていたことに気づいた。おじさんは引退するのだ。


おじさんが毎日庭の作業場で叩いていたものは様々で、時々見かけるのとおじさんに聞いた話では、鉄や鋼が含まれていればなんでも持ってくるよ、とのことだった。

鉄鋼品の回収はおそらく何層かの下請けがあって、窓口となる廃品業者が直接か間接かわからないけれども鉄鋼を含む廃品を工場や店舗などから引き取り、それをおじさんのような解体業者のところに持ってくる。そこで廃品が分解、分別され、それをあの二人組みのような回収業者が引き取って廃棄やリサイクルなどに回すのではないか。大きな業者がやりたがらないような小口の解体は引き受け先がなく、だからこんな場所でこんな年までやってても仕事があるんだよ、全然儲かんないよ、という話をこれまでに何度もおじさんから聞いたが、全然その方に詳しくない私は、なるほど、と聞くたびに興味深かった。はじめは失礼ながら、半ば趣味と健康のために仕事を続けているのかと思っていたが、階下の庭は案外と、小回りが利いて安価で頼める鉄鋼産廃の貴重な中間業として機能しているのかもしれなかった。俺がやめたら困るって言うからやめられないんだよ、とこれも何度もおじさんの口から聞いたことがあった。

料理店のものと思われる巨大な調理台とか、工場の機械や農具みたいなもの、小さな部品類など、日によっていろんなものがおじさんの家の庭で解体されたが、なかでもいちばん多かったのは床屋の前に立っているサインポール、あの赤と青のぐるぐるで、おじさんのトラックの荷台にはたいていいつも形や大きさの違うぐるぐるが、二つ三つ横たわっていた。

ぐるぐるまわる部分は鉄ではなく、大抵はプラスチックみたいな素材だが、その土台となる部分や回転させる装置の部分がなるほど鉄鋼や金属で、おじさんはあちこちから集まってくるいろんなぐるぐるをひとつずつ庭に運び入れ、ぐるぐるの部分を壊して土台と切り離し、土台の部分の部品を外し、溶接された箇所を叩き割ったりして、材質ごとに分別しながら分解していく。

私はその作業を見ていたわけではないけれど、思えば毎日毎日聞こえた音には軽い音、重い音、細かな音、荒々しい音といろいろな響きがあった。その音の出所には、様々な材質の違い、部品の大小や、接合方法の違いなどがあったのだ。

それにしても、古くなって処分される床屋のぐるぐるというのは、こんなにたくさんあるのか、と思わずにはいられなかった。毎日のようにおじさんがぐるぐるを解体しているのだ。一日一本としたら年間で三六五本！　私たちがここに住んでからの七年で、約二五〇〇本！

あのぐるぐるが置いてあるような古い床屋なんてもうだいぶ少なくなっているのだし、おじさんのところにやってくるぐるぐるがどこからやってくるものか知らないが、そんなにひっきりなしに交換するものでもないだろうから、もしかしたら東京からだけではないかもしれない。関東近郊、もしかしたら日本中のぐるぐるがおじさんのもとに運ばれてくるのだろうか。あのぐるぐるはなんなんだろうか。

世間はお盆休みだったが夫婦ともに個人事業主の私たちには関係なくて、お盆期間中も妻は自分の事務所で、私は家で仕事をしていた。前日もいつも通り遅くに帰ってきた妻は、この日も遅くに起き出して仕事に出かけた。

駅まで自転車で行く妻を見送りがてら、近くの中学校の前まで一緒に歩いて行くと、中学校の向かいの角に古い床屋が一軒あって、そこには街灯のような吊り下げ型の小さなぐるぐるが、角地だからか敷地の面するふたつの道路の側それぞれに設置されていた。

床屋が少なくなったなんていうのは、こういう昔ながらの床屋に行かない人の勝手な思い込みに過ぎないのかもしれない。この床屋だって毎日のように見ているのに、おじさんの作業の音と同じように、見慣れて気に留めなくなってしまう。

お盆休み明けなのか、お盆中も開いていたのかわからないが、この日は営業中を示す赤白青のぐるぐるは二基とも元気に回転していた。

あらためてその構えを眺めると、こぢんまりした店舗のうしろには古いが結構大きな家があって、そこに暮らしながら床屋を経営しているのだろう。小さな庭があり、よく手入れをされて元気な植木と、桜の木が一本生えている。水色の上っ張りを着た店主らしい年配のおじさんが、お客さんがいない時にはよくその桜の木の下で煙草を吸っていた。向かいの中学校の敷地にも二本、桜の木があって、道を挟んで広がった枝に、夏なら緑の葉が、春なら花が満開になって、おじさんがその下で煙草を吸う。

床屋から斜め向かいにあたる角には医院があった。内科・小児科という看板が掲げてある。一度もかかったことはないが、以前私だったか妻だったか、熱が出たか腹が痛くなったかした時に行きかけたことがあり、しかし様子を見に医院の前に行ってみたら休診で、手書きのきれいな字で、院長先生がなくなった、と張り紙がしてあった。こちらも小さな前庭の緑はよく手入れされていて、桜はないが椿の木が一本ある。けれども病院の庭に椿というのは不吉だろうか。子規の歌を思い出す。椿ではなかったかもしれない。私は花の名前は詳しくなくて、すぐ間違える。でも椿はそんなに不吉だろうか。妻は椿の花が好きだ。

今は息子先生があとを継ぎ、見た感じはこれまでと変わらず患者をとっている。たまに見る限りの印象だけれど、通院するのは年配の患者さんが多かった。きれいな前栽までの石段に難儀している様子も見かけるが、その姿はかえって患者さんたちの医院に対する信頼を私に印象づけた。

私の家の大家のおじさんが、その床屋や医院にかかっているのかは知らないが、どちらも古くからあるのだろうから、おじさんがまだ鉄工所をやっていた頃のことを店主や院長が知っていたり、その頃のことを知っている客や患者がそこに通っているかもしれない。

このあたりには今では新しい住宅も多く、豪邸と言っていい大きな家も多いけれど、むかしはこのあたりは畑ばかりだった。今もところどころに結構広い畑が残っている。大家のおじさんとおばさんのように、昔から住んでいるお年寄りと古い家もまだ多い。そういう人に聞けば、あるいは階下のおじさんおばさんによく話を聞けば、ここまで書いたようなおじさんの仕事やこの近隣の来歴も、私の認識とは全然違っているかもしれない。私が聞き違えたり、勘違いしたりしていたこともあるかもしれないし、それを正すおじさんやお年寄りたちの記憶にも、誤認や記憶違いが混ざっているかもしれない。

考えてみれば、七年以上も今の家に住んでいるということは、住みはじめた頃は、おじさんもおばさんも今より七歳若かったわけで、ふたりの八十代のほとんどの間、その階上には私たち夫婦がいたということになるのだった。もちろんそれは逆のことも言えて、私たち夫婦の二十代後半から三十代前半の間、階下にはおじさんとおばさんがいた。

妻と一緒に歩きながらそんな話をしたのだが、この日妻が起きる前に私がひとりで気づいて知ったおじさんの引退について私はまだ妻に報告してはおらず、自転車にまたがって出発しようとする妻が、そろそろ引っ越ししたいなあ、とやけに気安く言ったので、私は動揺してしまった。

二〇一七年八月一六日（二）

それでその日は昼過ぎに家を出て、東京駅にあるステーションギャラリーに不染鉄《ふせんてつ》の展覧会を観に行った。

不染鉄という人は知らなかったのだけれど、少し前に青山七恵さんに会った時にこの展覧会を教えてもらった。なんとなく滝口さんぽい感じがしました、と青山さんが言ったので、じゃあ観に行ってみます、と私は応えた。

午前中は薄曇りだったが、昼過ぎから雨が降ってきた。世間はお盆休み明け。展覧会場はそんなに混んでいなかった。

日本画家である不染鉄は、一八九一年に東京の小石川で住職の父のもとに生まれた。不染という姓は本名で、下の名前は哲治《てつじ》。のちに哲爾と改名している。展覧会には「没後40年

幻の画家　不染鉄」というタイトルがついていた。なくなったのは一九七六年。長生きをした人で、没年は八十四歳だった。

今朝、仕事を引退することを教えてくれた大家のおじさんの顔と声が消えずに残っていて、家を出る時も、電車に乗っている時も、展覧会場で絵を観ている時も、どこかでそのことをずっと気にしている。気にしたところでどうなるものではなく、おじさんが仕事をやめても上階に住んでいる私や妻の生活が何か変わるわけではたぶんない。庭で鉄を叩く音がしなくなるから、きっとこれまでより朝や昼間は静かになるけれど、私はそれが嬉しいと思うのではなくて、どちらかというと寂しい。物音がしなくなって静かなことが寂しいというより、もう九十一歳のおじさんが、長年続けてきた鉄くず解体の仕事をやめるということは、六十歳とかで会社を退職する人の引退とは意味が違って、きっともうおじさんは仕事に復帰することもこれから新たに別の仕事をすることもないだろう。それを思うと私はおじさんの人生のことを考えずにはいられないというか、常日頃家の前でおじさんと会って挨拶を交わしたりするたびに自分がおじさんの人生について考えていたのだということに今さら気づいた。私は、やっぱりどこかで今のおじさんの人生と生活が何も変わらずにそのままずっと続けばいいと思っていたのだと思うから、何かが変わってしまうことは全然望ましいことではなかった。おじさんは同じ気持ちなのだろうか。それともどんな気持ちなのだろうか。私とおじさんの生きた時間には五十年以上の差がある。のん気なものだ。

世田谷の今の家に住んで七年半になるわけだけれど、もともと妻が世田谷でひとり暮らしをしていて、一緒に住みはじめることにした時も、妻の元の家からあまり離れていない場所で家を探した。だから私は何の理由もなく世田谷に住みはじめた。私は西武池袋線の沿線で育ったから、それまで世田谷にはほとんど来たことがなかった。西武沿線と世田谷区というのは、位置的にも交通網的にも、放っておくと永遠につながらない関係にある。西武線の沿線から世田谷に行くには、池袋や新宿や渋谷を経由しなくてはならず、そこを経てなおその先まで行かなくてはならない用事が世田谷にはなかなか生じない。でも下北沢にはよく行ったかも、と思い、下北沢も世田谷なのだったけれど、下北沢は世田谷というより下北沢として独立した街のように昔も今も思えていて、何年も世田谷に住んでいながらなお下北沢と世田谷を一緒に考えられていない。ともかく西武沿線と世田谷は地理的にも心理的にも疎遠であるというのが二十年以上西武沿線で暮らし、その後七年世田谷に暮らした私の実感で、東京でも練馬とか池袋、新宿とかのあたりまでは馴染みがあって、池袋も高田馬場も新宿も、自分の住んでいた埼玉の延長と感じる。池袋、新宿あたりから西武線の延びる埼玉南西部までが一括りの同じエリアになるのが西武沿線の人間の感覚だ。浦和や大宮などＪＲ沿線の埼玉をどう考えるかはいまは措《お》く。

対して、世田谷や目黒を擁する東急と東急沿線の人たちが、代官山や中目黒、二子玉川といった街の洗練されたパブリックイメージを前面に押し出して洗練された印象を醸し出そうとするのを、西武沿線の人間は、ついでに渋谷区港区あたりも一緒くたにしてどこかで鼻につく上流気取りと見なし、反感を示そうとするのだ。

と、自分で書いていてもつい強い語調になることに驚く。こういった相容れなさはふだんは微細で曖昧な意識に過ぎなくても、言語化すると不要に過激になりがちなのが、言葉と人間の関係上にある根深い問題だと最近よく思い、それについて考えている。

ともあれ、これも変な言い方だけれどむしろそういう相容れなさを感じる土地こそが私にとって東京という感じがしていた。だから私は七年前に世田谷に住みはじめた時、ああ本当に自分は東京に住んでいるのだなという感じがしたものだった。東京の他の街に住んだことがないから、どこに住んでもそう感じたのかもしれないし、比較のしようはないのだけれど、やっぱり練馬とか池袋とかに住んでいたら、そこまでの感慨はなかったのではないかと思う。七年も住めば愛着はわくし、愛着というのは何よりも前に立つもので、私は今は世田谷も本当に好きだった。

大家のおじさんとおばさんはもともと世田谷の人だった。それこそまだ世田谷が畑ばかりだった頃のことも知っていて、昔はこのへんは田舎だったんだよ、あの通り沿いにはヤクザが住んでいて、でも親切で近所の人には慕われているいい人だったよ、というような話を聞かせてくれた。それでもおじさんたちは、私たち夫婦に対しても、近隣の住民に対しても、必要以上に距離を詰めず、どこか冷ややかと言ってもいいような関係性を保つところに、東京の人らしい上品さを私は感じてきた。もちろんそれは地域性などとは関係ない、単なるおじさんおばさんの個性なのかもしれないが、私はそこにほんのわずかの物足りなさというか、寂しさを感じることがないでもなかったのかもしれない。もっと頼ったり、近づいてきてくれてもいいのに、というふうに。しかし玄関は別々でも、同じ屋根の下に長年住まわせてもらって、人間関係についてのストレスが一切生じなかったのは、おじさんとおばさんが持つ東京の人のスマートさゆえだったのかもしれない、ということもあらためて考えると思うのだった。

言いたいことはそんなことではなく、そんなスマートさを備えたおじさんが、今朝、もう仕事はおしまい、と私に引退することを明かした時の、寂しさを少しも隠さない、まるで子どもみたいな口ぶりだった。それが午後になっても私の頭に残っていた。あるいは、思えば、それは今朝だけではなく、私が郵便物などを取りに下に降りていって、家の前で仕事をしたり掃除をしたりしているおじさんに挨拶すると、まだ新しい本は出ないの、と毎回訊かれる。それで、まだですよ、とか、できたら持っていきますね、とか応えて、夏なら暑さに、冬なら寒さに、季節の変わり目なら気候の変動に、体を壊さないようにと一応言って、少し足の悪いおばさんの調子なども訊いて、たいていおじさんは、うん大丈夫、と応えるだけだったけれど、ここ何年かは時々、何かあったらよろしく頼むね、などと弱気なことを言うことが増えていたと思い至る。

展覧会のタイトルに「幻の画家」とあるのは、不染鉄の画業にはまだ不明なところが多いからで、こうした回顧展も二十一年前に奈良で行われて以来二度目、東京では今回が初めてとなる。人目に触れる機会も多くはなかったはずで、私も全然知らなかった。研究や評価がじゅうぶんなものでないのは、生前画壇から距離を置いて活動していたためでもあるようだ。

展覧会の図録によると、不染鉄は父が住職を務める小石川の寺で育った。父は妻帯が許されず、母親は身の上を隠して不染鉄を産んだ。素行が悪く中学を放校されたりする不良少年だったが、やがて僧侶と画家とで迷った末画家になることを決め、山田敬中という日本画家に弟子入りした。

比較的初期のものらしい作品は、茅葺き屋根の家や、集落の様子を俯瞰的に描いたものが多い。筆や墨の使い方にはなんとなく変遷もうかがえるけれど、俯瞰される家や集落というモチーフはその後も長く描かれ続けた。

大正三年、不染鉄二十三歳の年、画業で身を立てる決意を固め東京谷中の下宿でひとり暮らしをはじめるが、同じ年の秋にはその頃出会った妻を連れて伊豆大島に移り住んでいる。当時の伊豆大島は日本画壇において風景画のモチーフとして注目を集める土地だったそうだが、本人が記した回想からは東京での暮らしに行き詰まって逃げ出したようなニュアンスも看てとれる。大島での生活は三年に及び、この間の生活ぶりも細かくはわかっていないが、絵を描きながら漁師などをして過ごしたらしい。大島での暮らしは楽しかったと不染は書き残している。

この画家の特徴というか明らかに変なところは、絵のなかに文章がたくさん書き込まれているところで、全部の作品がそうというわけではないが、若い頃から晩年にまで通じて、たびたびその手法が用いられている。その文章はあまりに素朴で、制作の手法というには適当でないようにも思える。不染はその後伊豆大島から京都に、そして奈良西《にし》ノ京《きょう》へと移るのだが、その頃西ノ京の風景を描いた「思出之記（田圃）」という昭和二年の作品には、「画の事ですから実際より家は少なく、道は近くかきました。」という身もふたもない告白が画面の右端に書き込まれている。さらに「此あたり昔千何百年か前に都のあったところだそうです。立派な家々がたち並んでいた事でしょう。今は何事もなく林が紅葉しいねがみのりすゝきがそよいでいます。」などと描かれた風景の説明を書き連ねるばかりで、物語的な展開はない。

「思出之記（田圃）」は横に長い作品で、図録で確かめると縦三一センチに対して、幅は二九三センチ、三メートル近くもある。巻物のようだが描かれているのは絵巻物的な時間的推移のない一場の風景、田んぼと家の遠景で、そこにいくつかのブロックに分かれた文章が配置されて画面は構成されている。文章は全体で結構な分量になる。「薬師寺の塔の近くに見えます小さい家です。私共三人と鶏十羽ほどと井戸のそばにある小さい池にいる鯉や鮒とそれだけです」「裏の家のお湯へはいりますお湯に浸りながら家から林をながめます。晴れた青空をながめながら百舌鳥《もず》の鳴くのをきく事なぞあります。」と、絵のなかの「私」にさえ言及しながら、題名の通り思い出が語られる。

水墨画に漢詩を合わせたようなものは見たことがあるけれど、このような素朴な散文を画面に書き込むことは他にもよくあることなのだろうか。それらの文章を見て私が真っ先に連想したのは年配の人が趣味でやるような絵手紙で、そういった個人的な書簡ならばともかく、画家である不染が自作に書き込む文章として、それらはいずれも驚くほど凡庸で、個人的な追想や心情に寄りすぎているように思えた。なぜわざわざ自作にそんな言葉を書き加えるのかがよくわからない。

よくわからないと思いながら、画面の各所に小さな文字で書かれた文章からは、訥々《とつとつ》とした声が聞こえる。声が聞こえてくる気のしない文章などない。だからそれはそんなに不思議じゃない。つい読んでしまって、やっぱり大したことは何も書かれていないので脱力するのだけれど、ともかく画家が、画家であるにもかかわらず、凡庸な言葉を自分の描いた絵のなかに書き込んだのは事実でその変な事実が見ている絵にある。

やはり奈良西ノ京を描いた昭和十七年の作「南都覧古」はさらに大きい縦二一×横五六一センチという大作で、ここでも不染は描いた風景の注釈を随所に書き込み、挙句「寫生の力が不足でよく書けません／昨日の夕方からかき始めて、今十一月六日の十七時です／こんなに描いてみてから又此場所を見て歩いたら／きっと面白いと思ひます　早速行ってみたい。／出来ました画はこんなですがかいてる時はとても面白くて／時のたつのを忘れて、それからそれと書きました。」なんてことが書いてあって、これだけの大きな作品だから画家の仕事として他人目《ひとめ》に触れるものとして描いているに違いないけれど、それにしてはこの言葉はあまりに作品の外にある。いったい誰に宛てた言葉なのか。その絵を見る者であるならば、その宛て先は私でもあるということになる。

戦後、不染はかつて図画の教員を務めた縁から奈良で中学校の校長先生になり、その頃から薬師寺の東塔をはじめ、仏殿などの仏教建築、そして富士山を正対するように捉えたモチーフを繰り返し描くようになる。水墨画のような自在な遠近のもとで粗放さをとどめた感のある他の風景画とこれらの作品はずいぶん雰囲気が違い、仏教建築や富士山の絵の描きぶりはずいぶん端整な印象だった。だからと言えるのかどうなのか、仏塔や富士山の絵には先の絵手紙的文章はほとんど書き込まれることがない。

不染は実際、人に宛てた絵葉書を多く描き、会場にはそれらもたくさん展示されていた。大きさこそ全然違うが、細かい文字を図像に添わせ、文字のまとまりも含めて画面が構成されているのを見ると、絵葉書も大きな絵画作品と基本的には同じ呼吸で描かれているのがわかる。

その手法を大胆に用いた作品が、昭和四十三年の作「古い自転車」で、赤色の三角フレームの古い自転車が描かれた画面上部には「長いあいだ苦労したんだろうねえ。雨の日風の日色々の事があったんだろうねえ。」と自転車に語りかけるような文章が書かれている。さらに、額装して広くとったマットの部分、つまり作品と額縁とのあいだの部分に、不染はこれまで暮らした様々な土地と思われる遠景の風景を描き、そこに「明治廿四年六月十六日東京市小石川区光円寺に生れる」からはじまって「ようやく中學を卒業する。」「廿四の時美術院研究生となる。女をしり身を持ちくづす。」などと自身の来し方を振り返る文章を記すのだ。末尾近くには「七十八の暮である／人生終りに近い。我まゝ一パイにくらしてきたのにこんなに倖せになる」とある。

何かを思い出せば言葉になり、その先には誰とはっきりしなくとも、誰かが宛て先らしく立つ。どんな楽しいことでも、思い出すという行為のなかには、必ず少しの寂しさがあって、当たり前だが寂しさは過去形のなかにしかないし、誰かに向ける言葉も過去形のなかにしかないが、過去がなければ幸せだと感じることもたぶんなく、寂しさも幸せも思い出す愛着の影、と絵手紙に書きたい二〇一七年でいちばん寂しい日だった。

二〇一七年八月一六日（二）

しわ犬《けん》

それで夫婦が本格的に転居に向けて動き出したのは年が明けて二月頃からだった。そこにはありきたりな理由がいくつかあって、それらをめぐって相談をしたり、けんかをしたりしながら、こういう場合この夫婦ではたいてい、夫の腰の重さ、思い切りの悪さ、面倒がってことを先延ばしにしようとする性分が事態を停滞させ、問題やふたりの関係をこじらせた。だから二月になってことが進展したのは、夫の私がいよいよ思い切り、不動産サイトを見回ったり、街なかの不動産屋の前に貼ってある物件情報を眺めたりするようになったということだった。

妻の方はそれまでもちょこちょこネットで見つけた物件を夫にメールで送ってきたり、ひとりで内見に出かけたりもしていた。もっとも、妻が見に出かけた物件や、夫にメールで送ってみたりする物件情報は、立地や賃料が現実的なものでないことが多く、妻は妻でまだ転居に本気でなかったとも言えるかもしれないが、それも夫のぐずっぷりゆえだったのかもしれないし、そうやって夫を焚きつけようとしていたのかもしれない。しかし妻はそういう感じのことはしないと夫は思う。好きなものや叶えたい願いがあると、現実的な計算よりも理想に合わせて現実の方を捻じ曲げるようなところが妻にはあって、それほどに妻の理想や憧れる力は強いのだ。そんなふうに強い力で、理想を夢見て、憧れている時に、冷静に現実的なことを言う夫というのは、夫が思っている以上に興ざめでつまらないのだろうと思う。夫はふた言目には、建設的に、と言う。そう妻は思っていた。夫からすればそんなに頻繁にそんな言葉は言っていないが、夫がそれを口にする時、妻はむしろ建てかけの理想の家を取り壊されるような気持ちになった。妻には理想の家があった。

出勤する時、毎日駅まで自転車をこいでいく、その通り道でいつも眺めている一軒家。やや上り道になった袋小路の奥にあるその家の壁面は、薄い色の石材と漆喰のような白い材が組み合わされて、そこにオレンジ色に塗装された玄関のドアとドアの周りに配置されたガラス面を通してコンクリートらしいグレーの玄関内部が見えた。

いつかあんな家に住みたい。

毎日そう思って、羨ましげに眺めながら自転車をこいでいた妻が二月のある日、いつものようにその家の前を通ると、その家が貸しに出されていることを示す看板が目に入った。何度も看板を見直して確認した妻は、内心の興奮と裏腹に自分がいまとても冷静な表情をしていることを自覚しながら、記載されている管理会社にその場で電話をかけて問い合わせをして、数日後に内見の予約を入れた。

私は、話を聞くまで、妻が毎日羨望の眼差しを向けていた家が近所にあったなんて全然知らなかった。不動産情報のサイトでその家の情報を見せてもらって、そこにあった写真を見るに、その外装も、内装も、たしかに妻の気に入りそうなものだったし、自分もこんな家に住みたいかもしれないと思った。家賃は、夫婦がなんとなく想定していた予算の上限を少しオーバーしていた。少しと言えば少しだが、結構無理をして設定した文字通りの上限だったから、その額をそのまま家賃として払うのはどう考えても難しかった。私がそう言うと、妻は悲しい顔になった。

翌朝、妻が考えてきたのは、友人の窓目《まどめ》くんに一緒に住んでもらって、一部家賃を負担してもらったらどうかというアイデアだった。窓目くんは私の高校の時の同級生で、結婚前から私を通じて妻も親しく、たしかに家に泊まりに来たり、一緒に旅行に行ったりしたこともあったけれど、家に窓目くんが毎日いることを果たして妻はちゃんと想像できているのだろうか、と私は思い、想像できていないに違いないと思った。

妻が仕事から疲れて帰ってくると、窓目くんが居間で酔っ払っている。そもそも妻は酔っ払いが嫌いで、私も何度も怒られたことがあるが、窓目くんの酔い方は控えめに言っても私の比ではない。妻はそれも知っているし、悪い酔い方をした窓目くんのことも何度も見ているはずなのに、どこをどうつついたらそんなアイデアが出てくるのだろうか、しかしこれが、妻の強い憧れの力がなせるわざなのだ。私は、じゃあ窓目くんに訊いてみようか、と言った。

妻は自分で訊くと言い、その日窓目くんに、窓目くんうちに一緒に住んで家賃を少し出してもらうことはできますか？　とメールをした。

窓目くんからは、いいよー、と返事が来た。独身で今は会社の寮に住んでいる窓目くんが、どういう了見で返事をしてきたかと言えば、そこには別に深慮などないことを付き合いの長い私は知っているし、窓目くんも妻の提案が現実的でないことも薄々わかって半ば冗談だと思っている。ただ、窓目くんは人生すべて冗談だと思っているようなところがあるので、その意味では本気なのだが、ともかく妻だけがひとり窓目くんとのシェアハウスを現実的に検討していた。総じて、建設的にこの先の見通しを考えれば、この窓目くんを巻き込んだやりとりにいったいどれほどの意味があるのだろうか、と私には思えた。

ともかくもう内見の予約もしているのだし、夫婦で一緒にその家を見に行くことになった。

しわ犬の家のすぐそばだよ、と妻はその家の場所を私に教えてくれた。そう言いながら妻は、しわ犬のことを思い出す。私もそう言われてしわ犬を思い出し、ふたりとも胸がいっぱいになった。私は、しわ犬の家の近くなら、多少無理してでも住みたいと思った。けれどしわ犬の家にしわ犬はもういないのだ。

妻が毎日憧れの家を眺め、いつかあんな家に住みたい、と思いながら駅まで自転車をこいでいたことを知らなかったのと同じく、妻が時々、その駅までの道の途中で、しわしわの顔と体の犬と遊んでいたことも、私はずいぶん長いこと知らなかった。

中学校の前の道に面した大きな一戸建ての家の一階はガレージになっていて、その道を通る時に、ガレージのシャッターが開いているとなかが見えた。そこには車が収まっているのではなく、細かな工具や部品のようなものが壁じゅうに掛かっていて、ずいぶん高齢のおじさんがひとり作業机に腰かけ、背中を丸めて手元を見つめ、なにか作業をしていた。

ガレージの扉は毎日開いているわけではなく、寒い日などは閉まっていることも多かった。閉まっている日もそのなかでおじさんが作業をしているのか、それとも閉まっている日は作業もお休みなのか、そもそものおじさんがなんの作業をしているのか、趣味かなにかなのか、妻はなにもわからなかった。でもホームセンターの売り場みたいに壁一面にぶらさがったよくわからない道具類は壮観で、趣味にしては本格的過ぎるようにも見え、なにか高度に専門的な技術を要する仕事をしているのではないかとも思えた。もっとも妻は自転車でほんの一瞬前を通り過ぎるだけだから、じっくり様子を眺められるわけでもなく、おじさんの作業についてはずっとよくわからないままだったのだけれど、それはそこを通る際に注視する対象がおじさんの作業からしわ犬に移ったからかもしれなかった。

しわ犬は、扉の開いたガレージの隅で、タオルを敷いた浅い箱のようなのにそべったり、首輪につながれた紐の届く限り表の道の方に出てきて外を見たりしているしわしわの顔の犬だった。

ブルドッグとかパグとかはよく見るけれど、それとは全然種類が違った。肌色であまり毛の生えていない顔は、目も鼻も口も、ぜんぶ顔じゅうのしわに埋もれてしまっていた。生まれたばかりの哺乳類の赤ちゃんみたいだったけれど、顔も体もそんなに小さいわけではなく、体つきはむしろふつうの柴犬とかより大きい。と思って体を見れば体も胴から足からあらゆるところにしわがより、やはり肌色であまり毛が生えていなかった。

おじさんの作業と同じく、家の前を通り過ぎる時に時々見かけるだけだったから、妻はその犬のことも、なにか自分の見間違いとかなのかもしれない、と思っていた。犬ではなく、豚なのかもしれない。だって、あんな犬は見たことがない。

けれどある時、ガレージ前を通りかかるとしわしわの犬が道の方に出てきていたので、妻ははじめてそのガレージの家の前で自転車を降りた。路上に立っているしわしわの犬に声をかけたり話しかけたりしてみるとやはり豚ではなく犬で、けれどもよく見てもやっぱりこんな犬はこれまでに見たことがなかった。しわしわの犬はおとなしく、吠えも暴れもせず、頭や体もいやがることなく妻にさわらせた。体には短く硬い毛が生えていて、余った肉が背中や腹や足の付け根にたまってまたしわをつくっていて、さわると思いのほかその肉のたるみは固かった。おちんちんがあるのでオスで、しわの間に埋もれた目はかわいいというよりは達観しているように落ち着いていて、もう老犬なのかもしれないと妻は思った。こんな犬は見たことがないから、なにかとなにかの雑種だろう、もしかしたら病気とかなのかもしれないとも思った。鼻のあたりをなでると、犬はぺろりと短い舌をゆっくり出して妻の手をなめた。

妻はそれから時々、その犬が道の方に出てきていると、自転車を降りて少しさわって行くようになったが、おじさんは耳が遠くて気づかないのか、それとも作業に没頭しているのか、気づいているが無視しているのか、妻が犬をさわっていても何の反応もなく、挨拶をしたりすることもなかった。妻はその犬をしわ犬と呼ぶようになったが、ある日しわ犬の写真を撮って、駅までの道にこんな犬がいるんだよ、と私に見せてくれるまで、その呼び名はずっと妻のなかでだけのものだった。私がしわ犬の写真を見たのも、休みの日に妻と一緒にしわ犬の家の方に歩いて、ちょうどガレージが開いていたので実物のしわ犬を見たのも、妻がしわ犬と知り合ってから、ずいぶん経ってからのことだった。それで、私たち夫婦がその犬をしわ犬と呼んで、時々見たりさわったり、今日はしわ犬いた、今日はいなかった、と妻から報告されたりする期間が何年も続いた。

しわ犬はシャーペイという犬種で、雑種ではなかった。妻がそのことをガレージのおじさんから聞き出してきたのは去年の四月だった。しわ犬はその少し前に死んでしまった。

何か月も姿が見えず、ガレージが開いていておじさんが作業をしていても、ガレージのなかにしわ犬の姿がない。しわ犬は寒い季節には洋服を着せてもらっていたから、寒さに弱くて家のなかにいるのかもしれないと思ったけれど、それにしてもずっと姿が見えない、と妻は言い、私たちはうすうす、もしかしたら死んでしまったのかもしれない、と思っていた。

去年は桜の花が遅くまで咲いていて、しわ犬の家の前の中学校の桜は入学式が終わったあともまだきれいな花がたくさん残っていた。

晴れて暖かかったその日、妻が自転車で中学校の前の道を通りかかると、しわ犬の家のガレージが開いていて、おじさんが作業をしていた。妻は自転車を降りて、思い切ってガレージの入り口まで行って、おじさんにこんにちは、と声をかけてみた。いつも一緒にいた犬最近いませんけど、お家のなかにいるんですか。

作業の手を止めて道に出てきたおじさんは、妻にしわ犬がつい最近死んでしまったことを告げると、私たちが見たりさわったりしていたしわ犬と同じそのシャーペイという犬をこれまでにも四頭飼っていて、最近死んでしまったのが五頭めだったことを教えてくれた。

ガレージの入り口から、いつもはよくわからないものがたくさんぶらさがっているとばかり見えていた壁を見ると、そこには額に入れられたしわ犬の写真、いやおそらくはその代々のしわ犬たちの写真が掛けられていた。

シャーペイは中国の犬で、漢字だと砂皮犬と書く。昔仕事で中国に行っていたおじさんが当地で見て気に入ったその犬を日本に連れて帰ってきたのが飼いはじめた一頭めで、これはオスだった。それからしばらくしてオス一頭ではかわいそうだとまた中国に行った際に今度はメスのシャーペイを連れて来た。そんなに頻繁に中国に行って犬を買ってくるなんてどんな仕事をおじさんはしていたのだろうか。その二頭が死んでしまったあとも、三頭め、四頭めとシャーペイを飼い続けた。それで五頭めが、私たちが何年かささやかにふれあってきたあのしわ犬で、あの子はなんという名前だったんですか、と妻が訊くと、おじさんはしわ犬の名前を教えてくれた。

妻は、あの子はそんな名前だったのか、と思いながらガレージの奥のガラス戸を見た。ガレージと室内とを出入りできるそこには低い踏み石とサンダルが置かれていて、ガラス戸の向こうはいつもカーテンが閉まっていた。しわ犬はよくそこで誰もいないガラス戸を見ながらじっとしていて、その後ろ姿を見ると、しわ犬がガラスに映った自分の姿を見てなにか思っているみたいに思えて、おもしろいような、切ないような気持ちになったが、それはこちらの勝手な想像で、たぶんしわ犬は室内の音や人の気配に耳をすませていたのだろう。名前を呼ばれるのを待っていたのかもしれない。

これいる？　とおじさんが見せてくれたのは、ピンク色の地のうえにいろいろなしわ犬の写真がたくさんコラージュされた手製のポスターだった。しわ犬のしわしわの顔のアップがいろんな向きや大きさで配置されているそれは、おじさんがフォトショップで作ったものだという。いっぱいあるから、というそのポスターを妻はもらって、その日帰ってから私に見せてくれた。

それから一年近く経つけれど、六頭めのシャーペイはどうやら今のところ飼われてはいない。ガレージは時々開いておじさんは作業をしているが、その頻度も少し減った気がすると妻は言った。でも、しわ犬がいなくなったから、そんな気がするだけかもしれない。あの日もらったポスターは今もとってあって、時々壁に立てかけてみる。私はそれを見るとしわ犬の佇まいを思い出すけれど、妻は今も毎日のようにしわ犬の家の前を通っているから、しわ犬の家の前を通るたびに、少ししわ犬のことを思い出す。しわ犬がまだ生きていた頃は、今日はいるかな、いないかな、と思いながら中学校の前の道に出る角を曲がった。もういないとわかっていても、角を曲がる時に、少しその感じが心中に起こる。

ポスターにたくさんいるしわ犬の顔の下に敷かれた薄いピンク色は桜の花の色のようで、妻がおじさんと話した四月の日にもまだ中学校の桜は咲いていたし、しわ犬は毎年ガレージからその中学校の桜を見ていた。

日の差す日

それで妻が長年憧れながら眺めていた家に内見に行ってみたのだが、結局その家に住むことにはならなかった。

二月の終わりの平日、妻が仕事に行く前の午前中に予定を組んで、夫婦そろって自転車をこぎ、いま住んでいる家から五分ほどのその物件まで行くと、不動産屋の男性が待っていた。私たちと同年輩で、スーツをきれいに着こなしているお兄さんはなかなかの二枚目だった。夫は、二枚目の不動産屋と妻の後ろについて物件のなかに入っていった時の緊張と高揚を思い出す。それは自分のものというより、どちらかと言うと妻の内心を想像してのものだった。

何年も密かに持ち続けた願いが、もしかしたら今日叶うかもしれない。そう思いながら妻は家のなかにいま入っていく。玄関の広さ、漆喰とコンクリートを組み合わせたさっぱりした意匠を褒めつつ靴を脱いで揃える妻の内心は、待ちに待った楽しみが目前に迫った子どもみたいに、叫び出したい衝動を抑えつけるような具合だったのではないか、と夫は思った。

しかし実際に家内を見て回るうち、彼女の積年の憧れは発散されることなく、その表情は消化不良のような、陰りを帯びたものになっていったのだった。リビングの壁の一部に石材が配してあったり、ほかの各部屋も派手ではないが外観同様に程よく気が利いていて、見るほどにオーナーのセンスの良さが確認できたが、その家の間取りは夫婦がなんとなくイメージしていた生活とうまく重ならないものだった。居間は広すぎて、洋室は狭すぎた。

そして何より、もしここに住むならいちばん多くの時間を過ごすことになるだろうリビングに入った時に、夫婦がともに感じたのは、思いのほか室内が薄暗いということだった。

東京都内の住宅街で家を探そうとすれば、一階部分の日当たりがあまり期待できないのは仕方のないことなのだろう。よほど広い庭でもあれば別だが、そんな賃貸物件は多くないし、あっても家賃が高かったりで、私たち夫婦の照準にそんな邸宅のような物件はなかなか入ってこない。この日見た家は、家屋の周辺に狭いが庭と呼べるスペースもあり、隣の敷地の建物がそこまで間近に迫っているわけでもなかったが、主要採光面となる南側には庭を隔てた隣の敷地に二階建てのアパートが建っており、その南側に向かって土地がのぼっていることもあって、庭に面した窓の大きさのわりには、室内の採光はよくなかった。

日中もこのくらいの明るさのままでしょうか、と妻が不動産屋に訊ねた。

時刻は午前十一時前頃、気温は低いが日差しはある日だった。窓から見える周囲の建物の様子を見れば、午後になって日が南から西へとまわっていっても、さして明るさに変わりがないだろうことは訊ねるまでもなく予想ができた。しかしその事実を不動産屋に明言されるのは切ない。この物件の価値が下がることより、妻が長年憧れ続けた時間の価値が下げられてしまうような気がして切ない。

そうですね、と応じた不動産屋は、都内の戸建ての場合どうしても、と先に書いたのと同じようなことを説明して、電灯の加減によっても云々と呟きながら部屋の灯りを消したり点けたりして見せた。少し暗いなっていう感じですか？

彼がそう言うのは無理もなく、この物件の日当たりは決して悪いわけではなかった。二階にあったふた部屋は南向きで、こちらは日を遮る建物がないせいでむしろ日がさんさんと差していたし、その時いたリビングも、大きくとられた窓はじゅうぶんな明るさを確保していた。私たちが伝えた予算や希望は決してあれこれぜいたくを言えるようなものではないのだから、一階リビングにこれ以上の明るさを求めることが不相応な望みと思われても仕方ないことは、妻も私もよくわかっていた。

しかしそれでも、とふたりは思う。いま住んでいる家が、と妻は不動産屋に自宅について説明をはじめ、夫の私もそれを一緒に語るように聞く。

いま住んでいる家は三階建ての二階と三階で、一階には高齢の大家さん夫婦が住んでいる。住宅街の細い丁字路の角地にあって、南側が前の道に面しているので、日を遮るものがなく、どの部屋も日中は日当たりがよかった。二階は外から階段をのぼってきて、西側にある玄関を入ると正面つまり東側へと廊下が伸びていて、その右手、つまり南側の手前に四畳半の和室が、奥側にリビングとキッチンがあった。築年数の浅い建物では、耐震性の向上のために窓ガラスは小さなものになることが多いと聞くが、数十年前に改築されたこの家の窓ガラスは壁面をいっぱいに使っていて大きかった。リビングには南側のベランダに接した大窓があり、そこから一メートルほどの壁を隔てて南側から東側に腰窓がまわりこんでいた。腰窓の下は収納棚になっていて、本の多い夫婦の家では棚の戸をはずして書棚として使った。床から二段になった棚は手前と奥に本を重ねて差しても収まる奥行きで、だから棚の上の窓は横に広い出窓のような格好だった。建物の東側には砂利敷きの広い駐車場があって、南側だけでなく東側も日差しや視界を遮るものがなく、朝は東側の窓から朝日が差した。建物が隣接しているのは風呂やトイレ、廊下の押入れがある北隣だけで、他の三方が開けているうえに、道を挟んだ向かいの家の影になる一階部分ではなく二階と三階部分なので、本当にどんな季節も一日じゅう家のなかが明るいんです、と妻は言った。

ああ、と不動産屋のお兄さんは相槌を打ち、声の途切れたあとにもゆっくり頷きながら喉からゆっくり息を吐き出して、少し仰け反るように胸を張って頭を後ろに引いた。そうやって妻の説明する私たちの家の日当たりについての賞賛を示してくれたのだと私は思った。私も妻も、誇らしいような、嬉しいような気持ちになった。

毎日たくさんの家や部屋を見て、管理し、案内する彼ならば、たとえ実際にその場に立たず、目にしなくとも、言葉による説明だけでその建物の様子をふつうの人よりも豊かに想像できるのかもしれない。妻がいま彼に伝えている私たちの家のリビングの明るさ、晴れた日ならば夕方まで電灯など一切必要のないあの明るさも、彼にちゃんと伝わっているかもしれない。


八年前に、妻はひとりであの家に内見に行ったのだった。

その当時ふたりで設定した家賃の上限、それは八年後のいま、なんとなく決めているものよりもずいぶん安いもので、その内でふたりで住める部屋を探すとなれば、どうしても手狭になる。ネットの不動産情報などを見回って、実際にふたりでいくつかの部屋を見に行ってみた。引っ越しを決めただけならどんな部屋でどんな生活を送ることになるのか理想や希望は膨らむばかりだが、実際に部屋を探しはじめればすぐにシビアな現実と自分たちに許される限界に直面することになる。多少の狭さや不便については目をつぶるしかない、そうわかっていても、決断するにはどこも決め手にかけ、迷った末にもう少し別のところを探してみよう、となる。いざとなると思い切りがよくて宙ぶらりんの状態を嫌がる妻と、考えや決断を勢いに乗せるのが苦手でだらだら先延ばしにしたがる夫という構図はまだ結婚前だったその頃から同じで、どうしようかと話をすれば意見が合わず険悪になることを繰り返した。

そんななか、賃貸住宅情報のページにずっと残っている変な物件があった。当時妻が住んでいたアパートにもほど近いその物件のページには簡単な図面と最低限の情報が載っているだけで、他のページにあるような室内の写真などはなかった。同じ条件で引っかかる他の物件よりも倍近い専有面積があって、検索結果の表示を広い順に並べ替えると断トツで最上位にあがるのだが、図面を見てもそんな広さがあるとは思えず、記載された間取りが１ＬＤＫなのも不審だった。築年数が古いとはいえ、家賃に対して圧倒的な広さがあり、駅からもそう遠くない。それなのにずっと検索対象から消えず、借り手が見つからないということは、掲載情報が間違っているか、あるいは何かいわく付きの物件なのではないか、そう思ってずっとスルーしていた。

口論の末のやけっぱちか、もしかしたら一向に踏ん切りをつけない私に対するあてつけだったのかもしれないが、じゃあ私がここ見に行ってくるよ、近いし、と妻が件《くだん》の謎物件に問い合わせを入れたのだった。

それで私が、今日みたいに自転車に乗って、仕事の前の午前中にその家を見に行ったんです。夫はその頃まだ実家暮らしでアルバイトとかしていたから、私ひとりで。妻はそう話しながら、はじめてあの家を見に行った日のことを思い出す。

住んでいたアパートから自転車で数分のところにその物件はあった。駅や通勤で通る道とは違う方向だったから、近所でもその家の前の道を通ったりしたことはなかった。角地にある三階建てで、一階部分の道に面した側は高いブロックの塀があって、その上に二階の窓とベランダ、三階部分にも窓が見えた。屋根はやや非対称の三角屋根だった。角を挟んだもう一方の側にまわると、角から遠い側に一階の玄関があって、ブロック塀が角をまわったところに勝手口のような引き戸がついている。引き戸を入ると正面は一階の庭につながるドアで、左手に二階にのぼっていく外階段がある。のぼった先が二階の玄関だった。

一階には大家さん夫婦が住んでいて、元は二階三階は二世帯住宅だったこと、ネットの物件情報にあった面積は誤記ではなく、二階と三階を合わせた広さを記載していることなどを、案内する不動産屋の男の子が教えてくれた。三階にあるふた部屋は屋根裏にあたり、ほぼ普通の部屋と同じように使えるが、部屋の半分ほどは屋根の形に応じて天井が低くなっているため、不動産情報としては正規の部屋としてカウントすることができず、間取りを分類すると1ＬＤＫということになってしまう。厳密には三階のふた部屋はサービスルームという扱いになり、1ＳＳＬＤＫという表示が正確なのだが、そういうイレギュラーなタイプにすると検索に引っかかりにくいとか、そもそもページによってはそういう細かい分類に対応してなかったりもするのだそうだった。三階部分の図面が掲載されていなかったのは、たぶん単なる載せ忘れじゃないすかね、と不動産屋の男は言った。大柄で茶髪でスーツの着方もチャラい印象の男だった。まあでもこのへんでこの家賃でこの広さはまずないっすよ。

あの時のチャラ男と比べて、いま目の前にいて話しかけている不動産屋さんは、ずっと信頼ができる感じがすると妻は思った。服装や髪型の感じも、立ち居振る舞いも、スマートで品がある。こういう人ばかりならいいが、不動産屋で案内を頼むとチャラチャラした感じのやたら軽いノリでしゃべる人が担当になったりして、住む家や部屋を探すという重要な相談をしようというのに、そんな相手頼りにできない、と思ってしまうことも多かった。その日も、事故物件かも、くらいの全然期待しない気持ちで見に来たから、家の前で待っていたチャラ男タイプの不動産屋を見た時に、やっぱりハズレかな、と一瞬思ってしまった。

チャラ男のあとについて、外階段をあがり、玄関を入って、廊下からリビングに入った瞬間、まぶしいほどの明るさのなかに立った時のことを妻はいまもはっきりと思い出せる。その時、自分の気持ちまで光が差して明るくなったのを、昨日のことみたいに思い出せるし、その時のことをこれまでに何度も、いろんな人に話して聞かせてきた。

私、その時にはもう、この家に住む、と決めてたんです。

それでその場でチャラ男に入居申し込みの意思を伝えて、外に出ると、階段を降りたところで庭との仕切りのドアから大家のおじさんが出てきた。それが妻がおじさんとはじめて会った瞬間で、その後私たち夫婦はその場所で何度となく庭から出てきたおじさんと挨拶を交わしたり立ち話をすることになるのだけれど、そのはじめて会った時のことも妻はよく覚えていた。

今度はどんな人が住んでくれるのかな。そう話しかけてきたその時のおじさんの姿は、その後八年同じように家の前で挨拶をしたり世間話をしたりすることを繰り返すうちに、年をとったおじさんのつい最近の姿で思い出されてしまうようになった。

妻は、この家がひと目で気に入ったからここに住めたらいいと思っていること、今日はいないが同居予定の連れ合いがいることなどをおじさんに伝え、おじさんは穏やかに、うん、うん、とそれを聞いて、これまでそこに住んでいたふた組の店子の話を少ししたりして、また庭に戻っていった。

あの通り大家さんご夫婦は結構ご高齢で、もちろん玄関は分かれてますけど、それを気にする方もまあいるんです、とチャラ男はおじさんが去ったあとに言った。そのへんはどうすか。

祖父母と暮らした時期が長い妻にとって、それは問題ではなかった。いま住んでいるアパートでは隣人と顔を合わせることさえほとんどなかったが、階下のおじいさんおばあさんとさっきみたいな会話や近所付き合いが生じるのはむしろ好もしいとも思った。

今日あの家見てきたんだけど、すごいいいとこだったから決めてきた、とその日の夜に電話で聞かされた私は、そんな勝手に！　と、驚いたものの、その家のまぶしいほどの明るさや、これまでに見た物件とは比較にならない広さ、そして階下におじいさんおばあさんが暮らしていることなどを妻が話してくれるのを聞いて、これまでに迷ったり悩んだりしてきた部屋とは違って、ここでいい、という気持ちになった。近頃は口をきけばすぐ言い合いになっていたふたりの会話が、その家の話をする妻の口ぶりによって明るく楽しいやりとりに戻っていって、それが妻の決断の正しさを証明しているように感じられた。私は結局引っ越し前に家を見に来ることができず、実家から運んできた荷物と一緒に引っ越し当日にはじめてその家のなかに入ったのだが、その時のことを思い出すとその目や心は、その引っ越しの日のものというよりも、妻が繰り返しいろんな人に話してきたあの内見の日の目や心になっているような気がする。

そんなふうに、いま住んでる家がとっても明るくて、いまの家と比べてしまうとどこを見ても暗く感じてしまうんです、と妻は言った。

ああ、と不動産屋のお兄さんはまた胸を張って頭を反らしながら息を吐いた。その明るさなんですね。

そうなんです、と私も横から言った。

お花見の日

　それからしばらくは、毎日それぞれにネットで新着物件をチェックし、週末ごとに時間をつくっては気になる物件を夫婦で見に行くことが続いた。出先で不動産屋に飛び込んで物件を案内してもらうこともあった。夫は行きつけの喫茶店に行く途中、いつも前を通ってはいたのにほとんど目をとめることのなかった小さな不動産屋にも気がつくようになる。希望を伝え、いくつか図面を見せてもらい、気になる物件を選び、近所だからと不動産屋と一緒に歩いて家を見に行く。案内してくれるのは例によってチャラッとした若い男性だったり、やけにきつい口調の女性だったりで、歩きながら期待も削がれていくのだったが、八年前、ほとんど釣り物件か訳あり物件のように思っていたいまの家を妻が見つけた時がそうだったように、ここだという物件に運命的に出会うとするならば、思いがけない、灯台もと暗しのような出会い方なのではないかと私は思っていた。

そうやっていくつも家を見に行って、その場所でこれから暮らすことを想像したくなる家もなくはなかったけれど、どこも決め手に欠けたまま三月が過ぎていった。不動産屋はみな、移動の激しいこの時期が物件数も多く探し時で、しかしということは競争も激しいので、気に入ったらすぐに決めないといい物件はすぐに埋まってしまう、とあおってくる。

実際、妻が長年憧れ続けたしわ犬《けん》の近くの家は、私たちが内見をしたあとまもなく入居者が決まったようだった。ある日、妻がいつものように自転車で前を通りかかると、玄関のガラス越しに明かりがついているのが見えた。ふたりで内見をさせてもらって、そこには住まない、と自分たちで決めた。にもかかわらず、その決断以上に、これまで何年もその家の前を通るごとにその家に住むことを夢見続けたことの方がまだ強い。どうしても、憧れの対象を取り逃がしたような、誰かにかすめとられたような気がしてしまう。

もしあの家で暮らしたとしたら、家の前の小路を出て、次の角を曲がればすぐにガレージのある家があって、しわ犬が家の前に出てきて日なたでぼーっと佇んでいる。妻はしわ犬に挨拶をして、ガレージで作業をするおじさんにも挨拶をして、向かいの中学校の校庭の桜の木は春には花をつけ、やがて若葉が繁り、夏には葉は濃い緑色になる。家賃は高いけれど、窓目くんが一緒に住んで家賃負担してもいいと言ってくれた。自分たち夫婦の家に窓目くんが一緒に住むというのは、いくら夫と窓目くんが高校からの長い付き合いであるとはいえ、お互いいろいろ気を遣ったり、ストレスもあるに違いない。というか、それを負うのは、夫でも窓目くんでもなく自分だろう、と妻は思った。窓目くんとのシェアハウスが現実的でないことは、それを提案した自分がいちばんよくわかっていた。それでも、ここ何年か、毎日眺め続けたあの家への気持ちのおさまりがすぐにはつかない。現実的かどうかなんてことよりもそれはずっと強い、いまなお強いのだ。

実際には、去年の春に死んでしまったしわ犬はもういない。そしてあの家は、毎日外から眺めて思い描いていたのとは違って、いま住んでいる家よりも室内がずいぶん薄暗く、高台になった裏手には隣の敷地の木々が茂り、それが好ましいというよりはどうも陰気に感じられ、周囲の空気もどことなく淀んで感じた。気のせいかもしれないけれど、それは自分の気なのだから無視しようがないじゃないか。

今年は桜の開花が去年よりも早かった。三月の二十日ごろには東京は満開に近く、八朔《はっさく》さんから近所の桜がきれいだから今度の日曜日にうちで花見をしよう、と連絡があった。

八朔さんは、窓目くんの大学の後輩で、八朔さんからの誘いということは、その花見には夫と窓目くんの同級生であるけり子も来るだろうし、八朔さんの家には旦那さんの植木さんと娘の円《まどか》ちゃんもいる。けり子のパートナーの天麩羅《てんぷら》ちゃんも来るかもしれない。天麩羅ちゃんは去年けり子と結婚したイギリス人の弁護士で、両親がスリランカの人だから、けり子の名字がスリランカの名字になった。長くて何度聞いても覚えられない。天麩羅ちゃんというのはもちろんあだ名で、本当の名前はジョナサンだ。日本で天麩羅を食べておいしくて感激し、それ以来天麩羅ちゃんと日本の知人に呼ばれるようになった天麩羅ちゃんは食べるのも好きだがつくるのも上手で、友達の集まりがあると、スリランカの料理をつくってくれる。天麩羅ちゃんは日本とイギリスを仕事で行き来しているから、いま日本にいなければ来ないが、日本にいるなら来てカレーとかをつくってくれるかもしれない。

夫は対人関係の壁が低く、誰とでもすぐ親しくなった。それでも三十代にもなれば交友関係は自然と収束していく。そのなかで窓目くんとけり子とは十代の頃からいまも途切れずに付き合いが続いていた。そこに窓目くんの後輩である八朔さんが加わったのがどういう経緯だったか、当人たちもうよく思い出せない。というか、うっかりすると夫たちは、八朔さんも自分たちと同じ埼玉の高校の同級生だったように思っていたりした。高校時代ももう二十年近く前のことになる。ずいぶん記憶も薄れていい加減になり、いい加減な同級生が三人集まればそのいい加減さに拍車がかかるのもわからないではないけれど、とはいえ、八朔さんは年も違うし、全然違う千葉の高校に通っていたのだから、八朔さんの方でそこが混乱するはずはないだろうと思うけれど、窓目くんと大学のサークルで一緒になり、どうやらその大学時代から夫やけり子とも知り合いだったようで、やはりもう十五年にもわたって会って遊んだり、どこかに旅行に出かけたりしているので、八朔さんも自分が彼らと同じ高校に通っていたり、あるいは夫やけり子もその同じ大学に通っていたかのように思い違える瞬間があるのかもしれない。そこまではいかずとも、自分はいったいこの人たちとどうやってこんなに親しくなったのだったっけ、とわからなくなることくらいはきっとあった。

大人になってからの友達ってたいていそういうものだよね、とけり子が言えば、円ちゃんの足首を持って逆さまにぶら下げて遊んでいた窓目くんが、そのうち天麩羅ちゃんも高校の同級生だったみたいに思うかもね、と言った。それをけり子が天麩羅ちゃんに英語で伝えると、天麩羅ちゃんは少し遅れて笑いながら、そうだねー、と日本語で言った。逆さまの円ちゃんは逆さまのまま大笑いしてよろこんでいた。服がめくれて丸いお腹が見えていた。

同級生でもなければ、彼らほど長い時間をともにしているわけでもない妻は、高校が同じとか大学が同じとかいう感じはまったくなく、その点では自分と天麩羅ちゃんはいまこの場で似ている立場だと思った。天麩羅ちゃんがつくってくれたカレーやスリランカの料理が何皿も出てきてテーブルに並び、やっぱりどれもおいしかった。

八朔さんの家は古いテラスハウス式の棟屋のうちのひとつで、七〇年代に公営住宅として建てられてから、民間企業が社宅として買い上げたり、何代か持ち主が替わっていまは貸家になっている。庭に面した窓からは、共有敷地内に生えた桜の木が見えた。天気もよく、桜は見事に満開だった。

天麩羅ちゃんの料理が並んだテーブルを囲んで大人が七人と二歳の円ちゃんがひとり。独身なのは俺と円だけだなあ、と逆さまにぶら下げるのをやめて円ちゃんを膝の上に載せ、窓辺であぐらをかいて座っていた窓目くんが言った。円が俺と結婚したら名前がマドメマドカだ。円ちゃんが窓目くんにまた逆さまにしてくれとせがんでいた。それか、俺が円の名字になるんだったら、植木ヒトシだ。

窓目くんの下の名前は均と書いてヒトシで、いいじゃん、無責任男じゃん、とけり子が言って、けり子はまた英語で天麩羅ちゃんに植木等の説明をした。日本の喜劇俳優、レイジーなキャラクターのオフィスワーカー。

それで窓目くんがまた立ち上がって、円ちゃんを逆さまにぶら下げ、スーダラ節を歌いながら円ちゃんをゆらゆら揺らし、円ちゃんはひときわ興奮した笑い声をあげ、何度か続けるうちに、円ちゃんはしゅらしゅらしゅらしゅいしゅいしゅーい、と窓目くんの歌声に揃えた。

八朔さんはいまの家を気に入っているが、東京都の道路建設計画がこの住宅地域に重なっているために、そう遠くない将来に立ち退きになる可能性があった。道路計画は五十年以上前に決定されたもので、当時と事情の変わった現在ではその必要性に疑問があったし、そのためか用地交渉なども今のところ進んでいるのかいないのかよくわからぬ感じだそうだけれど、オリンピックを前にいつ話が急進しても不思議ではない。できればこのままちゃっかり居座ろうと思っているんだけど、と言う八朔さんはだからいまのところすぐ引っ越しなどは考えていなかったけれど、それとは関係なく、八朔さんは不動産紹介サイトで物件を見るのが好きで、私たち夫婦が引っ越しを考えていると知ってからは時々見つけた物件の情報をメールで送ってくれたりした。

　集まればどこか浮世離れしたような話ばかりしている夫たちのなかで、常に良識と社会性を失わず理知的な物言いをする八朔さんはどこかみんなの重心のようなところがあって、困った時に頼りになるとすればこの人だけだ、と妻はひそかに思っていた。旦那さんの植木さんは自宅でこういう集まりがあっても隅の方で静かに佇んでいるか、横になってうとうとしているばかりで、時々庭に出て煙草を吸いながらそのへんの木々を眺めたり、ぼんやり外から家のなかを見たりしている、名前の通りなんだか木のような人だった。いまも、さっきまで騒いでいた円ちゃんと一緒に居間の隅で並んで眠ってしまった。窓目くんはずっとビールを飲みっぱなしで、だいぶ酔ってきていた。

植木さんと八朔さんも大学の先輩と後輩で、私たちより二歳上の植木さんは窓目くんの先輩でもある。だからこの集まりは窓目くんを中心とした、彼の高校時代と大学時代の交友関係が広がり重なったもの、と言えるのだったけれど、おそらくは時間を経るにつれて、彼らの中心には自然となにか頼られたり任されたりすることの多い八朔さんがおさまり、とりまとめる形になった。いちばん年下なのに、八朔さんのことだけはみんな必ずさん付けで呼んだ。

花見の一週間前の週末、私たち夫婦は午後に三軒の物件を見てまわり、そのうちの最後の一軒は八朔さんが見つけて、教えてくれた家だった。

いまの家から区をまたぎ、とはいえさほど遠いわけでもないあたりにあるその家を、夫はずいぶん気に入った。妻も、悪くないと思った。

大家さんの家の広い庭に面して建つ、離れのような建物だった。庭には梅の木を中心に、大きな庭石や植栽があり、とはいえ庭園のような緊張感はなく、大家さんの家の軒下には洗濯物が干してあるし、庭の隅にはビールケースなんかが転がっていた。家の前で待っていた管理会社の男性は石毛《いしげ》さんという名前で、白髪頭の恰幅のいい男性だった。

石毛さんは能弁だった。夫婦を案内しながら、この建物が大家さんのなくなった親御さんが住んでいたものであること、貸しに出すにあたって大幅なリフォームをしたこと、なので風呂やトイレ、キッチンなどは新品で、しかしリフォームにあたっては強度的に問題が生じない限り、元の壁や柱、梁《はり》などをできるだけ残すかたちで施工したことなどを教えてくれた。なるほど壁紙も床も台所周りも新品のところが多いが、天井に走った太い梁材や、床の間のような収納などは古い年季の入ったものがそのまま残されていて、庭に面した大きな窓ガラスも、古い規格のものが使われているのがわかった。その大きな窓と、庭のある東側、それから南側には小学校の敷地が面しており、開けているため、室内は明るかった。

聞けば、石毛さんは空き家の有効活用やリノベーションの業務にもかかわっていて、この家のリフォームも石毛さんが中心となって進められたものなのだという。道理で説明にも熱が入るはずで、話すほどにもともと丸く大きな目がどんどん見開かれてさらに大きくなるようで、石毛さんはまるで自分の家のように誇らしげに、そして愉しげに、この家の各部の意匠や、改装工事の際の苦労話などを私たち夫婦に語って聞かせた。

二階のふた部屋の窓も南向きで大きく、一階よりもさらに部屋のなかが明るかった。二階からだと、南側に庭の塀を隔ててある小学校の敷地がよく見えた。敷地の隅に沿って、そう背の高くない何か果実のなりそうな木が育っていて、小さな畑と水飲み場があった。用務員の人だろうか、くたびれた野球帽をかぶったおじさんが歩いていた。水飲み場の上に、誰かが置き忘れたらしいへたった薄茶色のグローブがあり、ここからは見えないが日曜日なので校庭では少年野球をやっているのかもしれない。おじさんは水飲み場まで歩いてきて、グローブをしばらく眺めていたが、考えた末にグローブを手にして、奥に見える校舎と講堂か体育館らしい建物のあいだの渡り廊下の方へ歩いていき見えなくなった。

今日は学校が休みだから静かですけど、と石毛さんは言った。平日は学校から子どもの声が聞こえます。最近は近所に保育園ができたらうるさいなんて問題になったりしてますけど、子どもの声が聞こえるっていうのが、この家のいちばんいいところだと思うんですよ。

小学校は南側から庭と大家さんの家を挟んだ東側へ回り込むようにあって、二階のベランダに出てみると校舎の窓から廊下の掲示物や教室の扉が見えた。もう少し暖かい時期になれば、子どものいる平日は廊下の窓も開かれて、校舎内の声がここまで聞こえてくるし、チャイムや校内放送の音も聞こえる。いまの家でも、近くの中学校のチャイムや生徒の声が聞こえるから、それらが部屋のなかに届き、それを耳にしながら過ごすことが簡単に、そしてどうしてかなんだか懐かしいみたいに想像できた。

ベランダから部屋に戻ると、子ども好きですか？　と石毛さんが妻に訊いた。好きです、と妻は応えた。まだベランダにいて外を見ている夫が、この家を運命的に気に入っていることがわかった。

このおうちは子どもがいても、と妻が言うと、みなまで言い終わる前に石毛さんは何度も深くうなずきながら、もちろん大丈夫です、と情感ゆたかに言った。昔の俳優みたいだ、と妻は思った。将来お子さんができても、いいお家だし、いい環境だと思いますよ。

そうですか、と妻は応えた。その時に、着物姿の夫がこの家で赤ん坊を抱いて立っている姿が頭のなかで見えた。ふだんそんな格好はしないのに、なぜだろうか。そして、これもなぜか缶ビールを手にして深く酔った表情の窓目くんが、この家にいる姿も見えた。

窓目くん、酔う

それで八朔さんに、教えてもらった家の内見に行ったこと、その家は家賃や広さ、建物など、ほかにあちこち見たところと比べて群を抜いてよかったこと、とりわけ夫の私がその物件を気に入っているらしいことを妻は話し、内見の時にスマホで撮った写真など見せると、八朔さんは、こりゃ出物だよ、と色めきたった。もう決めちゃいなよ、いい物件は一期一会だよ。妻は、八朔さんにそう言われることでいくらか安心を得たような気持ちになった。

実際、そこは有力な転居先候補に違いなかった。というか、窓口になっている不動産屋の石毛さんには、申し込みを前提に仮押さえのような形で募集をいったん止めてもらっているのだから、その家に自分たち夫婦が住む将来は、もしかしたらもうほんのわずか先に待っているのかもしれなかった。あと数か月後、桜が散って気温がだんだんあがってくる頃、あるいは梅雨の時期にはもう、あの家にふたりは住んでいるかもしれない。そう考える時に、たしかに妻の心中には期待が、希望が、あることには違いなかった。しかし同時に、あの内見の日、幻視のように家のなかに浮かんだ着物姿で赤ん坊を抱いた夫の姿、そして缶ビールを片手に酔っ払った様子の窓目くんの姿が、その想像に不穏さを差し込んでくるようにも思えるのだった。

自分たちが子どもを持つことをまったく考えていないわけではなかった。いやむしろ八朔さんや、ほかの同年代の友人や仕事で知り合う人たちが年齢のことを気にしながら妊娠や出産のことを話題にしたり、伴侶とのあいだに子どもを迎えようと努力していた。ふたつ年上の姉は、長年の不妊治療の末に数年前ようやく子どもを産んだ。

だから、夫が赤ん坊を抱いている姿だけならそれをネガティブに捉える必要はなく、むしろ吉兆と見たってよかった。それなのにどういうわけなのだろうか、と妻は自問する。やはり夫と一緒に現れた窓目くんが、隣で赤ん坊を抱いた夫までもなにか不幸に巻き込むのではないかと想像させるのか。あの赤ん坊はいったい誰の子どもなのか。

昼からはじまった花見の宴会は、窓の外もすっかり日が暮れて、いまは何人かがちびちび酒を飲み続けながら、台所ではけり子がお土産に持ってきた羊羹を切っていた。夫は天麩羅ちゃんに今日つくった料理のつくり方を説明してもらっていた。ジャガイモとツナを混ぜて、塩とスパイスで味をつけパン粉をつけて揚げたのが、今日の料理のなかでも妻はとりわけおいしかった。タネには、刻んだ青唐辛子も少し入っていた。天麩羅ちゃんが皿に盛ったその料理を出す時、これはスリランカの天麩羅ちゃん、と天麩羅ちゃんが言うところに、夫が、しかしこれはパン粉で揚げてんだから天麩羅というよりコロッケちゃんだね、と言うと、天麩羅ちゃんは、お、お、お、と少し哀しげな顔をして、妻は夫の発言に、無粋な、と内心憤った。横で窓目くんが、天麩羅ちゃんの顔は天麩羅よりはコロッケに似ている、と言い、さらにけり子が、ていうかおまんじゅうに似てる、と言い加え、天麩羅ちゃんはおどけて顔をしかめてみせた。妻もほかの人と一緒に笑いながら聞いていたが、夫に、どうしてせっかくの天麩羅ちゃんの冗談に対してもっと肯定的な反応ができないのか、とやっぱり言いたかったから、隙を見て伝えようと思っていたが、そのコロッケみたいなのを食べたらおいしかったので、文句はさておき、これのつくり方訊いておいて、と隣にいた夫に小声で頼んだのだった。

八朔さんがお茶をいれてくれて、みんなで羊羹を食べはじめた。円ちゃんは昼にはしゃぎすぎて疲れてしまったのか隣の部屋で眠っていて、居間のテーブルを囲んでいたのは八朔さんと植木さん、けり子と天麩羅ちゃん、私たち夫婦と窓目くんの七人だった。

窓目くんはまだ缶ビールを飲んでいた。こういう宴会でも、外の店の飲み会でも、長っ尻になって酔いが深まってきた時の窓目くんは乱れるから要注意で、その徴候のひとつとして食べ方や飲み方が荒々しくなる。そしていままさに、窓目くんは、出されたつまようじを無視して手づかみで荒々しく羊羹を食べていた。ビールをあおり、羊羹をかじって、八朔さんがいれてくれたお茶を飲んでまたビールを飲む、という具合で、ほかの六人は表面上は適当な会話を進めつつ、みな窓目くんの動向を気にかけ、視線を交わしていた。窓目くんは、たえず口に何かものを入れ続けなくてはいけないみたいに、飲んでは食べ、食べては飲んだ。

昼過ぎからもう何本のビールを飲んだのだろうか。窓目くん自らが近所の酒屋で買って担いで持ってきたというロング缶一ケースは、ほかの人たちも飲んだので日暮れの頃には飲み尽くされ、そのあとは持ち寄ったワインやウイスキー、焼酎に移行したが、いつの間にか窓目くんは植木家のビールのストックに手をつけ、一本、また一本と空けていった。缶に口をつけ、手に残っていた羊羹の最後の一片を放り込むように口に入れると、またお茶を飲み、そして皿に載っていたもうひと切れの羊羹も今度はひと口で全部食べてしまい、それを飲み込む前にまたビールを飲んで、指先の甘みをなめとって、卓上で封を開けられていたポップコーンの袋に手を伸ばした。ポップコーンをつかんだ手を口元に持っていき、開いた口にあてがうと端からぽろぽろとポップコーンがこぼれて床に落ち、滑った。しかしその乾いた音が止まるよりも先に、窓目くんはまたビールの缶に口をつけていた。

ああ、こういうふうになった窓目くんを何度か見たことがある、と妻は思った。思いながら夫に視線を向けると、夫の視線は窓目くんの一挙手一投足を慎重に追っており、同様にけり子も羊羹をかじりながら冷ややかな視線を窓目くんに送っていた。窓目くんが大きなげっぷをしたところで、けり子が夫を、夫がけり子を見て、視線がぴったり重なり合い、ふたりが呆れたように笑った。しかしふたりは何も言わず、代わりに口を開いたのは八朔さんで、やっぱりこういう時に頼りになるのは八朔さんなのだ、と妻は思った。

窓目さんちょっとゆっくり食べた方がいいよ。

卓上の皿に残っていたサラダのトマトをやはり手づかみで口に運んでいた窓目くんは、口のなかがいっぱいなので、なんともつかぬ音で八朔さんに何か応え、八朔さんが少し悲しそうな声で、窓目さん酔いすぎですよ、と言った。

大丈夫だよ、と口をもぐもぐさせながら応えた窓目くんは缶ビールをぐっと逆さに向けて空にすると、隣に座っていた夫の顔に手のひらをあて、夫の小さな鼻をこねくりはじめ、俺は酔いすぎかな、と言った。夫は窓目くんの手をはねてよけると、八朔さんとけり子の方に向かって、顔をしかめてみせた。けり子の横では天麩羅ちゃんが神妙そうな顔をしているけれど、このやりとりや雰囲気を天麩羅ちゃんはどのくらい汲み取っているのか。

私だって、と妻は思った。窓目くんが酔うところは何度か見たことがあるけれど、十何年とこの展開に付き合っている夫やけり子や八朔さんのあいだに流れる感じを全部はつかみきれていないと思う。植木さんはというと、やはり座のなかにいてもひとりだけ木のように静かにたたずんでおり、実は植木さんもまだ缶ビールを飲み続けているのだったけれど、振舞いの怪しくなる窓目くんを見ても表情もたたずまいも変わらなかった。窓目くんは立ち上がって、冷蔵庫からまたビールを一缶とってきて開けた。

夫に、どうにかしてよ、と視線を送ると、わかってるよ、というような顔をしてみせた。いったいどのようにこの酔っ払いを収めるのかと思っていると、夫は、窓目くんもう帰んなよ、と率直なことを言った。

外まで見送る、と言った夫と一緒に、ほとんど追い出されるように窓目くんは植木家の玄関を出ていった。

八朔さんが、お茶もう一杯いれるね、と茶碗をお盆に集めて立ち上がったが、隣の部屋から円ちゃんが泣き声で呼んでいるのが聞こえて、八朔さんは、あ、とそちらに顔を向けると、あ、いいよ俺が、と植木さんが立ち上がって、隣の部屋に行った。

大丈夫？　窓目くん、と妻がけり子に訊くと、けり子は、天麩羅ちゃんの頭に腕をまわして、その頭に自分の頭をもたせかけながら、大丈夫、と天麩羅ちゃんと妻と両方に言うみたいに応えた。なにか絵に描かれた人みたいなふたりのポーズだった。

八朔さんはキッチンとの間にあるカウンターで急須のお茶っ葉を空けながら、もう、と言った。妻の顔を見て、またああなっちゃったよ、と苦笑いした。妻は、八朔さんが自分を気遣ってくれていると感じた。その時の八朔さんの表情に少しの違和感を妻は覚えたが、しかしそれ以上気にせず、先ほどの体勢のまま英語で何かささやき合っているけり子と天麩羅ちゃんを見た。天麩羅ちゃんの目は少しとろんとしていて、寒くないのかひとりだけ昼から半袖のTシャツだった。小柄だが体格のよい天麩羅ちゃんの、黄色いTシャツから出た太い腕や腕の毛。けり子は赤と白で花のようなモチーフが総柄になったワンピースを着ていた。妻は、変わらずに絵のなかのポーズのように寄り添い合うふたりの様子やその色彩を少し引き目で見て、また八朔さんに視線を戻すと八朔さんがうつむいてぽたぽた涙を落としているので驚いた。驚きのあまり、ちょっと笑ってしまいながら、八朔さんどうしたの、と台所に行くと、けり子もそれに気づいて天麩羅ちゃんにもたれたまま顔だけ台所の八朔さんに向けた。

ごめん大丈夫、なんでもない、と八朔さんは言ったが、涙は依然ぽたぽたと手元の急須の上に、カウンターの上に落ちて、滴をつくった。私は八朔さんが泣くのを見るのははじめてだ、と妻は思った。

八朔さんの涙に気づいた天麩羅ちゃんは、事態を理解していないのは自分だけなのかもしれないと思って、八朔さんどうしたの？　と小声でけり子に訊いた。けり子は、肩をすくめて見せた。

妻は一瞬、自分にはわけのわからない行動ばかり起こすこの夫の友人たちにうんざりするような気持ちになった。しかし八朔さんへの信頼、そして敬意のようなものは揺るがないから、涙を流している彼女の慰めになりたいと思った。それを友情と言っていいのかどうか、妻にはわからなかった。私には友達が少ない、と妻は思う。

八朔さんの説明はあまり筋道のよくわからないものだったが、なにかそれゆえの説得力があり、妻は胸を打たれた。

それは思い出し笑いみたいなものだと八朔さんは言った。酔って荒々しく飲み食いし、実際に暴れたりはしないものの、そこはかとなく暴力的な雰囲気を漂わせ始めた窓目くんを見ながら、今日の昼に円ちゃんと窓目くんがしゃべっていた会話を思い出した。窓目くんは、その場にいる独身者が自分と円ちゃんだけだ、と言い、自分と円が結婚したら、マドメマドカだ、と言った。そして、あるいは自分が円の名字になるんだったら植木ヒトシだ、と言った。八朔さんはそれを聞いて、自分の娘が窓目くんと、あるいは窓目くんのような人と結婚するのを想像して涙したのか、と思ったらそうではなく、何かその会話を思い出したことによって、自分が結婚して植木の姓になり、それまで名乗ってきた自分の両親の姓から植木という夫の姓に変わったことが、不意に悲しみとして湧き上がってきたのだ、と八朔さんはゆっくり述べた。これまでそんなことは一度も思ったことがなかったのに。

そこにはおそらく、まだ述べられていない感情や事情がある、と妻は思った。述べられていないものが何かは私にはわからないし、それを聞き出す必要もたぶんない。述べられただけの説明で、なるほど、と納得できないこともないけれども、不意に目にする他人の涙がだいたいそういうものであるように、この日の八朔さんの涙もまた、表面的な理由や昂《たか》ぶりの下にもっと個人的な、絡み合ったいくつもの時間があって、そこに潜むなかなか言葉にはできない悔いや、遠ざかってしまった喜怒哀楽に涙するのではないか。だから、見ている者にはなんだかわからないし、もしかしたら八朔さん自身も、つまり泣いている本人もなんだかわからないまま、姿の見えない悔いや、失われた感情に脅かされるみたいに、涙を流すのではないか、私もそうなのではないか。

あと窓目さんが、と八朔さんは言い添えたことも、やっぱりその涙の理由として全然腑に落ちなかった。窓目さんこの先どういう人生を送るんだろうって思ったら、そんなことを私が思うのがなんだか悲しくなっちゃって、と八朔さんは言った。八朔さんが言っていることの意味が妻はよくわからなかったが、そのわからなさがそのまま八朔さんの生きてきた先のいまここにある時間とともにあることに、感銘を受けた。

八朔さんはたしかひとりっ子だったはずだから、彼女が結婚して植木さんの姓になったら、両親の名前が先々に残らない。結婚する時に、植木さんが八朔さんの姓を選ぶことだってできたはずなのに、それはしなかった。ふたりの結婚式に、自分は行かなかった、と妻は思った。仕事で行けず、あとで夫に様子を聞いた。ところで結婚前の八朔さんの名字はなんだったっけ。円ちゃんのところに行った植木さんは、どうせまた木のように円ちゃんの横にたたずんでいるのだろう。それか一緒に眠ってしまったか。妻は隣の部屋の方に顔を向けた。するとその方向にいた真剣な表情の天麩羅ちゃんと目が合った。

その頃、見送りの夫と一緒に外を歩いていた窓目くんも泣いていた。

窓目くんの涙

夫は、あらあらしくバッグをつかんで部屋を出ていく窓目くんのあとを鷹揚《おうよう》な感じでついていく時、テーブルの上にあったどら焼きをふたつ持っていった。私たち夫婦が、今日のお花見のお土産に、家の近所の和菓子屋で買ってきたものだった。

八朔さんの家は中央線と西武新宿線のちょうど真んなかあたりにあって、私たち夫婦は中央線で来たが、大塚に住んでいる窓目くんは西武新宿線で帰る。古い連棟の敷地に立っている小さな灯りが、ちょんぼり桜の花を照らしていてきれいだったが、窓目くんは足早で、桜など見なかった。

夫は、窓目くんが周囲に発散している怒りの分子に触れまいとするみたいに少し距離を置いて、後ろについていった。

たしかに先ほどまでの、八朔さんの家での窓目くんの様子は、誰の目にも怒っているように見えた。けれども窓目くんが怒る理由など誰にも見つけられなかったし、それは夫やけり子に言わせれば、きっと窓目くんにも理由がわからない。

飲み過ぎて酔うと怒りがわく。窓目くんの体内では、過剰に摂取されたアルコールが血中で怒りに変わるのだ。人間は酔いをコントロールできないが、それと同じように、コントロールできない怒りに窓目くん当人も戸惑いながら怒ることになる。というのは、夫とけり子がいつか言っていた適当な解説だが、端から見ていると窓目くんが酔っ払った時は本当にそんな感じがあった。

前を歩く窓目くんが、ちくしょう、と呟《つぶや》いたのが夫の耳に届いた。夫は距離をつめて窓目くんにどら焼きをひとつ差し出し、窓目くんはそれを奪い取るようにつかんで、フィルムの包みを破いて食いついた。大きなどら焼きなのに半分ほど一気に嚙みちぎると、残りの半分を夫の口に持ってきて押し込もうとした。

いらないよ、自分のぶんも持ってるよ、と夫が言うと、窓目くんはまだ最初のを飲み込みきらないのに残りの半分をふた口ほどで口に押し込んだ。そして包みを夫の手に渡し、口をもぐもぐさせながら歩いた。夫は包みを受け取って、自分のどら焼きを食べながら横に並んで歩いた。

どら焼きを飲み込み終えた窓目くんの喉がむせたような音を鳴らし、慌てて食べるからだと思いながら、立ち止まった窓目くんを追い抜いた夫が振り返ると、窓目くんはうつむいて背中を震わせているので、笑っているのかと思ったら、そうではなくて泣いていた。夫はそんなに驚かなかった。とはいえ、なんで泣いているのかはわからなかった。

上着の袖で目と頬を拭い、大きく息を吸い込みながら上体を起こした窓目くんは泣き笑いのような、困ったような顔をしていて、夫がどら焼きを食べながら黙って見ていると、はは、と笑って見せ、しかし夫と正対し、向き合った顔の両目からは、まだまだ涙がこぼれ出てきた。また腕を顔にあてて、小さな嗚咽《おえつ》が続き、合間にまた、ちくしょう、という言葉が漏れた。

夫は窓目くんが泣いている姿はほとんど見たことはなかったけれど、そんなに驚いたりはしていなかった。どら焼きを食べながら窓目くんを見ている夫の顔はたぶん笑っていたが、その笑いや表情は、蔑むのでも哀れむのでも、といって励まそうとするのでもなくて、窓目くんと一緒にいる時に夫はそのようになんとなくいつも笑っていた。だからただいつもと同じ顔をしていた。

他人とくらべてみても、夫は落ち着きのあるほうで、こういった時にも事態をそのまま受け止めて、静観することが多かった。よい事態を悪転させることもないが、悪い事態を好転させることもない。なんの役にも立たない、と言えばそうなのだが、自分でも原因のわからない怒りや涙にさらわれた窓目くんにとっては、夫がそうやってなんとなく笑い顔のまま眺めていることがいくらか救いになるのかもしれなかった。そもそも窓目くんが泣いているのがどういう事態なのか、どっちに転がしていくべき事態なのか、よくわからない。夫は、自分は窓目くんがどうしようが、いきなり死んだりしない限りは、あまり驚かないだろうと思った。

夫と窓目くんは長年仲がよいけれど、そんな友達のいない妻は、どうして彼らがそんなに長いこと仲がいいのか、近しくあり続けられるのか、わからなかった。はっきり言って、勝手に酔っ払っていきなり怒り出したり泣き出したりする人は面倒くさいし、近しいならばそんな飲み方や酒癖は注意し改めさせるよう努力したほうがいいのではないかと思う。しかしお酒というのは厄介で、本当にそんなことができるなら夫だってああもしょっちゅう二日酔いで苦しんだりしなくなるはずだ。夫は少し笑って窓目くんを見ているだけで、たぶん夫も窓目くんも、自分たちがどうして長年近しくいられるのか、わかっているわけではない。

夫はどら焼きを食べ終えて、道ばたに生えていた植え込みの葉を見ていた。街灯の光を受けた葉の表面の光の量が一枚一枚違うのは、葉の向きや角度が違うからで、そのそれぞれの違いや個別性は到底記憶できそうにない、いまこの瞬間にしか処理できない情報である、葉、葉、葉。などと思いながら、その時間を過ごしていた。

窓目くんはまたうつむいて膝に手を置き、静かな嗚咽を続けていた。もう何年も前からずっと使っていて、窓目くんがその鞄《かばん》を背負っていない時はない、焦げ茶色のナイロンのショルダーバッグが、前傾した窓目くんの背中から滑り落ち、胸の下あたりにぶら下がっていた。バッグのなかには、たぶん電子煙草と、そのカートリッジと、携帯灰皿、電話の充電器と財布が入っている。他のものが窓目くんのバッグから出てくるのは見たことがない、というか、それらを入れたらもう他には何も入らなそうな小さなバッグで、窓目くんはどこに行くにもたいていそのバッグしか持っていない。去年一緒に、けり子と天麩羅ちゃんの結婚式のためにロンドンに行った時も、窓目くんはずっとそのバッグを背負っていた。

夫はしかし、その茶色いバッグの前に窓目くんが使っていた紺色のリュックも知っていた。それは高校の時から使っていて、大学時代つまり八朔さんや植木さんと知り合った頃にもそれを背負っていて、そのあとも同じリュックを使い続けた。たぶん、十年以上。だから、夫にとって窓目くんのバッグといえば、その紺色のリュックといまの茶色いショルダーバッグだけで、ふたつのうちでは紺色のリュックの時代だった時間のほうがまだ長い。しかしだからといって、茶色いショルダーバッグよりも、その紺色のリュックのことを、より強く思い出せるというわけではもちろんない。夫は、たいてい何かを考えていると、そういう記憶の強さと弱さみたいなところに行き着き、小説にもそういうことを書いた。そういうことを書いていると楽しいのだと夫は言っていた。ならばそういうことだけ書き続ければいいのかというえば、そういうものではないのだろう、と妻は思う。行き着くところが同じでも、そういうところに行き着くまでの道筋が違って、おもしろいのはたぶんその道筋が、あの好きな場所へと、思い出せなさみたいな方へと進路をとる瞬間が、きっとおもしろい。夫はその瞬間が好きなのだ。夫はまだ葉っぱを見ている。

ああ、と区切りをつけようとするような声を息とともに漏らし、ようやく涙の落ち着いたらしい窓目くんは、茶色いバッグから電子煙草とカートリッジを取り出して、涙に濡れたままの目には街灯が反射して、瞳やまつげが輝いた。

以前のようにライターで火を点ける瞬間はもうないのだ。窓目くんが電子煙草に切り替えてもうしばらく経つが、未だに夫は煙草を吸いはじめる窓目くんを見る時にそう思った。夫は煙草をやめてもう十年ほどになる。火を点けないで煙草を吸うなんて冗談みたいだ。自分が煙草を吸っていた頃の心持ちは、いまになってみると煙草を吸うよりも煙草に火を点けたいだけだったのではないかとさえ思えるが、それもまたきっと語りやすく修正された記憶だろう。

ふたりはまた歩き出したが、すぐに窓目くんが、ひとりで帰れるよ、と言った。夫は、窓目くんがひとりで帰れないとは思っていなかったし、見送りをしたいだけだったので、そのへんまで行くだけだから、駅まで行くんじゃないし、と言って窓目くんの少し後ろを歩いた。窓目くんは、はあ、と気の抜けたような声を出して弱々しく笑った。ちくしょう、俺は、俺は本当に、と呟いたが、窓目くんの俺が本当になんなのか、夫はわからない。窓目くんもうまく言えない。煙草は言いかけを、言いかけたまま終わらせられていい。

このこと言わないで、と窓目くんが言った。みんなに。

わかった、と夫は言ったが、窓目くんがそんなふうに、自分の動揺や情けなさを、周囲に隠そうとするのは珍しいので、それには少し驚いた。自分たちは、昔から何も変わっていないわけではないのだ、と夫は思った。頼むから、と念を押す窓目くんに、大丈夫、言わない、と夫は言った。顔はずっと同じで、少し笑ったままだった。

そういえば、これと同じようなことが一度あった、と夫は思い出した。窓目くんが紺色のリュックを背負って、自分もまだ煙草を、もちろんライターで火を点けて、吸っていた頃。たぶん、日韓のワールドカップがあった頃、だから二〇〇二年頃、二十歳頃。夫と窓目くんとけり子と三人で、夏に近所の小さい川にラジカセを持っていき、音楽をかけながら酒を飲んだ。その帰り、日が暮れて、夜になって、ラジカセで音楽を流しながら歩いていたら、車からヤンキーが降りてきて、うるせえ音楽とめろ、と夫と窓目くんがぼこぼこに殴られた。

とめろと言われたのに、夫が窓目くんに向けるようなうすら笑いのまま、音楽をとめなかったのがいけなかった。気が済むとヤンキーは車に乗って去っていき、夫と窓目くんはけり子と別れて、窓目くんと夫がふたりでとぼとぼ歩いていた時、窓目くんが不意にぽろぽろ涙をこぼして、ちくしょう、と言ったのだった。その時は、夫は、そんな窓目くんに驚いた。その時に驚いたから、今度は驚かなかったのかもしれない。

夫は約束を守った。そのあと通りに出て、お地蔵さんが六体並んでいるところまで一緒に歩いて、窓目くんと一緒にお参りをして、ふたりでお地蔵さんに頭を下げてから、別れた。窓目くんはちゃんとした足取りで駅の方へ歩いていって、夫は八朔さんの家に戻ってきた。ちゃんと帰ってったから大丈夫、ふたりでお地蔵さんに謝ってきた、と夫は言って、窓目くんが泣いたことは誰にも、妻にも、言わなかった。

夫が帰ってきた時には、八朔さんはもう泣いていなかった。さっきまで八朔さんが泣いていたことは、誰も夫には言わなかったから、夫はいまもそのことは知らない。

八朔さんとけり子が、これまでの窓目くんの悪酔いのエピソードを思い出しながら語っているのに夫も加わって、みんなで笑いながら話した。妻と天麩羅ちゃんは、窓目くんのそれらの歴史を知らないから、一緒に思い出せない。植木さんと円ちゃんは、別の部屋で寝ていた。夫以外のみんなは、その場を過ごしながら、さっきの八朔さんの涙の余韻のなかにいた。

夫だけが仲間外れのようにその外にいることをみんなうっすらと意識していたけれど、夫もまた、自分だけがさっきの窓目くんの涙の余韻のなかにいることを、意識していた。私たちは、みんなで食べたものやお皿を少し片付けたり、八朔さんが入れてくれたお茶を飲んだりしてから、八朔さんの家を出た。

帰りに夫婦は電車で偶然柴崎さんに会った。夫は、今日は友達の家でホームパーティーがあったんです！　と柴崎さんに言っていた。妻は初対面だったから緊張したが、夫も窓目くんにはあんなに平静を保つのに、小説家の先輩に偶然会うのは緊張するのか、花見をしたと言えばいいのに、ホームパーティーだなんて、ふだん使わない妙な言葉を使った。

家に帰ってから夫は、いま毎週新聞で読んでいる柴崎さんの小説には、隣の人や知り合いが集まってホームパーティーみたいなことをする場面がたくさんあって、それでつい、ホームパーティーなどと言ってしまったのかも、と言った。その小説に出てくる家がね、と夫は続けた。その小説の主人公が住んでいる家にも中庭みたいな庭があり大家さんが同じ敷地内に住んでいる。この間見にいったあの家に似てる。夫は、あの家を見ていたとき実はその小説のことを思い出していた。夫は、だからホームパーティーなんて言っちゃったのかもしれない、と言ったが、何がだからなのかはよくわからなかった。夫はあの家を気に入っている。

深夜、窓目くんから夫に、田無《たなし》にいる、とメールが来ていた。高田馬場からＪＲに乗り替えるはずが、眠って折り返して終電の終着駅で起こされたらしい。夫がそのメールを見たのは翌朝だった。深夜に気づいたとしても、何ができたわけでもないが。窓目くんは結局タクシーで帰ったという。

そのメールを見たあと、朝刊を読んでいた夫は、あっ、と思った。柴崎さんの連載小説はその日が最終回だった。

窓目くんの愛

夫は読んでいた新聞を置いて、窓目くんにメールを返した。夫はゆうべの窓目くんの涙を思い返している。経緯も理由もはっきりしない泣きだった。けれども謎めいているとか、理解ができないというのとは違った。これまで付き合ってきた時間のなかで、窓目くんがそういうふうに突然泣き出したことがあったわけではなかったが、そうなったって別におかしくないと思われるだけの窓目くんを夫は見てきた。そんな窓目くんの昨夜のアクションである、と夫は思っていた。いつかこんなことがあるんじゃないかと思っていた。夫はまだ誰にもその涙のことを話していない。

むしろ、夫の見ていない、ゆうべの八朔さんの突然の涙の方が、謎めいていて、不思議だった。けれどそれも、私と八朔さんのかかわった時間の短さによるもので、もしその場に夫がいたら、何か理由はわからないけれども得心《とくしん》のいく涙であったのかもしれない、あるいはゆうべ同じ場所で八朔さんの涙を見たけり子は驚きもせず不思議にも思わなかったのかもしれない、と妻は思った。しかしけり子の場合、ふだんから驚くべき何かを見てもあまり驚いたりしないような気もする。

涙が流れることなんて、そんなにきっちりと明確な理由と結びつくものではないんじゃないだろうか、と妻は自分が涙を流す時のことを考えながら思った。まだこの時には誰も知らなかったけれど、この夜には、ほんの少し離れた場所で、ふたつの突然の涙があったということだった。八朔さんと、窓目くんと。

ゆうべ夫と別れたあと、窓目くんは西武新宿線の駅に向かって歩きながら、もう涙を流してはいなかった。しかし涙を流したあとの目と鼻の感じと、顔の奥というか頭のなかというか、むしろそれは胸の方までつながっているような感じもある体内の架空の空洞、涙が流れる時に体のなかに広がる空洞、そこにはさっきまで泣いていた、涙が体のなかから外へ出た感じがまだ残っていて、涙はどこからやってくる、涙はそこからやってくる、そんな歌を口ずさみながら窓目くんは歩いた。口ずさむと言っても、わずかに唇が動くだけで、歌声はほとんど聞こえなかった。

いまは小さなバッグしか持っておらず、何の楽器も持っていないが、ギターを弾く時に自然と動く体のことを窓目くんは考えた。ステージの上で、ギターを弾く。そんなに大きなステージではない。窓目くんはプロのミュージシャンではない。しかしギターを弾けば、音楽に合わせて、そして次の瞬間に現れる音に合わせて、体が自然と動く。その動きは考えるのではなく自然と動くのだが、それは涙が出ることと似ているかもしれないと思った。さらに遡ってみれば、この夜、自分のうちに思いがけずわきあがった悔しさとか悲しさ、不意の涙を呼んだそれらの感情も、そういう自分の意思とは違う動きに似ている。つくづく、音楽は尊い。駅までの途中にある、小さな川の横の道で立ち止まって、窓目くんは堤防の下の静かな水の流れを見ていた。夜なので水面は黒いが、街灯や家の灯りを反射した光が動いていた。いまはギターは持っていないが、ずっと続いている歌に合わせて窓目くんは鉄製の手すりを両手で叩いていた。

音楽は尊い。それなのに、思えば人前でギターを弾くことはもう長いことしていなかった。六、七年前、池袋の小さなライブハウスで、友人のバンドと一緒に出たライブが最後だったか。そういえばあのライブハウスもなくなってしまったな。代わりに私は食い道楽になった、毎週西へ東へ、私は食い道楽、という歌を窓目くんは歌いはじめていた。やっぱりまた聞こえないほどの小さな声だったが、しかし不思議なものでそうして歌っていると先ほどまでは聞こえなかった川の水の流れる音がよく耳に入ってくる。手すりを叩いて鳴る鉄の音は決して大きくはなかったが、手のひらで叩くと、横へと伸びていく手すり、そして縦に並んだ柵の部分へと、低い響きが広がっていった。

私が食い道楽になったのと、あまりギターを弾かなくなったことは関係している、と窓目くんは思った。平日は仕事をして、週末はあちこちのカレー屋やラーメン屋や居酒屋に足を運び、食材と調理技法のハーモニーに舌鼓を打つのだから音楽のようなものなのだ。そして酒を飲む。料理と酒、音楽と酒。もともと痩せ型だった体は、この十年で二十キロくらい太った。水面で何かが跳ねる音がした。

窓目くんは手すりを叩く手を止めて、自分の腹まわりに手をやった。若い頃は皮膚のすぐ向こうにあった胃袋が、いまは厚い肉を隔てた向こうにあると感じられる。体の表面からの距離は遠くなっても、胃袋の存在感は昔より増している。昔はそのなかでどんな音楽も鳴ることはなかった。食い道楽、私は食い道楽、と歌はまだ続いていて、歌の出処は口元から随意に腹のなかへと移動する。体が揺れれば、お腹も揺れる。余分な肉が遠心力でタイムラグを生み、それがグルーヴになる。涙を流した感じはいつの間にかひいていた。

音楽は尊い。俺たちの体を自然に動かすから。涙が自然に出るのと同じように。そこにはふたつのことがある。相反するふたつのことがあるのだ、と窓目くんは確信した。涙を流すのは、ひとつのことではなく、それに抵抗する動きと、涙が流れることとの安心のような、快楽のようなものがある。ギターを弾いて体が動くのも、同じふたつのことがある。弾く音と同時に弾かない音がある。さっき自分が涙を流した時、不意に湧き上がってきた悲しさと悔しさ、あるいは怒り。それもまた、単なる悲しさとか悔しさとか怒りではない。怒りだけならあんなふうに涙が出たって驚きはしない。怒りとよろこびに引き裂かれてどうしようもなくなったところに涙が出るから、驚くんだ。ふたつなんだ。また空洞の存在感が、空っぽの存在感が増す。

あいつらは、と窓目くんは今日集まった古い友人たちのことを思う。あいつらは俺のことを馬鹿にしてやがる。あいつらは俺のことを見くびっていやがる。長い間ずっとだ。それは、あいつらが俺のことを見ているからで、俺には俺のことが見えないが、あいつらには俺のことが見える。あいつらは俺がステージの上で精一杯に振る舞う以上のことを、俺について見ることができる。あいつらは誰より俺を見ているから、俺を馬鹿にし、見くびるのだ。俺はそれを悲しみ、悔しむが、同時に、あいつらが俺を馬鹿になんかしてないし、見くびったりはしていないことにも気づく。あいつらはただ見ているだけなのだ。馬鹿にしているとか、見くびっているなんてのは、見ることとは関係のない、余剰のところなのだ。しかし出てきた涙は引っ込まない、生まれた空洞は急にはしぼまないから、混乱のなかで泣き続けることになる。

それで窓目くんはむかし、夫とふたりでヤンキーに殴られた時のことを思い出した。ラジカセで音楽をかけながら歩いていたら、ヤンキーのふたり組が車を寄せてきて、からまれた。夫は、ヤンキーがうるさいから音楽をとめろと言うのに、音楽をとめなかった。反抗したのではなく、たぶんそんなに大したことではないと思っていた。

窓目くんは、いま考えるとそれは間違っていたし、しかし偉かったとも思った。音楽をとめろと言われて、簡単にとめてはいけない。その時ラジカセから流れていたのは、忘れもしない、カルメン・マキ&ＯＺの「私は風」という曲だった。窓目くんは黒い水面の白い光の揺れを見ながら、私は風になりたい、と思った。

そしてふたりは、車から降りてきたふたり組にぼこぼこに殴られた。たしかその場には、けり子もいた。けり子は女だから殴られなかった。ああ、と思いつつも、冷静に成り行きをうかがっていたはずだ。俺はそれを冷淡とは思わないね、と窓目くんは声に出して言った。俺はけり子が冷淡でないことを知ってる。ところでその時、ラジカセの音楽はもうとまっていたのだろうか。それとも俺たちは、「私は風」が流れるなかで、ぼこぼこに殴られたのだったろうか。思い出せないし、その時の自分たちの耳に音楽なんか聞こえていなかったかもしれないが、いま思い返すと、窓目くんは殴られる夫と窓目くんを冷静に見つめるけり子が、カルメン・マキ&ＯＺになって、「私は風」を歌っている姿が思い浮かんだ。俺は、けり子が冷淡でないのを知ってる、と窓目くんは言った。長い付き合いだから。目には見えない、世界にまっすぐ向けられた、けり子の愛を俺は知ってる。

夜道を窓目くんと夫がとぼとぼ歩いていた。夫は、顔が腫れてきた、と言った。窓目くんは少々痛みはあったが、大したことではないと思った。さっきのふたりの暴力は、自分たちを殺したりしなかったのだから。この殺し合いばかりの世界のなかで。なぜふたりは俺と滝口を殺さなかったのか。なぜふたりは途中で暴行をやめたのか。それはやっぱりもしかしたら愛だよね、愛があったよね。窓目くんは言った。

窓目くんは十五年以上経ったいま、その晩に自分がその言葉に行き着くまでの自分の思考回路をうまく追えなかった。そして、あの頃は、たぶん自分の人生のうちでほんのひと時、愛という言葉が特別だった時期だったのではないか、と考えた。その言葉を口にできた、ごく短い時期だったのではないか。

それが二〇〇二年だったことを覚えているのは、それが日韓のワールドカップがあった年で、自分たちが二十歳になる年で、自分が大学の友達とバンドをはじめた年で、二〇〇一年の翌年だったことが全部関係した奇跡のようなことだった。二〇〇一年というのはもちろんニューヨークの同時多発テロがあった年ということで、そのあとの世界と日本のなかを二十歳くらいの私たちは生きていた。

その時期がいつ終わったのかはわからないけれど、いつからか、愛、なんて言っても、あの頃と同じ響きが、見えぬところまで射通すような響きが生じなくなった。もちろん二〇〇一年より前もまだ高校生だった私たちは愛なんて言葉は口にしなかった。

もし十歳若かったら、同じようなことを二〇一一年とか二〇一二年に思ったのだろうか、それはわからない。少なくとも、あと十歳若くはなかった自分たちは、二〇一一年にも二〇一二年にも、愛という言葉を更新できぬままいまに至った。その頃からずっと変わらぬ、少なくとも変わらぬように思える冷静さを持ち続けているけり子のはかり知れない世界への視線に、かすかにその小さな響きが残っているだけだ。俺は酔っている、と窓目くんは思った。

二〇〇二年の窓目くんが横を見ると、夫がぼろぼろと涙を流しているのだった。窓目くんは驚いた。なぜ夫が泣いているのかわからず、思わず自分も泣いているのではないかと自分の目と頰に触れてたしかめたが、自分は泣いてはいなかった。嗚咽を続ける夫は、絶え絶えの呼吸の合間に、窓目くんはすごいことを言うね、と言った。窓目くんは、こいつは何を言ってるんだ？　と思った。窓目くんが夫が泣いているのを見たのは、あとにも先にもその時一度きりだった。

もしかしたら、その出来事があったから、あの頃自分にとって愛という言葉が特別だったかのように、思い返しているだけかもしれない。二十歳の頃なんていい加減なことばかり言っていたし、二十歳の頃のことなんていい加減にしか思い出せない。そしていま三十五歳になって、自分がなぜ泣いているかもわからないのだから結局いい加減なままなのだ。いったいどこで何を間違えたのだろうか。わからない。はじめから間違っていた気もするし、ずっと間違いばかり選んできた気もする。俺のそんなところをあいつらが馬鹿にする、見くびる。川を見ながら欄干《らんかん》を叩くのをやめた窓目くんは、鷺《さぎ》ノ宮《みや》駅まで歩き、西武新宿線の上り電車に乗った。間もなく座席で眠ってしまった窓目くんは、家に帰るには高田馬場で降りてJRに乗り換えなくてはいけなかったがそのまま終点の西武新宿まで行き、おそらく眠ったまま折り返しの下り電車で運ばれた。窓目くんはそれを覚えていない。だからその移動の記憶は誰のもとにもない。電車はまた高田馬場を過ぎ、新井薬師前を過ぎ、鷺ノ宮を過ぎ、夜の武蔵野を下っていった。

窓目くんが駅のベンチで目を覚ますと、看板に南無、と書かれていた。南無駅。いったいどうしてここにいるのか、思い出せない。看板をよく見ると南無ではなく田無で、西武新宿線の駅だとわかると、八朔さんの家に行った帰りだと思い出したが、なんで田無にいるのかわからないし、八朔さんの家で酔っ払ったあたりから記憶が全然なかった。夫の前で突然泣き出し、ちくしょう、と呟いたことも窓目くんは全然覚えていない。終電はなくなっていたので、田無の駅を出て、駅前を少し歩いた。コンビニでお茶を買って、夫に、田無にいる、とメールを送った。その頃夫は妻と一緒にもう家に帰って寝ていたから、返事はなかった。駅のロータリーにいたタクシーに乗って、大塚にある自宅まで帰った。

泣いたことを忘れている窓目くんは、眼の奥の、頭のなかから胸までに残った架空の空洞の感覚をタクシーのなかで不思議に思っていた。飲み過ぎによる吐き気かと思いかけたがどうもそうではなく、むしろ不思議な爽快感さえあるこの何かのあとの感じはなんだろうか、とはいえ夜というのは必ず何かのあとだ、夜は何かのあとなんだ、何にも思い出せないけれど、という歌を窓目くんはタクシーのなかで歌った。その晩歌われたいくつもの歌は、もう全部忘れられている。窓目くんも、誰も、二度と歌うことができない。

決める前

それで夫は窓目くんと数回の短いメールをやりとりすると、床に開いて置いたままの新聞をまたしばらくじっと見ていた。吉兆。昨日の夜、偶然会った先輩の小説家の連載小説が、翌日の朝に最終回を迎えるというのは、なにか啓示めいているぞ、と思いながら夫が想像を巡らしたのは、私たちの家の引っ越しのことだ。

キッチンカウンターの仕切りの柱に立てかける形で姿見が置かれていて、妻はその前で化粧をしていた。なにか啓示めいている、なんてまわりくどい言い方をしなくてもいいじゃないか、と妻は鏡越しに黙然としている夫の様子を見ながら少し皮肉を言うように思った。中庭を隔てて大家さんの家の離れのようにして建つ借家。今朝終わった柴崎さんの新聞小説に出てくる家と似ているという、先週見に行った物件に、夫の気持ちはいよいよ傾いているのだ。

何を決めるにしてもぐずぐずしがちな夫がいよいよ心を決めたとなれば、私たちの引っ越しは一気に進むことになるだろう。先週見た家はたしかによかった。家賃も広さも申し分なかったし、大家さんの親御さんが住んでいた離れを改築したという建物は、新しい家よりも時間を経た建物にひかれる私たちにとって、まさに探し求めていたような家だった。

しかしどうも心が浮き立たないのはなぜなのか、と妻は化粧をすすめながら考えた。

いまの家からそう遠くないとはいえ、区をまたぐことになる。電車の路線も変わる。職場までの通勤時間は、経路は変わるが、いまとほとんど同じくらいだろう。乗り換えがあることを考えると、多少時間が短くなってもこれまでより少し面倒になるかもしれない。いまは駅までの行き帰りの時間も含めて片道一時間ほどかかっている。どうせ引っ越しをするなら、仕事場への通勤をもっと楽にしたかった。実際、物件探しはその前提で利用路線や駅を絞り込んでいたのだったし、最寄り駅までの徒歩距離については歩いて十分ほどのいまの家より遠くなることは絶対に避けたかった。というか、なんなら思い切って神保町の職場まで徒歩か自転車で行ける場所を、という考え方もある、と世田谷近辺から思い切って針を振り、都心の東側の物件を見に行ったりもしていた。先月内見した根津の駅からほど近い築浅の一軒家は素敵だった、と妻は封じ込めていた思いを解くように考えはじめた。

なんでも私たちと同年配の夫婦が新しく家を建てたものの、住み始めて間もなく長期の海外赴任が決まり貸しに出すことになったのだという。土地柄、敷地は広くなかったけれど、間取りが工夫されて内装も気が利いていた。日当たりもよく、小さな屋上もあり、そこまで狭さは感じなかった。近辺の街の雰囲気も好きだった。しかし夫は、全然収納が足りないと思う、と言い、言われてみればそれはその通りで、いまでさえそこらに積み重なって目障りな夫の本がこの家の限られた収納に収まらないことは明らかだったけれど、この根津の物件は、妻が諦めることに決めたあの駅までの通り道にあった憧れの家、いまはもう憧れることもできなくなってしまったあの家に対するのに似た気持ちを少し感じた物件だった。

またふたたび、せっかく出会った素敵な家を諦める、憧れることをやめなくてはいけない、そんな悲しさに自分は沈んでいるのだろうか、いやたぶん違う、と鏡の前で妻は思った。

おそらくは悲しみと言っていい感情をともなって思い出されてくるのは、この八年間過ごしたこの家の周辺や、想像すればほとんど一瞬で思い浮かべられるいろいろな場所への道のりだった。化粧を続ける手は勝手に動く。家の近所の地理、行き慣れた場所への道のりも、勝手に思い浮かぶ。

今日は日曜日だけど仕事に行く。家を出たら、道を挟んだ向かいの家と家のあいだの細い路地を抜けて中学校の裏手に出る。金網のフェンスがあって、フェンスの奥に桜の木が並んでいて、いまはちょうどきれいに桜が咲いている。フェンスには、五月頃になると黄色い小さな花をつける植物が蔓をのばして広がっていて、これもとてもきれいだった。いつだったかその前に夫を立たせて撮った写真を夫は気に入って、仕事のプロフィール写真によく使っていた。左に行けば床屋のある角があって、朝はよく夫がそこまで妻を見送りに歩いてきた。しかし駅に行くには左ではなく右に行き、中学校に沿って角を曲がる。中学校の向かい側には大きなマンションが二棟建っていて、大きいといっても高さはせいぜい五、六階しかない。一室一室は、なかを見たことはないがベランダなどを外から見る限りたぶん結構な広さがあり、昼間そこを歩くと最近は三味線の練習をしている音が聞こえる、と夫がこの前話していた。誰かが、三味線を習い始めたのかもしれない。たぶん、年配の人とか。一度だけ、週末に夫と歩いている時に妻もそれを聴いた。

駅に行くには次の角の丁字路を右に曲がって、マンションの横の道を抜ける。その先の神社の方から通りに出てもいいし、さらに左に曲がって信号のある交差点に出てもいい。交差点にはローソンがあって、けれども引っ越してきたばかりの時はその向かいにセブンイレブンがあり、それが最寄りのコンビニだった。間もなくローソンができて、何年かはコンビニ二軒がほぼ向かい合っている状態が続いたが、去年セブンイレブンはとうとう閉店してしまった。しかしその間に家からもっと近くに二軒もセブンイレブンができて、私たちもその閉店することになったセブンイレブンを使うことはあまりなくなっていたから、そのセブンイレブンが閉店してしまった時には引っ越し当時に世話になったにもかかわらずその後売り上げに貢献できなかった申し訳なさも少し感じたりした。近辺のコンビニの競争は激しく、乱立と閉店がほうぼうで繰り返されていた。

いまの家に夫と住み始める前、妻が住んでいたのは駅とは反対方向の、歩いて五分ほどのところにあるアパートだった。アパートからすぐのところにはファミリーマートがあった。年配の白髪のおばちゃんが店長で、愛想はないがよく行くのでたぶん顔は覚えられていて、時々挨拶をしたり、他愛ない世間話をしたこともあった。いまの家に引っ越してからも近くを通ったり、世田谷線を使って家に帰る時はそのファミリーマートの横が帰り道になるので、寄ることも多かった。しかしそこも去年閉店してしまった。同じ通りの百メートルも離れていないところに開店したセブンイレブンの煽りを受けたのだろう、と私たちは話した。そのファミリーマートはふたりとも好きだったし、思い入れもあったから、その閉店原因となったセブンイレブンのことはふたりともあまりよく思っていない。しかし通りがかりに必要とあればたまに利用もする。

田園都市線は、渋谷からそのまま半蔵門線に乗り入れて神保町に行ける。仕事に行くには電車が早いが、たんに渋谷に出るだけなら駅まで歩いて電車に乗るのではなく、角を曲がらず通りに出て、中学校の校庭の前にバス停があるからそこからバスに乗る。電車の方が早いが、駅までは十分以上歩かなくてはいけないし、渋谷駅の混雑も好きじゃない。というかなにより妻はバスが好きだ。多少時間がかかってもバスに乗りたい。バスに乗るとたいてい眠る。渋谷に通じるバスの停留所が家から近くにあるというのは、行きもだけれど帰りにはさらにありがたいことだった。

本数は他の路線にくらべればそんなに多くない。一時間に四本くらいだから、タイミングが悪ければ十五分くらい待つ。世田谷通りを千歳船橋とか成城の方へ抜ける路線もあって、そちらの方が本数は多いから待たずに乗れたが、たいてい選ぶのは家の近くを通る路線の方だった。多少待ってもバスに乗ってしまえば眠れるし、家の近所で降りられる方を妻は選んだ。寝ても夫が起こしてくれる。電車はあまり好きじゃないし、歩くのも好きじゃない。妻はいつも疲れていた。

思い出されるのは、どうしてか冬のバスだった。寒い日に渋谷の東急前のバス乗り場で首都高を見上げながら吹きさらしのなか待つのはつらく、周囲はいつも工事をしていてものものしい。ようやく来たバスに乗って、暖房がきいてくる車内の座席でだんだん体が温まってきて、その日の疲れに沈んでいくみたいに気持ちも鎮まって、眠りに落ちる。家に帰れる、休める、バス停で降りてがんばって少し歩けば家に着く、このバスは家の近くを通る方のバスだから、とそう思いながら目をつむる。自動アナウンスの女性の声が停留所の名前を告げて、目を覚まし、まだ自分の降りる停留所ではないとわかってまた眠り、また別の停留所で目をさます。そうやって何度も何度もバスに乗って、家に帰ってきた。

仕事や、出かけた先から、渋谷に出て、家に向かったその数十分の乗車を、この家に住んでいた八年のあいだに、たぶん百回とか、もっとかもしれない、繰り返した。夫婦で乗ったこともあれば、ひとりで乗ったこともたくさんある。いまこうして化粧をしながら一瞬でその道のりやバスに乗っている時のことを思い出せるようになった。この家を離れるとなれば、その道のりからも、バスで帰ってくる時間からも離れて、失うことになるのだ。それはさみしい。それにバスだけじゃない。バス停への道を思えば、そこからどんどん知っているこの家の近所や行き慣れた道のりが思い出されて、街が生まれるみたいに広がっていく。

階下でおばちゃんの声がした。おじちゃんは耳が遠いので、大きな声でしゃべるおばちゃんの声は二階へも届く。

話をしなくちゃ、と夫が言った。

おじちゃんたちに？

うん、と夫は言った。どうする？

それは先週見た家に正式に入居申し込みをし、この家を離れるかどうか、という意味で、妻は、いいよ、と応えた。冷静に考えれば、引っ越しはするべきだし、あの家を上回る物件にはそうそう出会えるものではない、とわかるから、そうすべきだと思う。けれども、何の迷いもひっかかりもないわけじゃないから、消極的な口調になって、背中を押してほしい大はそれが叶わず不満そうな鼻息をもらす。

妻は何が気乗りしない理由なのか、自分でもはっきりわからずにいた。通勤が楽にならないことは小さくない問題だったし、この家を離れるさみしさももちろんあった。あの憧れ続けた家への憧れが、理性とは別のかたちでまだ残っているのかもしれなかった。夫がそう簡単にことを進めないことをわかっていて、だから自分は引っ越しについて全面的に積極的だったが、いざ夫が現実的に動きはじめると、今度はこちらが少したじろいで、夫をけしかけた責任を感じたりもして、あれこれ不安になってくる。

化粧が終わって化粧品をポーチにしまい、鏡越しの夫はいなくなっていて、鏡の前からは死角になるキッチンでコーヒーをいれていた。ドリッパーにお湯を注ぎながら、ふうーと大きく息を吐く音が聞こえる。なにかを受け入れたり、覚悟を決めるような時に、夫はそんな呼吸をした。ため息とは違うが、その受容や覚悟が妻の所望するなにかである場合に、妻はそれをややあてつけがましく感じ、ほとんどため息のように思われる。夫はいま、たぶん新聞で読んでいた小説の家と、先日見た物件を重ね合わせて、ここを離れる覚悟を決めるように、新しい暮らしをできるだけ明るく想像しようとしている。妻は、夫の吐息を聞きながら、その負担を夫に課したのが自分であるかのように少し思う。ともあれ、私たちはいま、きっと、何かを決める前にいる。

家の前の道をトラックが通っていく音がして、家が少し揺れた。またおばちゃんの声がして、何をしゃべっているかまでは聞こえないが、おじちゃんに何かを説明しているらしい。ガラス戸を開ける音がした。続いて私たちの家の玄関にあがってくる階段の下にある、庭との境のドアを開ける音がした。おじちゃんが掃き出しの窓から庭に出て、それから外に出てきたのだ。そこから階段をのぼる足音がすれば、何かうちに用があるということで間もなくチャイムが押される。あるいはもう一回引き戸を開ける音がすれば、それは階段下から前の道に出る引き戸の音で、おじちゃんは家の前に出て、後ろ手を組んで家の前をゆっくり歩いて見て回る。あるいは箒とちりとりを持って前の道を掃き掃除する。

以前は毎朝家の前にトラックを停めてあれこれ仕事をする音が賑やかだったけれど、去年の夏に仕事をやめてからは、戸をひとつ開ける音にしてもその音だけが聞こえてすぐまた静かになるので、ひとつひとつの音にかえって静けさを感じるようになった。仕事をやめたあとのおじちゃんは、自転車で図書館に行ったり、買い物に行ったりしているようだが、やはり以前よりは少し年をとったように見えた。とくに何をするでもなく家の前に出てきて自分の家や近所の家の様子を眺めている姿はさみしげに映り、かつてのトラックや鉄やアルミを叩く騒々しい音、壮健なおじちゃんの働く様子の喪失をおじちゃんが見ようとしているようにも思えたし、私たちも、その喪失を強く感じていた。

引っ越し先を探していることについては、先日夫がおじちゃんに伝えていた。それをうなずきながら聞いていたおじちゃんは、少し黙ったあと、いつもよりしっかりした口調で、わかった、と言った。一階の玄関の上がり口に立ち、門扉に腕をもたせていたおじちゃんは、黙ってしばらく下を向いていた。夫が、無言にこらえかねて、僕らもさびしいんですが、と言うと、おじちゃんも、さびしいねえ、と絞り出すような声で言った。

妻はその場にはいなかった。夫が、自分が伝えると言うので、任せておいて、やはりぐずぐずしているので少々やきもきしながら様子をうかがっていたが、ようやく伝えたと聞いたその時の様子を、なんだかいまになって細かく思い出して、かなしくなっている。

瞬間の庭

それで妻はさっき思い描いたとおりの道を歩いて駅に向かった。ふだん自転車で駅まで行く時は、夫が中学校の角まで一緒に歩いてきて見送ることが多かったが、ゆうべ駐輪場に自転車を置いてきたので今日は歩きで、夫も玄関までしか来なかった。

妻を玄関で見送った夫は、二階の部屋で家事や仕事の準備をしながら、階下の音に注意を払った。それでおじさんが表に出てきたらしい、ガラス戸と庭の通用口の扉が開く音を聞くと、自分も外に出て階段を降りていった。

夫は家の前の道で何をするでもなく周囲を眺めているおじさんの姿を認め、郵便物を取るために外に出てきたかのように郵便受けを確認するふりをしていると、おじさんがこちらに来たので、こんちは、と挨拶をした。郵便物は何も来ていなかった。今日は日曜日だった。

いい天気ですね。

そうだね。

おじさん、引っ越し先がね、決まりそうなんです。あちこち探していたんですけど、ここにしようかなというところがあって、時期は早ければ来月くらいになるかもしれないんですけど。夫は言った。

言葉にしてみると、本当に引っ越しをするのだ、もうあとには引けないのだ、という気持ちになって、夫は、言ったことを後悔した。おじさんたちの都合もあると思うので、時期は遅らせたりもできるし、なるべく迷惑のかからないようにしようと思っています。

夫の顔をじっと見ながら聞いていたおじさんは、黙ってうなずいたあと、うん、わかった、と言った。

夫はそのおじさんの顔を自分はあとで文章で描写するのかもしれないと思いながら見ていた。おじさんの顔が特別いつもと違ったからではない。これが自分と、自分たちの人生を左右する、ある決断の瞬間、繰り返し何度も振り返ることになる瞬間になるだろうと思ったからだ。

こちらはいつでも構わないからね、決まったら教えて、とおじさんは同じ顔と体勢のまま言った。

さびしくなるんですが、と夫は前に引っ越しの意を告げた時と同じ言葉を繰り返した。うん、とおじさんはまたうなずいた。

おじさんは苦しそうな顔つきで庭へのドアを開けてなかへ戻っていった。引っ越しの話がおじさんを苦しめているのではなく、ふだんもそういう表情になることがあった。以前はそんなことないように見えたが、たぶん日常動作のちょっとした負荷や、動作によってふと乱れた呼吸を整えるのが、以前よりも大変になっている。

庭で仕事をしている時にはおじさんはいつも中折れ帽をかぶっていたから頭が隠れていたが、仕事をやめて帽子をかぶっていることがなくなると、頭頂部にはほとんど髪の毛のないおじさんの頭を見る機会が私たちは増えて、それもなんだか急に年をとったように感じた一因かもしれない。薄い銀縁のめがねの奥の目は細く、小さく、笑ってもほとんど様子が変わらなかった。表情を左右するのは口元だったけれど、唇は薄く、しゃべる時もそう動きが豊かなわけでもなくて、思えばおじさんの表情はいつでもそんなに大きく変わらなかった。だから、私たちは引っ越してきた当初は、このひとに少し気難しい印象を持ってもいた。

けれどもいつからか、その少ない表情の変化で、私たちはおじさんの笑っている顔や仕事で真剣な時の顔をちゃんと見分けられるようになっており、やはりいつからか年長者とか大家さんであるとかいう遠慮や気兼ねもあんまりなくなって、親戚のように気軽に話しかけたりするようになった。付き合いの年月だけでなく、おじさんたちが年をとったせいもたぶんあった。あとは引っ越した翌年の震災も大きかったかもしれない。夫は、二〇一一年はまだ小説家としてデビューしてはおらず、勤めの仕事をしていた。たまたま地震があった日は休みで家にいた。大きな揺れで外に飛び出ると、おじさんとおばさんも慌てて家から出てきて、夫はおじさんとおばさんの間でふたりに両手を握られながら、きしむ家やゆさゆさ揺れる電柱、向かいの家の自動車が上下に弾むように揺れているのを見ていた。その後余震が続いた時期も、たびたび夫は外でおじさんおばさんと出くわした。まわりの家はそんなに古くなかったから、木造で古い私たちの家だけがよく揺れた。

何かあったら、よろしく頼むね。

そんな漠然としたことを夫がおじさんに言われたのも地震のあとだったはずだ。夫がその時に思ったのは、困るとか迷惑とかではなく、頼られるよろこびと責任だった。

実際、引っ越しが決まって夫のなかに引っかかっていることのひとつは、その責任を果たせなくなることなのだった。夫が引っ越しの意向をおじさんに伝えることをずるずると先延ばしにしてきたのは、面倒くささとかではなく、極端に言えば、自分たちが引っ越しの意思を表すことが何かおじさんたちを見捨てるような、そんな宣告になるかのように思っていたからだった。

もちろん、店子に過ぎない自分たちにそんな負い目を感じるいわれはないのだし、おじさんとおばさんにはそう遠くない場所に暮らす子どももいるが、妻には夫がそう思うのも理解できた。

震災の日は仕事でいなかった妻が、地震のあった時に表でおじさんとおばさんが夫の手を握っていたという様子は、夫からではなく、おばさんから聞いた話で、夫によればそんな感じではなかったとのことだったから、もしかしたらおばさんの当時の不安と、たまたま夫が在宅だったことの心強さとが、おばさんの記憶の光景をすこし劇的にしているのかもしれない。が、それはそれでおばさんの真実だ。

夫は、おじさんを見送ったあと、階段をあがって二階に戻った。

それでそのあとおじちゃんは、と駅に向かって歩く妻におじさんは想像される。夫は一階の大家さん夫婦を、おじさんおばさんと呼んだ。妻は、おじちゃんおばちゃんと呼んだ。しかし妻は、自分がその場にいない夫とおじちゃんのやりとりを想像すれば、その呼び方は夫を通して、おじさん、と呼ぶ。おじさん、と呼べば、自分の声ではあるけれど、そこに夫の声が重なる。おじちゃん、と呼べば妻の声になる。夫も同じように感じているのだろうか。

それでおじちゃんは、サンダルを脱いで、玄関にあがり、くるりと回転して腰を落とすと、サンダルの向きを直して揃えた。廊下を歩き、トイレに歩いた。台所でテレビがついていた。流しで、おばちゃんが洗い物をしていた。おじちゃんはそれらに気をとめない。テレビの音も、水や食器の音も、ほとんど聞こえなかったし、聞こうともしていなかったけれど、それはおじちゃんにはわかる。もうこの家に四十年以上住んでいるから、おじちゃんのこの家での認識は、いま見えたり聞こえたりする色や音よりも、過ぎた毎日の時間によって導かれる、わかる。

その時、テレビはたしかについていたけれど、おばちゃんは洗い物なんかしていなくて、台所のテーブルに座ってテレビを見ていた。それは勘違いとかおじちゃんの耳が遠くなったせいと言えばそうなのかもしれないけれど、長い時間によってもたらされる予想が、ほんの少し的を外れただけだ。廊下の距離や、階段の高さ、ドアノブの位置を体が覚えているように、歩く一歩一歩も踏み出すその先にある床のことをよく知っているから、未知の一歩ではなくて、過去の一歩を歩くようである。ほとんど意識せずに体は動き、気づけばトイレだっていつの間にか済んでいる。

おじちゃんは台所で座るおばちゃんの隣の椅子に座って、一緒にテレビを眺めた。おばちゃんが洗い物をしていたかどうかは、どちらでもよいいまま、もう誰にもわからなくなる。

外は晴れていて、庭に面した台所の窓からは明かりが入ってくる。いまは冬の終わりの午前中だけれども、その時間も、時計やテレビ番組を見てわかるのか、それとも何度も繰り返された季節ごとのこの部屋の明るさや日の入り方でわかるのかは判然としない。どれが理由か、どれが先か、ということはいまここでは全然重要ではない。重要でないがゆえに意識を向けられず、語られることもないそれら、おじちゃんとおばちゃんとこの家の歴史からとりこぼされ忘れられるそれらを、夫は惜しいと思っている。二階で、床に耳をつけて様子をうかがいながら。自分が告げた引っ越しの決定が、階下でどのように語られるのか、夫は聞こうとせずにはいられない。

そのまましばらくおじちゃんはおばちゃんの横でテレビを見ていたが、番組がコマーシャルに入ったところで、おばちゃんに、二階の引っ越しがいよいよ本決まりになったらしいことを告げた。おじちゃんの声は小さいから、その言葉は夫には聞こえなかったが、おばちゃんが、えっ、と高い声をあげ、お二階さん？　お二階さん？　決まったって？　引っ越し？　と訊き返す声はよく聞こえた。おじちゃんの耳が遠いので大きくなりがちなおばちゃんの声は、床に耳などあてなくてもふだんからよく聞こえた。わざわざ意識したりせず、細かい内容など聞き取れなくても、階下から聞こえるおばちゃんの声を、二階で私たちは毎日聞いていた。

おじちゃんとおばちゃんは、ぽつりぽつりと会話を続けた。

会話だって、その言葉がいまにあるのか、それとも過去に交わした無数のやりとりの断片をつなぎ合わせているのか、よくわからなくなる。それはおじちゃんとおばちゃんが過ごした長い年月によるところはもちろんあるけれども、そのふたりの上で、二人の声をぼんやり聞きながら過ごした私たち夫婦の八年間だって決して短い月日ではなく、ふとした拍子に、自分が相手に発する言葉が、いつかの繰り返しとか、コピー&ペーストしたもののように感じられることが増えた。それに気づいたからといって、じゃあ何か新鮮な会話を繰り出せるかと言ったら、それはそう簡単なことではなく、長く一緒にいることには、相手に対する心の動きが凝り固まっていくような息苦しさや退屈さもある。

だから、私たちで三組めだったというあの家の店子が入れ替わっていくことは、おじちゃんとおばちゃんの生活に、いくらかの新鮮さをもたらしてきたのかもしれない。住む人が変われば聞こえる音も、声も、足音も変わる。音のする時間帯も変わる。そして私たちと同様、おじちゃんとおばちゃんにとっても、この八年で私たちが階上にいることの新鮮さはとっくに失われたことだろう。私たちのたてる音、私たちが階上にいることに、もうとっくに慣れたし、はじめは気になっていたことも、もう何も気にならない。驚くような変な音も聞こえてこない。

しかし、と妻は思い当たる。近頃この家に起こった大きな変化がある。

おばちゃんはお茶をいれてそれを飲みはじめる。おじちゃんの分もテーブルに置かれ、おじちゃんはやっぱりそれとほとんど意識しない、過去の繰り返しみたいに、ありがとう、と言って適当に冷ましてお茶をすする。会話は途切れてテレビの音だけが続くなか、おじちゃんが背後の窓を通して庭の存在を感じる時に、もうひとつの大きな時間がおじちゃんに流れ込む。この家に住み始めてから、ほんの半年前まで、そこで毎日働いていた、おじちゃんの仕事。金盥《かなだらい》に金槌類、その他の工具の置き場所、塀に立てかけた鉄板、を摑んでコンクリを打った床に敷く動作、やりかけの鉄くずは奥に積み上げて、仕事が終われば分厚い防水シートをかぶせておく。二枚重ねの軍手には油が染みて、使っているうち金属粉が編み目をすり抜けて指先や手のひらがちくちくとする。安全靴の重さ。水場。鉄くずを詰めたずた袋を持ち上げる時の呼吸と腹、腰の使い方。金槌で鉄ネジを叩き割る音。その衝撃。接合部分が剝がれ、だいだい色のやわらかい錆に覆われた内側が露わになる、細かい破片が飛び散って落ちる小さな音。夏には帽子の下からどんどん流れてくる汗と、喉の渇き。冬には手足の指先の冷たさと服のなかの汗ばみ、鼻水がすすってもすすっても落ちてくるので、そのまま垂らしておく。その音を聞き、作業する背中を、腕を見るおばちゃんの視線。お昼ですよ、お茶ですよ、と窓を開けておじちゃんに向けられたおばちゃんの声。

たくさんの瞬間とたくさんの季節が庭に、そして庭からおじちゃんに流れ込む。その膨大な時間はしかし、おじちゃんの何もさらっていかず、次の瞬間にはその不在ばかりが、背中の後ろの、静かな窓の向こうだった。

　夫は床に耳をつけ、妻は駅に向かって歩いている。妻はその時、まだ夫がおじさんにいよいよ引っ越しが決まったと告げたことなど知らない。歩きながらそのことを想像している妻は、もっとずっとあとから、引っ越しも済み、その家を離れてずいぶん経った頃から、その特別な瞬間をまるでその時想像したみたいに思われている。駅に向かって歩いている。

伸縮性の実感

私は今日も食い道楽、腹が減った、なにか食いにいこう。

窓目くんは腹をぽんとひとつ叩いて、部屋でひとり呟いた。

床に昨日脱いだままになっていた服に着替えながら、ここ数年で俺の私服はほとんどがアウトドアメーカーの登山なんかで着るような服ばかりになったんだけど、とひとりごとを続ける。最近のアウトドア系の服は、技術が発達して抗菌とか防臭とかの機能がすばらしく、こうやって何日か洗わないで着続けても大丈夫だし、もちろん丈夫で動きやすいし。

玄関で、やはりトレッキングにも対応できる防水のスニーカーを履きながら、１ＤＫの部屋を振り返って、でもご覧の通り部屋はきれいだし、週末にまとめて洗濯するし、怠惰な生活をしているというわけではないよ。

外に出た。天気はよく、暖かい。アパートの前の道に出たところで、二、三度屈伸運動をして、ズボンのストレッチ性を確かめ、ほら、動きやすいよ、と言う。

肩に斜めにかけた小さな茶色のバッグから、電子煙草を取り出し、ふだん身につけるもののうちで、このバッグだけはアウトドア用品ではなく、もう五、六年か、もっと前にどこかの服屋で買った。茶色いナイロン製で、てらてらした光沢がなんか虫みたいだ、と他人によく言われる。防水性はないはずだが、くたびれるにつれてかりのでてきた表面が、多少の水なら弾きそうに見える。煙草を吸いながら、とりあえず駅の方へ向かって歩きはじめた。

窓目くんは、前日どれだけ飲んでもまったく二日酔いにならない。今朝も、仕事のある平日よりは遅いが、八時過ぎにはすっきり目が覚めた。いまは十時くらいだ。

酔っ払った翌日は記憶がとんでいることが多い。というか、記憶と一緒に酔いがとんでいるから俺は二日酔いにならないのではないか。しかし同時に、酒が残らず、記憶も残らないとは言っても、前日のなにかが、なにも残らないというわけではないよ。

ゆうべは、気づくと田無駅のホームにいた。終電は終わっていた。おそらく八朔さんの家の花見の帰りに、酔っ払って電車で寝てしまい、西武新宿で折り返して田無まで来た。駅を出て、タクシーに乗ったのはなんとなく覚えがあるが、どうやって家に帰りついて部屋に入り、どうやって眠りについたのかは思い出せなかった。しかし着ているものや部屋の様子から考えると、ちゃんと風呂にも入ったらしかった。

思い出せないからといって、そこになにもないわけではないよ、と窓目くんはまた言い、じゃあそこにあるのはなにかだって？　と誰かに問われたような調子で問い返す。が、そのあとはなにも続けず、黙って煙草を吸いながら歩いた。

駅前の道と、駅周辺の店を思い浮かべ、どこでなにを食おうかなと考えた。昼にはまだ早く、目当ての何軒かのラーメン屋はまだ開いていない。ならいっそ、電車に乗って、どこかに遠出してなにか食べようか。

駅の近くまで来ると、沿道の桜並木はほぼ満開で、ゴザを敷いたりして花見をするような場所ではないけれど、歩道に立ち止まって花を見上げたり、写真を撮ったりしている人もいた。窓目くんもなんとなく立ち止まって、たわわに花をつけてこぼれ落ちそうな桜の枝先を見上げた。カバンからスマートフォンを取り出して、一枚写真を撮った。画面を確かめると、くすんだ色のつまらない写真が撮れていた。

そのまま画面をスワイプすると、アルバムには昨日の八朔さんの家で撮った写真がたくさんあった。天麩羅ちゃんとけり子の夫婦の写真、私たち夫婦の写真、天麩羅ちゃんがつくったスリランカの料理の写真。どれも緊張感のない、ただの昨日の記録。そのなかに、円ちゃんを抱っこした八朔さんがけり子を見て笑っており、その八朔さんの後ろで無表情の植木さんが窓の方を眺めている一枚があった。こうして見るまで忘れていたが、あまり三人並んでいることの少ない気がする植木一家を、無理矢理画面のなかに並べて収めようと思ってシャッターを押したときのことを思い出した。自分たちを知らないひとにとっては、何も見るべきところのないだろう退屈な写真、つまらない写真だが。

十五年前には、八朔さんと植木さんが結婚して円が生まれるなんて、想像もしていなかった、当たり前だけど、と窓目くんは言った。いや、大学当時から付き合っていた八朔さんと植木さんが結婚したり、もしかしたら子どもが生まれたりすることをまったく想像していなかったわけじゃなかったかもしれないけれど、実際に円ちゃんを目の前にして、抱き上げてみたり、足首をもって逆さにぶら下げると大よろこびするのを見たりすると、こんなことはまったく想像できなかった、想像を超えている、と窓目くんは思った。いまこうして歩いていても、昨日触れた円の足首の小ささ、やわらかさ、あたたかさが手によみがえる、そんなことを思う窓目均三十五歳です、と窓目くんは呟いた。

円ちゃん同様に、けり子のパートナーの天麩羅ちゃんや、滝口の妻も、十五年前の自分たちの周辺には影も形もなかったのだ、と窓目くんは思った。そしてきっと彼らの方から見れば、自分や八朔さんは影も形もなかった。

相模原の方にあった、窓目くんと八朔さんと植木さんが通っていた大学のキャンパスの近くにも、毎年桜がたくさん咲いた。そのことを思い出すと、もうどれが先でどれがあとだか全然はっきりしない学生時代の花見の記憶が何年ぶんもがらんがらんに絡まって思い出されてきた。若い八朔さん、植木さん、その他のやはり若い友人たちの姿が、そのところどころにいたり、いなかったり。いまはあまり会わなくなった人もいる。

いろいろなことが思い出される、当然若かった自分たちの記憶のあれこれ、いさかいや、恋愛や、欲望や、裏切りや……ああそうだ、俺とか八朔さんがいたのはバンドサークルだったんだけど、俺、学園祭で弾き語りをしたんだった、アコギひとつ持って奥田民生、井上陽水、ブルーハーツ、宇多田ヒカル……。学園祭で、っていうか、サークルと関係なく、大学の敷地の外の、外のっていうか、敷地から結構離れた道ばたの、学園祭にくるお客さんが通る桜並木のところで。いや、通行人に向けてというか、そこはバス通りで、大学に行く人はみんなバスを使うから、その道を通り過ぎるバスに向けて、バスでそこを通り過ぎる、乗客たちの一瞬に向けて、ギターを弾き、そして歌を歌った。

サークルはサークルで、もちろん文化祭のための催しがあった。教室に設営したステージで、サークル内で組んだバンドが順番にライブをする、みたいな。でもその準備だかリハーサルだかでサークルの友人たちと口論になって、酔っ払っていた窓目くんは自分の出番を全部パスしてギターを持ってキャンパスを出ていき、しばらく歩いた先の桜並木の道ばたで、時々通るバスや、一般の通行車両に向けて弾き語りをした。学園祭は秋だから、桜の花は咲いていなかったけれど、その話を知る人のなかには満開の桜の下で窓目くんが弾き語りをしていたように思い描く人もいた。あの日バスや自動車の窓から一瞬見た、歩行者などほとんどいない沿道でギターを弾きながら歌っている変な男のことを、夢か、なにかの記憶違いかもしれないと不安になりながら、どうしても忘れられず、時々不意に思い出す人もいた。もう十五年も前のことだ。

口論の理由なんか忘れてしまったことにするけれど、実ははっきり思い出せる。思い出せるが、話すようなことでもない。恥ずかしいとかみっともない、というよりも、話す労力にさえ見合わないどうでもよさというか、つまらなさで。そういう、いまから見たら軽すぎるし小さすぎる過去の理由や出来事、別に話すまでもない記憶というのがたくさんあり、もう一方に、秘密や隠しごと、話したくないけれども自分にとって重要な記憶というのもあって、それらのうちどれらをどこまで話せばその話は嘘じゃないと言えるのか。そもそも俺は秘密とか隠しごとなんかあんまりないんだけれども、そのひとりで道ばたでやった謎の弾き語り、まあ酔っ払ってたんだけれども、そのこととかも、別にそんなに恥ずかしくはない、いまとなっては笑い話、というかちょっとした武勇伝に仕立てられないこともないよ。その話をたぶん滝口が知って、というか俺から聞いて、小説に書いたりもしてるよ。

妻はいつか、窓目くんに、夫の小説には明らかに窓目くんをモデルにした、というか窓目くんとしか思えない人がたびたび出てくるけれども、不快だったり、不満だったりはしないのか、と訊ねたことがあった。

窓目くんは、明らかに自分と思しき人間が小説のなかにたびたび現れ、読めばなるほどたしかにそれは俺のことだ、と思うけど、別に不快でも不満でもなく、特に迷惑でもないよ、と言った。というのも、たしかにそれは俺のことだと俺はわかるけど、その人物のどこを切り取っても、現実の俺ではないし。それは俺だけど、そいつの部分だけ見ると俺じゃない。そいつのエピソードが、俺の実生活や実人生と結びつくわけではないから、考えはじめると俺はなにを以てその小説のなかの人を自分と思うのかがよくわからなくなるんだけど、たんなる錯覚なのではないか、とかも思うんだけど。あるいは俺には実生活や実人生なんてないのかもしれない。いや、そんなことはない。そんなもの見たこともないし、意識したこともないけど、実際に毎日生きて、会社に行って、働き、賃金を得て、パチンコに行ったり、飯を食いにいったりしてるよ。

妻は、それにたとえ小説のなかのそいつが自分で、それが第三者に判明したらなにか迷惑が及ぶかもしれなかったとしても、夫の小説の読者はそんなに大勢いるわけではないだろうと窓目くんが言っていたのを思い出した。書いたものがたくさん売れるとか、世に広く広がることを、そもそも避けようとするようなところが昔から滝口にはあり、俺らしき人物のことばかり書いていることもそれに関係があるかもしれないというか、たぶん大いに関係していて、むしろ俺のせいなのでは？　あいつの小説が売れないのは。

夫は、自分のこととなると、何を書けばいいのかよくわからなくて、うまく書けないが、窓目くんのことならうまく書ける、などと楽しそうに言う。そんなの、なんだかもの凄く勝手というか、人でなしなことではないのかと思うし、そんな人が夫であるというのはすごく危険なことなのではないかと思うのだけれど、と妻が言うと、窓目くんは、え、いま頃そんなことに気がついたの？　と言い、でも大丈夫だよ、どうせ何を書いたってたいして売れやしないんだから、と笑った。あ、大丈夫じゃないか。

しかし妻としては、売れるの売れないのよりも、人でなしなのでは？　というところが先に引っかかるのであり、右のようなことを窓目くんに言われると、ああ、窓目くんもその一味というか、この人も人でなしなんだった、というか、もしかしてこの人こそが？　と思う。

窓目くんはここ数年、着ている服がいつも山登りのひとみたいになって、動きやすいのはわかるが、それが年々食い道楽で太りつつある体型を甘やかす一因となっているように妻は思う。ほら、伸縮性、動きやすい、と屈伸運動などして見せられても、その伸縮性が、その年々大きくなっている気がする胴回りの成長に拍車をかけているのでは、少なくとも歯止めを利かなくさせているのでは、と思う。

窓目くんがさらに画面をスワイプして写真を流していくと、円ちゃんにせがまれてスマートフォンを渡し、円ちゃんが窓目くんを撮った写真があった。シャッターボタンを押しっぱなしにしたため連写されて、ほとんど同じ写真が何枚もある。ぶれて画面の半分ほどしか映っていない昨日の自分の顔を見て窓目くんは、髪が伸びたな、と思った。

その自分の連写が終わると、自分が撮った円ちゃんの写真が続いて、それを一枚ずつ見た。見終わると、円ちゃんの笑った顔を見ているうちに、顔が自然と笑い顔になっていたことに気づいた。まわりの人に、気味悪がられていたかもしれない。窓目くんはスマートフォンをポケットにしまい、吸い終わった煙草を吸い殻入れにしまい、腰に手を当てて少しひねると、また屈伸運動をした。

やはりズボンの生地はよく伸縮した。膝を曲げる際には、お尻や太もも、膝の表の部分で特にその伸びを実感できる。この伸縮性が、俺の動きを妨げないのだ、という実感。そこには小さな満足と、よろこびがある。それを確かめるために、こうして意味もなくときどき屈伸運動をしてしまう。誰にも伝えられることのない、伝えるほどのものでもない、私服を着る日つまり週末と祝日の、小さな俺のよろこび。それがこの伸縮性によってもたらされる。いつでも。そして何度でも。伸び広がりと、元に戻るちから。そしてそれを繰り返してもへたばらない耐久性。ああ本当に、今日はなにを食べよう。

　窓目くんはそれからもう一度頭上の桜を見て、後ろに反らした頭の重さと、上着に擦れる襟足の音を確かめて、やっぱり髪が伸びたな、と思って、飯の前に散髪に行くことにした。

ヘアーサロンで（一）

人間、自分の目で自分の頭をじかに見ることは、ふつう一生ないよね。美容室の鏡には、首から下にクロスをかけられて、てるてる坊主みたいな格好になった窓目くんの姿が映っていた。じかに見たことはないが、自分の髪の毛が大変なくせ毛であることは知っている。毛量が多く、一本一本が硬く、乾いている。全体がとぐろを巻いたようにうねって、パーマをかけたわけでもないのに、少し伸びるとアフロヘアーのように嵩《かさ》が増す、俺の頭、俺の髪の毛。

いま、その窓目くんの髪の毛を切っているのは、草壁さんという若い女性の美容師だった。葉っぱの草に、ぬりかべの壁です、と草壁さんは自己紹介をして、椅子に腰掛けた窓目くんに、では今日はどんな感じにしましょうか？　と鏡越しに顔を見て、訊ねた。

窓目くんは行きつけの美容室をもたない。何年も前から、必ず毎回、新しい美容院に行って切ってもらうと決めている。そういうふうになったのは、窓目くんの独特の毛髪のくせや頭の形が、美容院や理容店で驚きと感嘆をもって迎えられることが多いからで、あるとき、もしかして自分の頭髪はかなり稀有な、マル珍の類いなのではないか、とあらためて思い至った窓目くんは、以来毎回自分の頭髪をはじめて見、はじめて触れるひとに、散髪してもらうことにした。

今日みたいに、髪が伸びたな、と思ったら、通りがかりの手近な店に飛び込みで入って、予約なしでいま切ってほしいと頼む。結構な確率で、特徴のある髪ですね、的なことを言われる。別に理美容業界に貢献する義理はないのだが、いくらかレアなサンプルを提供するような心持ちがなくもない。もちろん、毎回違うひとが切るのだから、できあがりも一定にはならない。変な髪型になることもある。というか、俺の頭はどんな髪型になっても変な気がする。この髪型が似合うと自分で思ったことがないし、他人から言われたこともない。昔、けり子にどんな髪型が似合うと思うか意見を求めたら、窓目くんは髪型が似合わない、と言われた。なるほど至言だと思う。

だから、窓目くんにとってひと月かふた月に一度の散髪は、見映えをよくする目的というよりは、自分の髪を切る美容師に驚きと感嘆を提供するためのイベントだった。これまでに窓目くんの髪を切ったひとたちによって、いまの窓目くんの頭がある。また髪の毛が伸びれば、新たなひとが窓目くんの頭をつくる。窓目くんの頭の歴史がそうやって続いていく。何度も白く塗り込められては新たな絵が上描きされた油絵のキャンバスみたいだ。

刈り上げにはしないで、全体に量を少なくしてください、と窓目くんはいつもと同じシンプルなオーダーをした。

ジーンズに古着らしい薄いピンクのスウェットを着た草壁さんは、少し茶色がかった短い髪に、ターバンのようなヘアバンドを巻いていた。ふんふんなるほど、と窓目くんの襟足や側頭部らへんの髪の毛にやさしく触りながら、やはり少々驚くような戸惑うような表情を見せたように窓目くんは思ったが、それは気のせいかもしれない。毎日いろんなひとの髪の毛に接しているプロの美容師が、そうそう表情に見てとれるほど動揺を表したりはしない。美容師たちの驚きや感嘆は多くの場合、あくまで髪を切られている窓目くんの主観的な観察に過ぎないが、もちろん時には直截な印象を口にする美容師もいた。そういうひとには、あは珍奇な髪の毛でしょう、などと応えた。

ある程度のキャリアがある美容師ならば、毛髪の質やくせ、頭の形や髪がどっちに向いて生えているかなどは、概ね切る前に把握できる。なるほどそれはそうだろう、切りながら驚いているようでは、思った通りの仕上がりにならない。

春日通りと不忍通りの交差点近くにある小さなヘアーサロンを営む草壁さんは、聞けば窓目くんと同い年だった。見習いのスタッフがひとりいるが予約があって立て込んでいる日以外は休みなので今日はひとりだ。三十歳のときにそれまで勤めていた青山のサロンをやめて、この店を開店した。駅で言えば最寄りは丸ノ内線の新大塚駅か、有楽町線の護国寺駅になる。通りの交通量は多いが、どちらかといえば古くからの住民が多く、あまりひとの往来がある地域ではない。近くには大学もあるが、店が少なく裏手にあたるこちら側にはあまり学生は流れてこない。繁華な土地柄の店と違って、むしろ平日の方が近隣のご婦人などの予約が多く、土日は今日のように暇な時間も多い。時々は美容学校などで出張授業みたいなことをしたり、店を持たない知り合いの美容師に場所貸しをしたりもしている。まあそんなこんなで店はじめて五年経って、まあどうにかやっていけてます。

なんでこんなところに店を出したんですか、と窓目くんは訊いた。

青山とか代官山とか、若いひとが多い街でずっと働いてて、当然お客さんも若いひとが多いし、流行とかにも超敏感で、まあ自分も若い頃はそういう場所でがしがしやるのは勉強になったんですけど、独立して店をやるならもう少しお客さんの生活に近いところで仕事ができたらいいなと思って、と草壁さんは応えた。髪を切る左手の薬指には指輪があったので、たぶん結婚しているのだろう。俺は独身だ、と窓目くんは既婚者が既婚者であることを確かめたときにいつもそうするように、心中で呟いた。

まあ店の家賃とか現実的な理由ももちろんありますけどね、このへんを選んだのは。田舎から出てきて専門学校に通ってた頃に、大塚に住んでたんです。四年間。東京に出てきて、はじめてひとり暮らしして、店に入ってから少しして引っ越しちゃったんだけど、好きだったんですよねこのへん。田舎？　鳥取です。

窓目くんが大塚に越してきたのはいまの会社に転職して間もない頃だった。

上司とうっすらけんかを続けていたのだがそれにうっすらと負け、それまで働いていた職場をやめ、転職サイトで見つけた小さな異業種の会社に転職し、それに合わせて家も引っ越した。

なんですか、うっすらしたけんかって。

どこがどうとは言えないけれども肌の合わない直属の上司がいて、こっちも向こうが嫌いだけど向こうもこっちが嫌いだ。目には見えない言葉尻、言い回し、脇を通る際の椅子の位置や角度、ふとした瞬間の目線や表情、そんなところで互いに戦ってて、かつ相手につけいる隙を与えないよう、仕事はミスなく先回りして先回りしてやってたんだけど、ある日朝起きたら体が動かない、会社に行けない。会社を休むにも枕元にある携帯電話にも手が届かないから、連絡ができない。意識だけはある。金縛りかと思ったけど、それともなんか違う、なんだこれはと思いながらも、動かない体でずっと頭に浮かんでいたのはひたすらにその上司のことで、声も出ないしそうしたいわけでもなかったと思うのだけど、布団に横になって天井を見たまま、ここで俺が負けよう、とそう思った。それで前の会社は辞めた、という話を窓目くんはその時そこまで細かくはしなかったけれど、髪を切ってもらいながら、思い返していた。あれが二十五、六の頃か。

斜に構えて悪態をついていればよかった頃、社会はまだ対岸にあった。けれどもやがて自分が、自分たちが、その社会の方へ渡って、そのうちに入るようになると、会社や、お店や、電車や、ひとり暮らしのアパートの部屋は、それまでは想像のつかなかったような些末で取るに足らないような手間と面倒の集合でできていて、くだらないと思おうが馬鹿馬鹿しいと思おうが、自分がその面倒を背負わなきゃ誰かがそれをやることになる。だと思えば、やるほかないと思う。それで体が疲れる。ストレスがたまる。それを発散すべく酒を飲み、煙草を吸い、食べたいものを食べたいだけ食べる。それで太る。そしてだいたいのことにはそのうち慣れる。

それまでどれだけ食べても太ることのなかった体重が一気に増えたのは、その上司とのうっすらした戦いをしていた時期だった。いまはいくらか体重は落ちたけれど。

若い頃一緒に斜に構えて社会に悪態をついていたけり子も滝口も八朔さんも、実は自分と同様に、うっすらした敗北みたいなものを経験していたということを知ったのは、結構最近だった気がする。いや敗北とは違う、と彼らは言うだろうか。たぶん言わないのではないか。なぜならみんな、密かにそういう時期や出来事を経験しつつ、電話やメールでそのことを俺に相談したり、話したりはしなかったからだ。自分も別に彼らに相談はしなかった。みんなそれぞれに密かに抱え込んでいた、少なくともいまから考えればそう言って間違いではなかった。

滝口は小説が仕事になる前、勤めた会社に入って少しした頃に、朝の通勤電車で勤め先の駅まで行けずに途中下車して、地下鉄の駅のホームのベンチに何時間も座っていたと言っていた。

けり子はカメラマンのアシスタントをしていたときに、何日もほとんど寝ないで働いて、ほんの休憩の合間にコンビニで買い物をしていたら、突然お弁当の冷蔵ケースの前で涙が流れてきて、とまらなくなった。

八朔さんは会社に入った最初の年に何日も残業が続いて、終電もなくなって会社に泊まって、夜中にトイレに行って鏡を見たら、自分の目玉が塗りつぶしたみたいに全部真っ黒になっていた。もともと黒目がちではあるのだったが、それにしても、白目が、全然ない！

そういう話を、笑って話せるくらいになってから、酒を飲んだりしながら笑い話にしたのだ、俺たちは。そう思うと、彼らが愛おしく思えて、窓目くんは髪を切ってもらいながら、ちょっと泣きそうになった。

年をとったなと思う。老いた、というより、結構な時間が過ぎた、という感慨。今年で三十六歳だから、半分に割ると十八年。十八年といえば、俺と滝口とけり子が高校を卒業した年で、八朔さんは十七歳で、翌年に大学で俺と会うことになる。みんなが社会に悪態をついてた頃だ。〇歳からの十八年は、幼年期から少年期であり、毎年がはじめての一年一年だ。小学生の頃の、一年の途方もない長さ。季節の移り変わりも、去年の冬と今年の冬とでは、なんだか全然違うものみたいに思えた。というか、一年が長すぎて、去年の冬を覚えていない。しかし長じるにつれ時間は短く感じられるようになって、夏も冬もよく見知った仲になり、十八から三十六歳まで二周目の十八年で俺たちは少年から中年に至る。あの長い長い幼少期がもう二度とは訪れない、失われた時代であるのだと悟り、成長はとまり、体はだんだん老いはじめる。太ったのもその一環だし、たとえば昨日みたいに酔うと記憶がすっ飛んでいるようになったのも三十を過ぎてからだ。あとは小便が我慢できなくなった、それから、と思い至っててるてる坊主の布の下でこっそり確かめてみるとやっぱりだ、ズボンのチャックが開きっぱなしだ。ここに来るまでトイレには寄っていないから、家からずっと開きっぱなしだった。家の前で屈伸運動をしている時も、駅前の桜を見上げている時も、ずっと開いていた。草壁さんは気づいただろうか。こうしてズボンのチャックが開きっぱなしのことも、ここ数年で明らかに増えた。昔はこんなことなかった。おそらく三周目の十八年はもっと短い。十八年後は五十四歳。このままいくと三周目にはチャックを締め忘れるどころか、おちんちんが出っぱなしになっているんじゃないか。社会の窓から、社会の窓目が……。

窓目くんの前頭部の最前線は概ね左から右へ、対面した者から見れば右から左へと髪の毛が流れているが、それは生え際に近い部分だけであって、そこから頭頂部にかけての部分では、根元はまず上方へ立ち上がり、毛先は左から右へとカールしている。そして頭頂部近くに至ると、そのカールに拍車がかかったように、左から右を経て上方むしろ後方へと旋回し、控えめな、あるいはひよわな鶏冠《とさか》のような具合になる。一方、両側頭部では髪の毛はやはり根元から立ち上がったのち、カーブしながら前方や後方へと毛先は複雑な動きを見せ、荒れた庭、雑草の繁茂といった様子で、昨日、八朔さんの家で静かに庭の草木を眺めていた植木さんの佇まいが一瞬思い出される。右側と左側でも当然状況は異なるし、そこにはしばしば毎日の寝ぐせや湿度、体調の影響も加わって混沌とする。いずれの部分も、複雑に渦巻き幾層にも重なった豊かな毛量のせいでその奥は見通せない。頭皮などどこまでいっても行き着かないかのように、髪の毛の奥は真っ暗、真っ黒だ。後頭部ももちろん一枚岩ではない。毎日いろんなひとの頭髪に接していれば、たとえ窓目くんほどの複雑混沌を目の前にしても、自然と状況は整理されて見えてくる。どこをどうすればどうなるか、計算が立つ。どんな頭でも。それをつくり出すのは頭皮から生え出た一本一本であることには違いない。そして一本一本は、みな別々のようでそんなことはない。どんなにばらばらに見えても、そこには連動が、同調が、リズムがある。私は音楽はアンビエントとかドローンとかが好きなんですけど、と草壁さんが言った。どんな捉えどころのない音楽でも、聴いていればそこにはリズムとか脈絡みたいなものがある。このひとの場合は、たとえるなら結構重めのドローンみたいな頭だ、と草壁さんは思った。嫌いじゃない。もちろん口にはしないけれど。

草壁さんが音楽の好みについて話したのは、毛髪の話をするためでは全然なかった。店で流れていた曲を窓目くんが、これ誰のCDでしたっけ、と訊いて、あ、これ知ってます？ジム・オルーク、と応えた流れでだった。ほんとは、アンビエントとかドローンとかが好きなんですけど、ヘアーサロンでそういうの流してるとすごいニューエイジ感が出ちゃって。スピっちゃうっていうか、なんかちょっと違う店みたいになるから。

スピっちゃう？

スピリチュアル系の。

ああ。

ヘアーサロンで（二）

切られた髪はクロスの上をすべって床に落ちる。張りがあって腰も強い窓目くんの髪の毛は、床の上で自然と絡まりあいまとまりあって、いくつかの小さな山となった。

髪の毛に限らずどんな毛でもそうだけれども、それらがたしかに一本一本であることがすごい。髪を切り続ける草壁さんの手とハサミの先には、それぞれひとつとして同じではない毛穴から伸び出てきて、てんでにたゆたいうずうねり形成されたこれまた山のような、後ろから見たのでは頭の形も頭皮も見えず、それどころか、その反対側に顔面があるなんて思えなくなってくる霊峰みたいな窓目くんの頭と髪の毛があった。

窓目くんは、若い頃なら髪型や髪の色にもいまよりもっと気をつかっていた。髪を切る際には細かい注文をしたりもしたし、毎朝時間をかけて髪型をセットしたものだったけれど、いまや整髪料など使わないし、ひと月かふた月に一度、こうして場あたり的に床屋か美容院に来て、どうなってもいい、みたいな気持ちで髪を切る。そして実際、結構思いがけない髪型にされたとしても、窓目くんの心中も窓目くんの生活も特段の動揺はないのだった。

というかこの頃は、どういうわけか、一切の整髪料を使わずとも、自然といつも同じ髪型になった。朝起きて、顔を洗ったり朝飯を食べたりして、仕事に出かける頃になると、何もしてないのにいつもの髪型ができあがっている。窓目くんは通勤はスーツではなかったけれど、ワイシャツとかスーツの販売文句で見かける形状記憶みたいな機能が、もしかしたら窓目くんの髪にもあるのかもしれない。寝ぐせがつく日もあるけれど、毛量とうねるくせ毛に飲み込まれるように、いつの間にかどこが寝ぐせだったのかわからなくなる。かつては通勤前にヘアワックスを使っていたこともあったのだけれど、ある時使っても使わなくても同じ髪型になることに気づいて以来使っていない。

いや、使っても使わなくても同じなんてことは絶対にないですけどね、と草壁さんは言った。まあでも言ってることはわかりますよ、それに整髪料を使わないなら使わない方が髪や頭皮の健康にもいいです。けれども、とここから先は口には出さないけれども美容師として草壁さんは思いを進める。毎日いろんなひとの何万本という髪の毛に触れ、切り、脱色したり染色したり、パーマをかけたりシャンプーをして乾かしたりしている草壁さんには、右のような窓目くんの生活や思考というものが、窓目くんの髪の毛を見れば一目瞭然で、草壁さんは、もっと手をかけてあげてほしい、あなたのこの独特な髪の毛に、もっと手間と時間を。愛情を。そしてもっと知ってあげてほしい。

　毎日髪型を気にして、手をかけてあげることが髪の毛に与える影響は、科学的にどうとは言えないが経験上間違いなくある。髪や頭皮の状態というより、そのひとの雰囲気にそういう手間や意識はにじむ。私は、髪の毛からそれを感じる。美容師にとって、そのひとの髪の毛はそのひとの顔に匹敵する情報量を持つ。窓目くんの場合は今日がはじめてなので草壁さんにはいくぶんわかりにくかったけれど、何度も通ってくれているひとが、忙しくて余裕がなかったり、生活に変化があったりするとだいたいすぐにわかる、髪の毛で。エステティシャンなら肌で、マッサージ師なら筋肉でわかるのかもしれない。

　髪の毛は、膨大な数の一本一本が、毎日生えては抜け生えては抜けて入れ替わり、同じひとの髪の毛といえども、いまここに生えている一本と同じ一本というのはどこにもないし二度とない。細胞とかと同じように、髪の毛は、そのような営みを営んでいる。たとえば皮膚や爪、血や汗、尿や便、精子や卵子だって同じだ。けれどもそのなかで、生命維持の目的を離れて、ひとの美観に与《くみ》することができるところが髪の毛はおもしろい。ひとの美観に、絶対的な美醜の測りなどないことは言うまでもない。あるひとに似合う髪型が、別のあるひとには似合わないということがよくあるけれど、似合う似合わないというのは髪型とそのひとの組み合わせのようにして決まったり評されたりすべきものではない、というところまで草壁さんは話を進めたい。

顔の骨格や肌の色と髪質や髪の色から求められるセオリーみたいなものはたしかにある。しかしそういうセオリーの真逆を行く髪型が不思議と似合う場合もある。それは結局そのひとの思考や経験に基づく振る舞いや行いがそれを似合わせるのであって、そういう含蓄は一般的なセオリーを簡単に打ち砕く。髪の毛に日々意識を向けることが、そのひとの全体における髪の毛のあり方を変え、そして髪の毛とともにあるそのひとのあり方をも変える。つまりそれは切り離し可能な組み合わせではなく、相関し続ける部分と部分、ひとりのひとの連続性のある活動である。

日本のヘアデザインの最前線がいまどこにあるのかといえば、かつてのような隆盛はないものの、一応はモードの世界と言っていいと思う。ファッションと同じで、どんなに安価なファストファッションが席巻しても、そこで作られ売られる洋服の潮流はハイファッションのコレクションから降りてきていて、そのこと自体の良し悪しはともかく、ヘアデザインにしてもモード的な動向がタイムラグを経て世の中のトレンドをつくる。そのトレンドは、流行に敏感な世代や地域へ、そしてもっと広い裾野へと伝播して、一見トレンドに無頓着なひとの気分にも時間をかけて確実に作用する。

私が十代の頃はいわゆるカリスマ美容師ブームの時代でした、と草壁さんは言った。って言っても高校までは鳥取の田舎にいたから、カリスマもなにもない感じだったけど、でも高校のあった駅に一軒、東京で修業して地元に戻ってきたおねえさんがやってるサロンがあって、そこも元々はそのひとのお母さんがやってた美容室を改装して、内装とかを若いひと向けにしつつ、お母さんも一緒にときどき店に立って、昔からのお客さんも引き継ぐみたいな、母娘の店って感じで営業してた。だからお洒落なアメリカのミッドセンチュリーな内装のお店で、お母さんが近所のおばあちゃんにばきばきのパーマあてたりもしてて、その頃は別に違和感感じてなかったけど、いま思い出すとおもしろい。もちろん私たちが切ってもらってたのは娘さんの方で、高校生料金があって、たぶんカットとシャンプー、ブロー込みで四千円とか、まあ結構良心的な値段で。学校のちょっとお洒落な子はみんなそこ行ってたなあ。

草壁さんも若い頃はモードとかカリスマブームに近いところで仕事をしていた。モードの際《きわ》みたいなところでは先鋭的、前衛的な世界が繰り広げられてはいたのだけれど、もうその頃にはカリスマブームもおさまっていて、原宿、青山、代官山、どんなに華やかそうに見える街でもサロンの現場で結局いちばん求められるのは、さっき言ったみたいな普遍的なセオリーとか手堅いトレンドだった。いつまで経っても周回遅れで先頭を追いかけ続けるだけ、みたいな退屈さをふと感じてしまうこともあった。あの頃だって私の前にはたしかにひとりひとりのお客さんがいて、そこにはそれぞれの髪の毛が、ヘアスタイルがあったのだけれど、そのひとたちそれぞれの生活とか、思考といったものがそこには希薄だった。いや、それは私の考えが、つまりは技術が足りなかっただけなのだけれど、私はそのことにちゃんと気づけていなかった。

私は何を求めてるんだろう、と繰り返し思っていた。大塚から祐天寺に引っ越して、毎日電車で青山にあった勤め先の店に通った。東京の一等地、いちばん感度の高い街のひとつで働いて、地元の友達からは、莉花《りか》ってば東京でカリスマ美容師になってすごいよねーかっこいいよねー、なんて言われてもちろん悪い気はしなかったけれど、それでも私は何が足りないんだろう、といつも思っていた。それでそういう時によく思い出すのは香苗さんのことで、香苗さんっていうのはさっき言った私の高校の駅にあったサロンのおねえさんの名前なんだけど、いまから思えば当時の私も流行りにのったり似合いもしない髪型にしようとしたりしてた。恥ずかしいけど若い頃というのはそういうものだよ。

高校は最寄りの駅から歩いて十分くらいで、駅前からのびる道をずっとまっすぐ行った先だった。古い商店街で、おばちゃんがやってる洋品店とか、金物とか日用品がひしめきあってる荒物屋とか、布団屋、表具屋なんかがあって、けれども私が高校の頃にはもうずいぶんさびれていて、店をたたんでシャッターが閉まったままのところも多かった。たこ焼き屋で学校帰りにたこ焼きを買って食べた。あと焼き鳥屋の焼き鳥も食べた。

商店街の切れた交差点を、まっすぐ高校の方に行かずに曲がって少し行ったところに香苗さんのお店、ブロッサムはあった。あの時香苗さんはどんなことを思いながら私たちの髪を切ってたんだろう。ちょうどいまの私と同じくらいの年だったと思う。

香苗さんが、莉花ちゃんのこの耳の上のくせっ毛、思い切ってショートにしてもかわいいと思うよ、といつか言ってくれた。でも結局私は高校を出るまで伸ばしたままで、東京に来て専門学校に入ってからは何度も短い髪にもしたけれど、香苗さんが言ってた意味がわかったのは、学校を出て店で働きはじめて何年か経ってからだった。それは自分の髪ではなくお客さんの髪の毛を見ていて気がついた。耳の上に少し変わった生えぐせのあるお客さんの髪を切っている時、不意に香苗さんに言われたその言葉が頭のなかによみがえって、自分がこれまでに一度も想像しなかった自分のヘアスタイルが一瞬で頭にイメージできた。ああ、これか。これが香苗さんが十七歳だった私に教えてくれた私のかわいさだったのか。

あ、莉花っていうのは私の名前で、くさかんむりに利益の利に、花と書きます。草壁莉花ってなんか、すごい植物っぽい名前で、香苗さんは香りに苗でやっぱりちょっと植物入ってて、香苗さんの苗字はなんだったかなあ、思い出せないなあ。あ、でもお店の名前がブロッサムなのはたしかもともとその店をやってた香苗さんのお母さんの名前がハナさんだったから、といつか聞いた。ハナ美容室とかだったのかな、昔は。知らないけど。

さっき窓目くんが草壁さんの左手の薬指に認めた指輪は、よく見たら鏡越しに見えたもので、ならば指輪は右手の薬指に。ならば草壁さんは既婚者ではなく、独身かもしれない。いや、既婚者だが、結婚指輪をしていないだけかもしれない。こうして、いま俺の髪を切ったり、髪を洗ったりするように、指を使う仕事なのだし。しかしならば右手にしている指輪はなんなのか。結婚はしていないが、彼氏はいる、ということか、と窓目くんは思いを巡らし、特に自分のその考えの流れに、草壁さんへの恋愛感情や性的な想像が働いているわけではないことを静かに確認した。その想像と確認をしている自分の顔が、そのあいだもずっと鏡に映っていた。

いま草壁さんは、窓目くんの側頭部、耳の上のあたりに櫛を入れ細かくハサミを動かしているのだが、この施術が全体から見てどのあたりの作業なのかが窓目くんにはよくわからない。毎回違う美容院に行き、違うひとに髪を切ってもらっていると、作業工程はやはりみなそれぞれ違って、思いのほかあっさり終わったり、反対に時間がかかったりする。しかし別にそのわからなさは、知りたいわからなさではなくて、むしろ毎回髪を切ってもらうときの愉しみで、そこにはいくらか、ずっとこのまま髪を切られていたい、という気持ちもあるのかもしれない。窓目くんはそう思いかけたが、いやそうではない、と思い直した。

アンビエントやドローンが好きだという草壁さんが、しかし店でドローンとか流すとなんかスピリチュアル感が出すぎちゃうから、といま店で流しているのはジム・オルークのＣＤで、このＣＤのタイトルを窓目くんはいま思い出せないが学生の頃、一時期よく聴いていたやつだ。たぶんジャケがリリー・フランキーのマンガのやつ。

いまは酔っ払ったスチールギターみたいな演奏が流れているけれども、ずっとこのまま髪を切られていたい、とさっき一瞬思いかけた自分の気持ちは、ずっと髪を切られていたいわけではなくて、このＣＤの、いま流れているよりもたぶん先の、何曲目かの最後の方で、ドローンとは違うけれども、泥沼みたいなパートが延々続いたあと、急にぱーっと明るいマーチみたいな演奏がはじまるところがあって、そこが好きだったから、そこの部分が聴けるまで髪を切ってもらえたらいいなと思っていたのだったが、結局ＣＤがそこに行き着く前に施術は終わり、草壁さんは窓目くんの髪を洗って、乾かして、少量のヘアワックスで祈るように整髪して、窓目くんはお金を払って店を出た。

今度髪を切るときは、たぶんまた別の店に行く。それでももらったお店のポイントカードには、花の形のスタンプがひとつ押されていて、五回来たらカット代が安くなるそうだ。

窓目くんはまた植木さんを思い出した。昨日八朔さんの家の居間で、自分たちが騒いでいるあいだ静かに庭の草花を眺めていた植木さん。さっきのジム・オルークのＣＤを聴いてた頃は、大学生で、植木さんはバンドサークルの先輩で、八朔さんは後輩だった。

八朔さんは、植木さんと結婚して、苗字が植木になった。結婚する前は八木で、八木朔で、結婚して植木朔になった。八木朔もいいが、植木朔もいい。俺が八朔さんと結婚したら、窓目朔か、俺が八木均になった。窓目朔もかなりいい。夫婦別姓は全然いいと思うが俺は名前が変わるのもおもしろい。俺が植木さんと結婚したら、植木均だ。草壁さんと結婚したら草壁均、それか草壁さんが窓目莉花になる。窓目莉花もかなりいい。しかし草壁さんにはもう二度と会わないかもしれないし、俺は誰とも結婚する予定がない。

ジム・オルークのＣＤはもう長いこと聴いていなかったし、今日聴くまで忘れていたけれど、あのＣＤはこんな春の休みの日にぴったりだった、というか、今日にぴったりだった。窓目くんはこの日のあとに、あのマンガのジャケのＣＤを二枚買って聴いた。どちらも聴いたけれど、ジャケのマンガはリリー・フランキーではなく友沢ミミヨだったし、草壁さんの店で聴いたのはそれより前に出た別のアルバムだった。

伯備線《はくび》に乗って

それで窓目くんが帰ったあとの店のなかで、草壁さんは、床に落ちた窓目くんの髪の毛を掃き集めながら、頭のなかに黄色い花がたくさん咲いている、と思ったかもしれなかった。さっき思い出した、むかし行ってた地元の美容室の名前はブロッサムで、それはお花という意味だけれど、花にもいろいろあるのにどうしてこんなに黄色いか。

草壁さんの地元は鳥取と言っていた。鳥取のどこだろうか。窓目くんは鳥取にはまだ一度も行ったことがない。隣の島根にも行ったことない。山陰地方には行ったことがない。

滝口の書く小説には、俺としか思えない男のひとがしばしば出てくる、と窓目くんは思った。たとえば『茄子の輝き』という変な名前の本に出てくる男のひと、名前は忘れたが、あいつも俺で間違いない。俺は読んでいるときに自分の話だと思って読んでいる。あいつの話すことを俺は、全部知ってる、と思いながら読んでいる。

彼は何年か前に奥さんと離婚した。いまは会社の同僚の女の子のことが気になっていて、俺は会社の同僚の女のひとが気になったことはこれまで一度もない、気になるような女のひとが俺の会社にはいない。それはともかく、茄子の輝きというのは彼がその女の子と居酒屋で食べた茄子の揚げ浸しの輝きだ。それで、けれども彼は別れた奥さんのことも忘れがたくて、むかし妻と島根に行った旅行のことを思い出したりしていた。俺は結婚も離婚もしたことがないけれども、別れた奥さんのことが忘れがたい、というのは当然のことだと思う。もし俺が離婚したって、忘れがたいと思う。彼は離婚する前に結婚してるわけだから、結婚したことのない俺にはよくわからないが、これまでの俺の数々の恋情、浮き名……いやお恥ずかしい、笑っておくんなまし、けれどもこんな俺でも、そういう話のひとつやふたつあったわけです、と窓目くんは春の晴れた日のなかを歩きながら、さっきの草壁さんに話しかけるように考えている。歩きながらお腹をひとつなでる。靴の裏が蹴る地面の堅さを確かめて、手と足をつなぐみたいにお腹のやわらかさと並べてみる。

つまり結婚したことのない俺には想像のつかないような激烈ななにかが結婚した彼にはあったというわけで、その後どうなろうが、離婚しようが、そんな激烈なものを抱いた相手のことをきっと忘れられようはずがない。

信号が赤になり、窓目くんは立ち止まって、屈伸運動をした。膝頭でズボンの伸縮性を確認すると同時に、短くなって、軽くなった髪の毛と自分の頭の新しさを感じる。頭皮が感じる外気の冷たさが、今朝までとは桁違いで、冷たくて鮮やか。何度髪を切ってもそのたびにこうして新しく感じる。その慣れた、よく知っている、新しさ。新しい髪の毛が生えてきても全然気づかず、なんの新しさも感じないのに、なくなると頭が感じる新しさ。窓目くんはそう思いながら何度か屈伸運動をして、信号が変わり、また歩き出した。草壁さんが既婚者かどうかは結局わからなかった、と窓目くんは思い、小さな声に出して言った。

彼は、とまた窓目くんは『茄子の輝き』のひとのことを考えはじめる。彼は島根に旅行に行った。俺の行ったことのない山陰地方に。新宿の思い出横丁の中華料理屋でビールを飲みながらチャーハンを食べて、彼ら夫婦は、いや、たしかまだ夫婦になる前のふたりは、西口のバスターミナルから出る夜行バスに乗った。三月の下旬のことだ。夜の高速道路を、バスは走る。

朝早くに、広島の福山に着いた。肌寒いけれど、天気はよかった。駅のトイレで歯を磨いて、顔を洗った。ふたりは電車で尾道まで行って、急な坂道が入り組んだ尾道の街を少し探検した。それからまた電車で倉敷まで戻って、伯備線という電車に乗る。備中広瀬、備中高《たか》梁《はし》、備中川面《かわも》。備中とつく駅名がたくさんあった。びっちゅう、という音は、関東の人間には耳慣れなくてちょっとおもしろい。ふたりは、びっちゅう、びっちゅう、と口にしながら、ボックス席で向かい合って、駅で買ったパンを食べた。窓外をずっと線路と並行するように川が流れていた。高梁川だ。

窓目くんは結婚も離婚もしたことがないので、彼が別れた妻と昔行った旅行のことをどんなふうに思い出すか想像することができない。けれど、結婚も離婚もひとそれぞれの激烈な、あるいはそんなに激烈ではない、いったい私たちのなにが結婚の、あるいは離婚の理由だったのかもわからない、そんな静かな感情のもとで結婚や離婚がなされたりするものでもあって、あるいはそれ以前や以後の、くっついたり離れたり、あるいはもっとそれ以前の、出会ったり出会わなかったり、すれ違ったりがあるのであって、結婚したことがあるからといって、結婚したひとたちのことがなんでもわかるわけではないし、結婚したことがなくても、つまり俺でも、結婚したり離婚したひとのいろいろはわかる。窓目くんは歩きながら、そのように考えが変わっていった。自分や八朔さん、植木さんもいた大学のサークルの友達のなかにも、結婚したひとはもちろん、離婚したひとだっていた。俺は結婚も離婚もしたことはないけれど、そんな俺のいろいろが、結婚したり離婚したひとにはわからないとは俺は全然思わないし、実際俺は厳密には俺と似ても似つかぬ結婚して離婚したひとの話を自分の話のように、俺のことだと確信しながら読んでいるし、実際自分のことのように思い出している。小説のなかのそのひとの、島根旅行の話を。
思い出せば思い出すほど、自分の知っている話として読んだはずの彼の話は、窓目くんの自分自身とは全然違っていたが、乗ったこともない伯備線にもういま窓目くんは乗っていて、びっちゅう、びっちゅう、と言っている。その口元の感じを自分のものとして感じ、笑っている。ボックス席の向かいに座っているのはもちろん草壁さんだ。

山陽から山陰へ抜けるJR伯備線は、倉敷駅から伯耆大山駅までの区間だが、倉敷では山陽本線と乗り入れをしているし、山陰側では山陰本線に乗り入れて米子駅まで延伸して運行している。伯耆大山というのは窓目くんは読み方がわからないけれども「ほうきだいせん」と読むのだと草壁さんが教えてくれた。伯耆というのはむかしの鳥取西部の国名だそうだ。大山はそこにある山の名前で、あのへんのひとたちにとったら富士山のようなもの、と草壁さんは言った。山陰に行ったことのない窓目くんははじめて知ることばかりだ。知らない場所のことをこうして電車でその地を走りながら、愛するひとに教えてもらうのは楽しく、嬉しい。ビールが飲みたい、と窓目くんは思い、そう思えば窓外の山間を望むボックス席の窓辺にはビールのロング缶が現れる。最高だ、と窓目くんはお腹をなでた。

地元に帰るときは、ふつうならこんなふうに夜行バスと鈍行を乗り継いだりはしなくて、電車なら新幹線で岡山まで行ってそこから特急列車で。あるいは飛行機で米子空港まで。それか米子行きの夜行バス。東京出雲間を結ぶ夜行列車もあるにはあるけれど、子どもの頃に一度乗ったきりで、帰省にはさほど便利ではないし使ったことがない、と草壁さんは言った。もっとも、高校の頃に友達と岡山に、あるいは大阪に一日かけて遊びに行ったりすることはあって、そういうときはこの伯備線を使ったことも何度かあったけれど。いまこうして乗っているとと、ただ買い物とかライブとか、遊びに行くだけで途方もない時間をかけていたと思ってしまうけど、特急はお金がかかるし、友達となら長い時間でも楽しく一緒にいられた。岡山方面から帰ってくるときはいつも夜だったから、こうして昼間に下り列車に乗っているのは少し新鮮です。

窓目くんは、草壁さんの育った街が鳥取のどこなのか知らない。伯耆大山というのは鳥取のいちばん西、島根との県境にある米子市にある駅で、草壁さんは米子の出身なのか、それとも米子よりももっと日本海側の、境港とか、あるいは東側の倉吉とか、別の街のひとなのか。それとなく訊ねたが草壁さんは曖昧に濁した。わからないことはどこまでもわからず、教えてくれるのは、聞けばなんだかすでに知っていたような気がする事柄ばかりだった。それが窓目くんには少し不安というか、自分たちの未来にかかる暗雲のように思える。しかし窓外は依然天気がよくて明るかったし、木々が切れてときどき現れる広い空はきれいに晴れ渡っていた。この列車の旅はどこへ行き着き、今晩俺たちはいったいどうなるのか。まあこうして草壁さんの地元に、ふたり一緒に向かっているということは、実家へのご挨拶、ということになるのかもしれない。線路の向きが変わって窓から日が差し、俺たちの席に、そして車内に日と影がまわる。少し水量の多い川は窓の外で俺たちの進むのと逆方向に元気に流れており、俺たちが向かう上流になにがあるのか、川よ、と窓目くんは窓の外のその眺めを見ながら胸のうちに幸せが満ちあふれてなんだかこれが自分の人生の最高のときかもしれない、このまま死ぬかもしれない、と思う。草壁さんはさっき見たままの、つまり窓目くんの髪を切っていたときと同じ、ピンクの古着っぽいスウェットにジーパンという格好で、頭にはターバンみたいなのを着け、そのうえから美容師である草壁さんの、少し茶色に染めているらしい髪の毛が無造作に後ろに流されていた。ペットボトルのお茶を飲んでいた。

茄子の本のふたりは、草壁さんの実家のある鳥取県の街ではなく、島根に向かっていた。米子に着けばそこはもう鳥取と島根の県境で、松江までは山陰本線でわずか五駅。地図を見れば線の北側には湖が見える。ふたりが車窓から眺める記述があった宍道湖《しんじこ》かと思えばこれは宍道湖ではなく、宍道湖と連結した中海という汽水湖だ。茄子の本にはふたりは松江の観光案内所でジャージ姿のおじさんに安宿を紹介してもらい、足湯に入ったりしてから一畑《いちばた》電車という松江と出雲のあいだを結ぶ電車に乗って、その車窓から宍道湖を眺めたとあった。

ふたりはあの本のなかで、出雲大社にも行ったのだったか、どうだったか。出雲大社のことが書いてあった気もするが、それはあまり詳しく思い出せない。窓目くんは出雲大社には行ったことがないし、米子にも松江にも行ったことがないし、その一畑電車も宍道湖も乗ったことも見たこともないから、本を読んだ記憶が頼りのようであり、しかしやはりそれは俺で、俺の旅の記憶という感じが全然拭えず、観光案内所のジャージのおじさんに会ったことがない、そんなひとはいないし、そんな出来事もなかったとはどうしても思えない。

スマホで出雲大社のことを調べていると、近年は縁結び、恋愛成就の祈願に訪れるひとが大変多く、そういうページがいっぱい出てきた。より効果を高めるための参拝の仕方が指南されていたりして、窓目くんはそれをしばらく見ていたけれど、顔を上げて向かいの席に座っている草壁さんの顔を見ようとした。

黒っぽいターバンごしに見える草壁さんの髪の毛の、少し濡れたように束になっているところが、窓の外の明るさを受けて少し輝いていた。草壁さんは自分の髪の毛を、自分で切るのだろうか。ふだんは何もつけず、形状記憶的に同じ髪型になっている俺の髪の毛も、今日は草壁さんがつけてくれた整髪料によって、少し輝いているだろうか。その俺の髪の毛を、向かいの席から草壁さんが見てくれまいか。こちらを向いてくれまいか、窓目くんはそう祈るように思ったけれど、草壁さんはずっと窓の外を見ていた。さっきまで、俺の髪の毛を切ってくれているときには、ずっと俺の髪の毛を見ていたので、見ずとも今日の俺の髪の毛のことはもうよく知っているのか。

　窓目くんは、一度行った美容室に二度と行かない考えで、それに従うならば、草壁さんが窓目くんの髪の毛を切るのは今日を限りに最初で最後だ。毎日何人ものひとの髪の毛を切って、一年に何百人もの髪の毛を切る草壁さんは、一度しか切らなかったひとの髪の毛を忘れてしまうか。それとも、名前も顔もなく、ふと一度しか出会わなかった髪の毛のことを思い出すこともあるのだろうか。

　あるよ、と草壁さんは言った。

　俺たちを乗せた各駅停車の伯備線は山間に入り、トンネルを抜けて、いつと気づかぬまま、山陽から山陰の側へ、岡山県から鳥取県に入っていた。線路はまた平地に降りてきて、窓の外、田畑の奥には頂上付近に雪を被った山が見えた。

　あ、ほら、あれが大山、と草壁さんは言った。

　いくつかの駅に停まっては、ほとんど乗降する客もなく、空いた車内は同じ席に同じひとたちが座ったまま静かだった。窓目くんは窓辺のビールをもう空と知りつつ手にして振ってみて、やはり空で、次は、ほうきだいせん、とアナウンスが聞こえた。さっきよりも山の姿が少し近づいて大きくなった。と、不意に線路沿いに黄色い花畑が現れて、窓目くんは、あ、あ！　と思わず声が出た。白い大山の手前に広がる、窓の外の地面を覆い尽くすような菜の花畑だった。

床屋で（一）

一階の玄関のドアが開いて、門扉を勢いよく引く音がした。二階の寝室の布団のなかにいる妻は、それだけで一階のおじさんが出かけるな、とわかる。

大家のおじちゃんは大正十五年生まれだから、福島のばあちゃんと同じ、と妻は階下のおじさんたちのことを思い出すと、いつもそうやって年号を確認するようにして祖母のことを思った。今年で九十二歳。文句なしの長生きと言っていいだろう祖母の年齢を思うと、嬉しくなる。それを思い出させる下のおじさんの年齢を思っても嬉しくなる。

夫はすでに起きて、隣の居間の台所でなにかしている音がしていた。流しの水を流したり、止めたりすると、壁や床の内側を通った水道にかかる圧に動揺するみたいに、家がわずかにきしむ。

窓から入る光量と部屋の明るさを見るに、天気はとてもよさそうで、気温も低くなさそうだった。四月の晴れた日にこうして、午前中のたぶんいまは十時くらいだけれども、遅い時間まで布団に入っていてよくて嬉しい。ひと晩じゅうかけて自分の体温と同じあたたかさになった布団のなかはどこよりも気持ちいい場所で、布団は本当にすごいと思う。布団を考えたひとは天才だ、と妻は仰向けの体の上に乗った布団の感触と重さを足先でたしかめながら思った。

おじさんはどこに出かけたのか。玄関横の塀と建物のあいだに置いてある自転車を引き出す音はしなかったから、歩いてどこかに出かけたことになる。何か月か前までは、おじさんはトラックを停めてある近くの駐車場までよく歩いて行ったけれど、免許を返納してからは自転車で出かけることが多いようだった。

歩いて五分ほどの図書館までも自転車で行っていたから、歩きとなればもう少し近い場所と思われ、そうなると中学校とかその正門の前にある文房具屋、あるいは校庭側の内科医か。また、距離はあるが駅に行くときは歩きのことが多いようだった、たぶん駐輪場がないというかあっても有料で、車輪止めも料金支払いの方法もごちゃごちゃしているから。以前は仕事用のトラックを自家用にも用いていたから、おじさんがひとりで電車で出かける印象はなく、電車で出かけるときはだいたいおばさんとふたり連れ立ってのお出かけだった。スーパーまでならおじさんは自転車で、おばさんは歩きで行く。おばさんは足が痛いので自転車には乗らない。おじさんがもう今度まで、と言いつつ、何年も免許を更新していたのは、たぶんトラックがあるとおばさんの通院を助けられるからでもあった。しかし今年で九十二歳だ。運転はやめてよかったと思う。

福島の祖母はそもそも免許がなく、妻の両親が仕事に出てひとりになる日中は、家の向かいのスーパーやコンビニまで手押し車を押しながら歩いて行く。最近は足もとも頼りなく、短い距離とはいえ外を歩くのは事故や転倒などが心配だが、歩けるなら歩くのはいいことだし、家のすぐそばにスーパーとコンビニがあるのは恵まれている。

あ、と妻は思った。床屋かもしれない。中学校の桜の木の前の、古い小さな床屋さん。毎日駅に行くときに通る、夫とそこまで一緒に歩いて、そこで別れて自分は自転車をこぎはじめる角の床屋。

おじさんのこと、夫婦のこと、なにを思ってもこの家のまわりから延び広がるこの街とこの街の道のことを思う。まるでこの家からならばどこへでも行けるような気持ちに少しなる。この家に暮らすのもあとひと月たらずだ。

おじさんがあの床屋でいつも散髪しているのかどうか妻は知らなかった。けれどもどこかで切ってはいるはずで、去年の夏に庭での仕事をやめてから、いつも作業中に被っていたフェルトのハットをかぶっていないようになったから、家の前などで出くわすと、おじさんはこんなに頭がつるつるだったんだな、と思うようになった。つるつるとは言っても、完全につるつるではなく、耳の上とか、後ろの方とかに髪の毛はあって、そこの部分はいつもきれいに切り整えられていた。おじさんもおばさんもいつもきれいな身なりをしていたし、庭や家の前の道もよく掃除してきれいにしていた。十年前に死んだ福島のじいちゃんの頭は完全につるつるだった、と妻は思った。そのつるつるの完全さを思うと妻は誇らしくなる。

ゆうべ、夫が、窓目くん髪を切ったんだって、と妻に言った。だからいまそんなふうにおじさんが床屋に行ったのかも、と思ったのだろうか。夫からそれを聞いたとき、窓目くんの散髪に私は興味はないのになぜそんなことを言うのだろう、と妻は思った。夫はよくそういう、特に口にする必要がない出来事を、しかしそれでも口にしてみればそれがどこかへつながっていくと信じているかのように、言うことがあった。それで実際私は、こうして布団のなかでおじさんの散髪について考えはじめてしまっているというわけだ。

門扉を閉めて、おじさんは塀沿いに角を左に曲がる。道の左手は、うちの塀が切れると緑色の金網で仕切られた駐車場で、午前中はこの道も駐車場も日差しを遮るものがなく、さんさんと明るかった。家全体がひまわりみたいにそちらの方向を向いている感じがあった。そこで後ろを振り返れば、駐車場に面した私たちの家が見える。それはもちろんおじさんとおばさんの家でもあったが、そこからは一階は塀に隠れて見えず、見えるのは二階の台所の横の小窓と、居間の東側の窓で、いまなら小窓の方の磨りガラス越しに朝ご飯をつくっている夫の頭がぼんやり映っているだろう。

駐車場の向かいは道に面した家が並び、並びの切れ目を奥に入る袋小路があった。袋小路の角は二階建てのアパートで、なかはたぶんワンルームの小さい部屋が四つあり、大学生や若いひとり暮らしのひとたちが住んでいた。私たちがこの家に住んでいるあいだ、アパートの住人はたぶん何度も入れ替わった。アパートの横にはもう一棟別の古いアパートがあり、その一階部分にはたぶんその建物の持ち主のおばあさんがひとり暮らしをしていた。腰が曲がっているが元気で、よく前の道の掃き掃除をしたり、花に水をやったりしていた。妻が朝仕事に出かけるときに、おばあさんが表にいれば、おはようございますと挨拶をした。ときどき小さなバッグを提げて、駅の方へ出かけていくのも見た。そういうときは、おめかしをして、赤い口紅を塗っていた。おばあさんのアパートの横はやはり駐車場で、道を挟んで駐車場が向かい合う形になっている。東側が明るく、抜けがよいのもそのためだった。

近所では年々古い家が取り壊されて小さなコインパーキングに変わることが増えたが、ここはどちらも砂利敷きの古くからある月極の駐車場だった。両側の駐車場の切れたところが四つ角になっていて、床屋に行くおじさんも、毎朝自転車で駅に行く妻もそこを右に曲がった。居間の東側の窓からはその角を曲がる様子が見え、急いでいるときや夫が外に出てこないときには、夫はその窓から角を曲がる妻に手を振った。

その曲がり角にお地蔵さんがあったのは何年前までだったろうか。

駐車場の角を切り取ったみたいに、四つ角に面した一画が低い鉄柵で囲まれて、お地蔵さんの小さなお堂になっていた。道からお堂までの短いアプローチには踏み石が敷かれ、小さいがよく手入れされた松の木が生えていた。お堂のまわりには花もたくさん植えられていつもきれいだった。その世話をしていたのもアパートのおばあさんだ。特に印象的だったのはタチアオイで、お堂の敷地にもその外の駐車場にもぐんぐんと生え伸びていた。黄緑色の太い茎が、地面が土だろうが砂利だろうがお構いなしに生え出てきて縮れた葉を増やしながら一日ごと目に見えて背が高くなった。やがて明るいピンク色の大きな花をたくさんつけた。日当たりのいいその場所でタチアオイの薄い花びらの重なりが光を透かすのはきれいだったが、成長が早く駐車場にもどんどん侵食していくので、手入れが間に合わない、といつかおばあさんは話していた。伸びてくると自重でしなだれて折れてしまうので、おばあさんはビニールテープでお堂の柵などに茎を結んで支えていた。

それもまた春のことだったある日の朝、起きて、夫が東側の窓を開けるとお地蔵さんのお堂の前に軽トラとライトバンが二台停まっていた。近所の家の修繕などでそのへんに車両が停まっていることはそう珍しくはなかったけれど、トラックの周囲にいる数名の作業員たちの様子を一瞬うかがった夫は違和感とも不穏な予感ともつかない感じを覚えた。それでも朝食のしたくなどをはじめて、仕事に出る妻を見送ったときも、作業員たちはトラックとバンの荷台やその周囲で作業の準備らしきことをしていた。洗濯物を干して、三階で仕事をはじめた頃に、外から大きな機械の音がして、見ると彼らがお堂の敷地の松の木をチェーンソウで切り倒していた。わずか半日ほどでお地蔵さんごとお堂は撤去され、敷地も更地にされて、その後わずか一週間かそこらであっという間にそこも駐車場になった。元々あった砂利敷きの駐車場に囲まれて、お堂だった一画にだけコンクリートが敷かれて、新しいがやけに簡単で殺風景な駐車場だった。お地蔵さんはすぐ近くのお寺の敷地内に移設されたが、家の窓からは見えなくなってしまった。夫はなにに対しても信仰心が薄かったが、妻の方は対照的に神社仏閣での参拝となるとひどく真剣で、そんな妻はこのお地蔵さんにも毎日のように立ち寄って手を合わせていた。夫はそのことに愛着を抱いていた。見送りついでに一緒に立ち寄って手を合わせるときも、お地蔵さんに礼拝するというより、妻の篤信をしかと受け止めてほしいと願った。そういった妻の神仏へのまじめさは祖母からの習いだ。

おじさんはもうとっくに床屋に着いて、店内の椅子に腰掛けていた。首から下にはクロスをかけられて、調髪もすでにはじまっている。おじさんの襟足と耳まわりに残された細くやわらかな髪は、それでも生えている以上は少しずつ伸びて、不揃いをつくったりする。そこに銀色の鋏が入る。鋏を動かすのは、よく表で煙草を吸っているひょろりと背高《せいたか》の床屋のおじさんで、このひとがこの床屋の店主だ。

　店内にはほかに客はいない。待合いの椅子では店主と揃いの水色の理容衣を着たおばさんが新聞を広げて読んでいた。低い本棚には漫画本もたくさん並んでいる。このひとは店主の妻で、父親の店を継いだいまの店主と結婚するまでは実家で母が営んでいた美容室を手伝っていたが、結婚してから理容師の免状もとって、一緒に店に立つようになった。理容師になったのは、やはり母の姿を見て育ったからだと思う、と客の髪を切ったり、髭をあたったりしながら、もう何千回も話した。何千回も話すうちに、それは自分でも疑いようのない事実としか思えなくなったけれど、もちろん子どもの頃や若い頃にはもっと複雑な思いや憧れや悩みがあったはずで、なにかがあった影のようなものは思い出せても、いまではもう仔細にはよみがえってこない。

　おじさんの調髪はものの二十分ほどで終わる。椅子を倒して、髭をあたってもらい、やがて俯《うつぶ》せになって髪を洗われる。お湯を流されシャンプーされる髪の毛も、当然のことながら少ない。だから洗髪もドライヤーをあてるのもすぐに終わるかといったら、それはそんな単純なことではなく、毛髪だけでなく頭皮にも細やかに指先をあてて動かす。それでも、クロスを剃いで、櫛をさ、さ、と二、三度入れ、切り残して跳ね出た髪の毛がないか確認して、はい、お疲れさま、と店主が言い、おじさんが立ち上がったときに、ソファのおばさんが読んでいた新聞はまだ二面ほどしか進んでいない。店主はおじさんを見送りがてら一緒に表に出て、おじさんは、じゃあ、と言って家の方へ歩き出し、店主は理容衣の横っ腹のポケットから煙草とライターを取り出して火を点けた。依然として布団のなかにいる妻はその音を聞いた気になる。

床屋の庭の桜も、向かいの中学校の大きな桜も、先週には葉桜になって、いまは花びらは全然なく、新緑の輝くような緑色がきれいだった。校舎の向こうの校庭では、さほど活発ではないがなにかの部活動をしているようで、中学生の声が少し聞こえた。

床屋で（二）

床屋を出て家の方に歩き出したおじさんは、からからという音を耳にして音のする方を見た。その音は空耳だ、とおじさんはすぐに思うが、向いた先にその音がないわけではない。いま髪を切ってもらった床屋が軒下に掲げた赤白青の回転灯がまわっていた。

歩いて一分ほどの床屋に行くだけだから、補聴器は家で外して置いてきた。髪を切っているあいだ、店主とはなにも会話はしていない。何年か前に補聴器をつけるようになったことを店主が知っているかどうか知らないが、もう何十年と通うこの床屋でたしかに以前は散髪中になんということのない会話を交わしていた気がする。それがいつ頃までだったかわからない。少なくともこっち十年ほどは、ほとんどなんの会話もないうちに施術が終わっている気がする。もっとも向こうがなにか話しかけているのを、こちらが聞こえていないだけかもしれない。けれどもそういう無反応が続けば店主もこちらの耳が遠いとわかるだろうし、なにも言わなくなるだろう。髪型も何十年と同じだから、いちいち注文をするでもない。全部おまかせだ。

そんなわけだから、回転灯の音がおじさんの耳に聞こえるはずもないのだが、ずっと昔からそこにあったその店の回転灯が、やはりずっと昔からかすかになにかが引っかかるような音をたてながらまわることをおじさんは知っていた。だから、空耳を聞いた、というよりは、その音を思い出した、と言う方がいいかもしれなかった。まだ耳がいまより聞こえていた頃、その耳障りといえば耳障りな音を、散髪にくるたびに耳にして、気にするでもなく気にしていた。地面に設置するスタンド型ではなく、壁の柱に取り付けた回転灯は、短尺のせいなのか、ずいぶん回転速度が速く見えた。なにしろおじさんは回転灯については人並み以上の経歴がある。

自宅で営んでいた小さな鉄工所をたたんでからは、家の庭で小規模な鉄金属類のばらしを請け負うことになった。工場の機械や、いろんな施設などの鉄やその他金属類を含む廃材は、廃品業者が回収してその後廃棄や再利用のためにスクラップ業者にまわるが、少量だったり単発だったりの細かい廃材の処理は、大きなスクラップ業者では断られたり、費用がかさんで頼む側の赤字になってしまうこともある。おじさんのところには、付き合いのあった廃品業者が持て余していたそういう細かくて手間がかかり儲けの出ない回収品が少しずつ持ち込まれることになり、なかでもだんだん多く集まってくるようになったのが、知り合いの小さな工務店が取り扱っていた床屋のぐるぐるの廃品、つまり閉店したり、新しいものに交換されお役御免となった赤白青の回転灯だった。

聞けば、その工務店とつながりのあった小さなメーカーが、国内でも数少ないあの回転灯の製造元で、ある時期からその工務店が納品と設置作業を引き受けることになった。メーカーがつくった新しい回転灯を現地に運び、店頭に取り付ける。現地に出張する手間はあるが、設置作業じたいは工務店がふだん請け負っている外装修理などとそう変わらず、難しいものではない。問題は、交換などで不要となった古い回転灯を回収する場合だった。流れとしては設置作業をする工務店が古い回転灯を回収して引き揚げるのがスムーズなのだが、これを工務店が解体に出そうとすると先に述べた通り思いのほか費用がかさみ、利益が出ない。そこで思い出されたのが細々と解体業を続けていたおじさんだった。工務店はおじさんに解体を依頼することで、製造と納品と回収と解体という回転灯の製造販売をめぐる一連の業務を目の届く範囲におさめることができた。そのうちにどこから聞いたのか工務店のもとには見知らぬ床屋から、もうじき店じまいをするので回転灯を引き取ってくれないか、という回収だけの依頼まで来るようになってしまった。

工務店が回転灯を設置する床屋は、東京のみならず関東全域にわたり、時には静岡や愛知あたりまで出かけることもあった。日本中に床屋はあるが、一度設置すれば何年、何十年と使い続けられるあの回転灯の製造や設置を請け負う業者は全国にも数えるほどしかいない。あなたが街を歩くときに、何気なく見ているいろいろな床屋のぐるぐるは、もしかしたら全部同じ工場で製造され、同じひとが設置したものかもしれないのである。

おじさんは、からから音をたててまわる回転灯を眺めながら、これまで自分が何十年と庭でばらしてきた何百何千というぐるぐるのことを思い出した。思い出したといっても、そのひとつひとつをちゃんと覚えているわけではなく、たとえばあの赤白青の部分は、どれも全部線の幅や入り方が違う。太い線が均等に入っているのもあれば、細い線のもあるし、斜めになった線の向きや角度もいろいろだったろう。ごく稀に、違う配色のものも見た気がする。しかし、とおじさんは思う。こうして街なかで目にすれば当然最も目を引くそのぐるぐる模様の部分は、おじさんの庭では最もどうでもよい箇所で、そうそうに叩き割られて上下の金属部分から剝がされてよけられ、プラスチックのゴミになる。

土台や回転する可動部の構造は、大きさなどの違いはあれども、ほぼ同じメーカーが作っているだけあって基本的には同じ仕様になっている。だからどこになにが使われているかを見極めるのはそんなに難しくない。けれどもばらしていくのが楽かといったらこれは千差万別の個体差で、なぜかというにまずそれぞれの土台や部品が経てきた経験によって経年劣化の程度や質が異なる。何年間使用されたのか。どんな土地の床屋だったのか。寒暖や乾湿、また設置場所は雨ざらしだったのか、それともアーケードなど雨風をしのげる場所に置かれていたのか。もちろん受注したメーカーがあらかじめそのへんを考慮して製造している場合もあり、風雨になるべく耐えるようにとなれば使う材質や仕様に強度や耐久性に長ける工夫がなされた場合もある。強固なものは無論ばらしにくい。そういった個別個別の物語を観察しながら、それらを端から叩いて壊し、素材ごとに分けていくのがおじさんが何十年と庭でしていた仕事だ。

当たり前だが庭でばらすぐるぐるは全部回転をやめていたから、こうして動いている回転灯を見ると、ぐるぐる動いている、と目に新鮮だった。視力が悪いせいで回転する三色がにじんだようにぼやけて見えたが、見ているうちに回転している部分の透明の覆いに飾り彫りのような模様が入っているせいだとわかった。もともとそのような視覚効果を狙ったもので、扱うことの多かったスタンド型には少なかったが、こういう短尺の場合は小さい分より目を引こうとするためか、こういう仕様のものがよく見られた。

やはり、回転が速すぎるのではないか、とおじさんはぐるぐるを見続けながら思った。見ているうちにどんどん速くなっているような気もした。何十年も庭で止まっているぐるぐるばかり見続けていたからそう思うのだろうか。何百何千の叩き壊されたぐるぐるの怨念みたいなことだろうか。

きびすを返して、また床屋の前まで来ると、煙草を吸い終えた店主が庭から戻ってきたところだった。

あれね、とおじさんは回転灯を指さした。ちょっと調子悪いんじゃないか。

店主はさっき勘定を終えて出ていったはずの客が戻ってきたのに驚いて、何の話だかわからぬ様子で立ち尽くしていた。

あれ。ぐるぐる、とおじさんは言った。ガラス窓ごしに、店内の待合いのソファで新聞を読んでいた店主の妻が、戻ってきた客が軒先で夫となにかしゃべっている様子を、どうしたのだろうかと眺めていた。こうした場合、店側がまず最初に思いが向くのは施術やサービスに対するクレームや不満といったケースだが、おじさんはもう何十年とここに通う寡黙な常連だったし、さっき、というか、つい一、二分前に店を出ていったときも、いつもと同じで特に不服そうな様子は見えなかった。

指さされたサインポールに目をやった店主は、いや、と言ってサインポールを注視した。特に不具合はなさそうに見えたが、からからと音がしているのはずっと前からで、うるさいな、と思いつつもわざわざ修理を頼むほどのものでもないように思い、やり過ごしているうちにまったく気にならなくなった。その音を、いま久しぶりに意識して聴いている、と店主は思った。ひっかかる音がする以外の不調は看て取れないと店主は思い、もう一度、いや、と言い、うーん、とほとんど同じ口の形のまま声を出したのだったが、おじさんにはなにも聞こえず、店主は自分の問いかけにぽかんと口を開けているだけに見えていた。からから鳴る音は、多少の問題視はされながらも、何十年も放置されたいまでは、床屋の店主にも、妻にも、常連客たちにも、その音がしていない方が不自然に感じられた。

いつだったか、このひとから床屋のサインポールを解体する仕事の話を聞いたことがあるのを店主は覚えていた。店内にはいま、妻以外に誰もいない。次の客のあても特にない。なにか話したいなら別にこちらも時間はある。ということで、まあなかに入ってお茶でも、とうながして、ふたりで店のなかに戻るかたちで入った。

なにがあったのかと様子を眺めていた妻に、店主は、お茶出してくれるか、と心配ないと伝えるように言い、いやー新緑がきれい、とも言い添えた。妻は一瞬庭に面した窓に視線を向けてから、新聞を畳んで住居スペースへとつながる廊下に歩いていった。

そういったやりとりの一切がほとんど聞こえないことで、おじさんは、補聴器をしていないことをもう一度思い出していた。そして、さっき表で自分が店主に問うた回転灯の不調、というか、快調すぎるというか、回転が速すぎやしないか、ということをこれ以上うまく伝えるすべがないかもしれない、と思った。しかしまったく聞こえないわけではないのだから、大きな声で聞きとりやすくしゃべってもらい、こちらがその声の出所にちゃんと耳を向けていれば、やりとりは可能だ。もし不具合で回転が速すぎる場合、モーターが焼き切れるとか、発煙や炎上なんてことも、ないとは限らない。もっとも構造上、決められた回転よりも速くなるということは考えにくく、もしあるとすれば回転灯そのものよりこの店の電気系統に問題があるかもしれない。そこまで考えて、回転が速すぎるなんていうのはやはり自分の気のせいだろう、とおじさんは思った。心配いらない。

だからもう帰ろうかと思ったが、なんだかうながされるまままさっき出てきた店にまた入り、待合いのソファに座ってしまい、茶でも出てくる様子なので、いまいきなり帰るとも言い出せず、ときに、と向かいに座った店主に切り出してみた。あのぐるぐるの赤白青は、どういうわけであの三色なのか。

店主は、さっき表でしていたのと同じ、ぼんやり口をあけたような顔のまま、はあ、と応えた。そして、あの色ねえ、と細かくうなずきながら言った。

なにか言ったな、とはわかるがおじさんはちゃんと聞こえない。庭の仕事をやめた去年の夏まで、何十年と数え切れないほどの回転灯をばらしてきたわけだが、かねてからあの配色とデザインについては不思議に思っていた。というか、不思議というわけでもないが、庭にばらす回転灯を運び込むたびに、今回のやつも赤白青だ、また今回も赤白青だ、と目にしながら思っていて、不思議に思うというよりは見慣れすぎてなにも思わなくなっていた気がするのだけれど、仕事をやめてからというもの、どこかに出かけて床屋を通りかかると、その店の回転灯を自分の庭に運び込むことを想像する。習慣というのは大したものだ。それ以外にも、テレビの好きな料理番組や、旅番組を見ているときに、紹介されるコックや、旅先の店の厨房で調理師が大きな鍋に油を入れてなにかを揚げたり、鍋をあおって炒めたりしているのを見ると、まだ庭にこれから叩いて分解する鉄くずのかたまりがたくさん転がっているような錯覚をして、指先や手のひらが鉄に触れてる感じになった。鉄工所ではなく、自分はどこかの調理場に就職して、ぼうぼう盛るコンロの炎のうえで大きな中華鍋を振っている人生だった、そんな錯覚もして、もしそういう道を歩んだとしても、案外うまくやれたような気がする、という自信がわいてくる。家で料理はまったくしないが、鉄の扱いなら、要領はわかる気がする。誰よりうまく鉄鍋を操れるような気さえする。もっとも、家にあるようなフライパンではなく、あのでかい鍋でなくてはだめだ。だから、中華だ。おじさんは中華料理が好きだ。

まあフランスでしょうね、と店主は言った。詳しくは知りませんが。

フランス、と聞きとったおじさんは、フランス料理なんかほとんど食べたことはないしどんな料理だかはよくわからないが、フランス料理ではあんな大鍋でなにか炒めたりすることはないのではないか、と思った。

どういうわけで床屋の看板があのぐるぐるになったんだかは知りませんが、赤白青のトリコロールですから、フランスになにかしらの起源があるわけでしょうね、店主は言った。私もむかし、なんかそんな話を聞いたことがあるようなないような。

ははあ、中華料理の話ではなく、あのぐるぐるの話をしているなとわかったおじさんは、フランス国旗の色を思い出し、なるほど、と思った。旅行は好きで、海外もおばあさんと何度か行った。アメリカ、オーストラリア、韓国。フランスには行ったことがない。さすがにもうこの先ヨーロッパまで行くことはないだろう。

廊下から奥さんがお盆にお茶とせんべいを載せて運んできて、待合いのテーブルに店主の分とおじさんの分、そして自分の分を置き、自分もソファに腰掛けた。

おまえ、あの表のぐるぐるがなんで赤と白と青か知ってるか？　店主が妻に訊いた。

もちろん、と妻は応え、すらすらと由来をしゃべっていたが、おじさんにはほとんどちゃんと聞こえない。フランスは全然関係ない、ということだけ聞き取れた。

台所の夫

夫は台所で昨日スーパーで買った菜の花を味噌汁にしようとしていた。同じく昨日スーパーで買った骨付きの豚肉を煮込んでもいた。

味噌汁はまだ手鍋にお湯を入れたところまでで、そこに紙のパックに入っただしを入れる。このパックのだしもスーパーで見つけて使うようになったもので、前は顆粒のものを使っていたが、保存もしやすいし、添加物も入っていないとか書いてあった。それでさっと洗った菜の花を、まな板に載せて、ふだんあまり使わない食材なので束になった菜の花のどこに包丁を入れるべきかちょっと考えている。

豚肉の方はフライパンで調理されている。だいぶ煮汁が煮つまって、もうすぐできあがりというところ。換気扇は回っているが、台所にも居間にも甘辛いにおいがこもっていた。今日は晴れて気温もそんなに低くなさそうだが、夫は花粉症なので、この時期はあまり部屋の窓を開けなかった。

コンロは三口あって、だから味噌汁の手鍋にひとつ、豚肉のフライパンにひとつ、もうひとつはいまは空いていた。ふたり暮らしだし、毎日そんなに手の込んだ調理をするわけではないが、それでもコンロが三口あるというのは便利で、せっかくあいているのだからもう一品なにかつくろう、という気になったりもする。夫は冷蔵庫から卵をふたつ取り出した。

結局茎の根に近いところを少し落としたあと二等分にした菜の花を、沸きはじめた手鍋に入れてから、もう少し待てばよかった、と思った。いま入れたら煮えすぎてしまう。妻はまだ寝室で、目は覚めているかもしれないが布団のなかでぬくぬくする時間を楽しんでいる。いま声をかけても、すぐに起きてくるかわからないし、だいいちこれから卵を焼こうというのに、もう少し待ってから味噌汁をつくりはじめればよかった。

とりあえず味噌汁の鍋の火を止めて、お椀に卵をふたつ割り入れ、菜箸で溶く。冷蔵庫の野菜室を開けて、なにか薬物をと探して、水菜があったので少し出して細かく刻んだのを卵に入れた。コンロの下から小さいフライパンを出して、あいているひと口に置いて火を点けた。少し熱してから油を入れて、卵に砂糖と醬油を少し入れて、おたまで味噌汁のお湯を少しとって、それも加えて、またかき混ぜてから半量ほどをフライパンに入れる。

夫は料理は嫌いではないが、そうやってだし汁を味噌汁のお湯で済ますように、ところどころいい加減になってしまうところがあり、仕上がりもぜんたいに大味になる。夫もそれは自覚しつつ、しかしこれはいったいどうしてなのだろう、と思っている。たとえば料理本のレシピなど見ながらつくっても、決してレシピ通りにはできない。味がどうのではなく、必ずどこかで、いま味噌汁のお湯をだし汁の代わりに使ったみたいに、レシピに書いていない行動に出てしまう。レシピには肉二〇〇グラムと書いてあるのに、買ってきたパックが二五〇グラムあったものだから、ほかの食材や調味料も相応に増やそうと思い、しかしそれもそう簡単ではなく、たとえば肉五〇グラム分の増量に相当する玉ねぎとは何個分か、みたいなことになれば玉ねぎ一個のところ一個半入れる、なんなら二個入れてしまう、みたいなことにもなり、ついでにレシピには書いていない冷蔵庫の余り物の野菜も入れてしまおうか、残しておいても使うあてがないし、みたいなことになり、するとまた砂糖とか醤油もその分多めになって、レシピの倍ぐらいの分量ができあがったりする。あるいはつくりはじめてから材料が足りないことに気づき、別の食材で代用しているうちにレシピとは全然違う料理ができあがったりする。

いずれにしろ、事前によくレシピを見て確認したり、書いてある分量を守ればよいのだが、そういう緻密さを夫は持ち合わせていない。

だってこうして、と夫はフライパンのなかでかき混ぜた卵を寄せながら呟く。卵焼きをつくるにしたって、たまたまコンロがひと口空いていたのを見て突然思いついてつくりはじめるのだから、事前の準備なんてできないよ。

卵焼き用の四角い鍋が欲しいと前から思っているが、それもこうして卵焼きを丸いフライパンでつくっているときにいつも思い、しかし忘れるのでもう何年も買いそびれたままでいた。もともと面倒を先送りにしがちな性分だから何事につけそうなのだが、そのように何年も思い続けていながらも実行に移せないでいることが台所まわりに関してはとりわけ多い気がする。

しかしそれも、こんどの引っ越しで大きく好転するのではないか、と夫は思っていた。あいたフライパンの半分に油を入れて、キッチンペーパーで余分を拭きとり、残りの卵を流し入れた。

鍋を買い換えるとか、包丁を研ぐとか、そういうちょっとした更新作業がいつまで経ってもできない。なんとなく古いものを使い続けたり、ちょっとした使い勝手の悪さにむしろ慣れてしまって、新しいものを買うことに踏み切れない。いまの台所と自分の関係が変わることを恐れている。

そう思って豚肉を煮ているフライパンを見た。そのようなことを思っていながら、昨年末にやはり行きつけのスーパーで行われていたアメリカ製の器具メーカーのキャンペーンで、いよいよ新調したフライパンだった。前のフライパンは妻がひとり暮らししていた頃からだから十年以上使っていたもので、表面の加工もとっくに落ち、焦げつきやすくなってもいたし、持ち手のネジが緩くなっていた。ネジをたびたび締めていたが、いよいよネジ山が削れて締まらなくなって、とうとう買い換えに至ったのだ。これは夫にとって、本当に画期的なこと、英断と言うべきことだった。

買い物をした金額に応じてもらえるシールを集めて店頭に置いてある台紙に貼って、期間内に台紙をいっぱいにするとその器具メーカーの製品が二割引で買える、というキャンペーンだった。夫はせっせとシールを集め、台紙を二冊埋めた。それで溜まった台紙を妻に見せて、対象商品のラインナップを見せて、鍋を買い換えるがどれがいいかと訊ねた。

妻が指差したのはいちばん高い圧力鍋だった。これがあればなんでも柔らかく、とろっと出来上がると雑誌で読んだ。なのでぜひこれがいいと言ったのだが、夫は乗り気じゃなかった。

いかにも万能そうに書かれてはいる。しかし、この八年間の同居生活で圧力鍋を使っていないので、いきなりそんな高度で高価な鍋が台所に登場しても、自分たちにそれを使いこなせるかわからない、と夫は言うのだった。

妻としてはとろっとした食べ物が好きなので、ともかく買ってみて使ってみてほしい。そうすればそのうちに使いこなせるようになる、生活とはそういうものではないか、と思った。

しかし台所まわりの変革に消極的な夫は、なるべくこれまで使っていたものに近い使い勝手のものが欲しい、と譲らず、圧力鍋をまるで調和を乱す外敵のように見なしはじめ、しかしそういう自分の保守的な思い切りの悪さをにわかには認めたくないものだから、値段が高いとか、かさばって置き場所がないとか、ぐずぐず遠回しに圧力鍋のマイナスポイントを挙げ連ねるのだった。

私たちの家の台所は、角にガス台があって、そこに三口のコンロがあった。コンロの正面と右側は壁で、上部の換気口までステンレスのパネルが張られていた。ここの掃除もしなくてはと思いつつあとまわしにしがちだ。コンロの左側は三十センチ四方ほどの調理台があって、ここに投入前の材料などを置いたりできる。下部は収納になっていて、ガスの配管を兼ねたコンロの下の扉のなかには油や醬油や料理酒など背の高い調味料類を、調理台の下にはごまとかのりとかかつおぶしなどの乾物類をしまってあった。調理台のさらに左手にはスチールのラックが置いてあり、これがレンジ台と食器棚を兼ねている。いちばん上段にはオーブントースター、その次の段にコップと小皿類を、その下には電子レンジ、いちばん下の段には大きい皿類を置いていた。おかしな並びだがこれはレンジの重さとラックの安定、各棚の使用頻度を考えてこうなった。夫は上の方の食器棚から四角い平皿をとってコンロの横に置き、卵焼きをフライパンから皿に移した。

卵焼きの味付けは出汁《だし》巻《まき》のようだが、フライパンでつくったからオムレツのような見た目になる。こういうちぐはぐ感を放置し続けた結果鈍感になっている。夫も妻もそんなに食べ物の見た目や盛りつけにこだわるたちではないから、ふだんの食事の際にそれがなにか問題になるわけではない。問題になるわけではないけれど、だんだん慣れてきて、そのちぐはぐさや雑さに気づかなくなるのはどうなのか。いますぐに卵焼き器と呼ばれるあの四角い小ぶりの鍋を購入すべきなのではないか。

空になったフライパンを宙に持ち上げたまま、ぼんやりと動きを止めていた夫は、それが生活というものなんだ、と自分に言い聞かせるように呟いた。いま台所には彼しかいないのだから、独り言に違いない。是か非かはともかく、と彼は続けた。そのようにほとんどそのちぐはぐさに落ち着きを覚えて、包丁研ぎのことも、卵焼き用の鍋のことも、むしろすすんで忘れようとし、圧力鍋の参入を防ごうとしている。それが生活というものなんだ。

しかし最終的に夫は、妻の希望を尊重し、圧力鍋を購入することにした。が、意を決してスーパーの店員に購入の意志を告げたところ、夫の指差した圧力鍋はすでに販売予定数を終了したとのことで用意ができないと言われた。結局圧力鍋は買えなかった。

食材を切ったり、あれこれの調理をするのはコンロの左手のスペースではなく、こっち側で、と夫はくるりと身を翻す。

コンロの真向かいにシンクがあり、いわゆるカウンターキッチンのような形でシンクの上は壁がなくて居間の方に抜けている。仕切りの上には小さな鉢植えがいくつか置いてあった。シンクの下の収納がフライパンなどの鍋類とミキサーなんかの置き場所で、シンクの右に反対側よりももう少し広いスペースがあるので、だいたいの調理作業はそこでやる。その右手が冷蔵庫だ。いまは調理スペースには土鍋が置いてあって、さっき炊いたご飯を蒸らしている。この家には八年来電気炊飯器がない。土鍋でご飯を炊くと言うとずいぶん手の込んだように聞くひともいるが、この方がむしろ楽なのではないかと夫が思うのも、単に習慣がそうさせるものなのかもしれない。自分で言っていて、なにがどう楽なのかが説明はできない。ただそれに慣れている、ということでしかなく、炊飯器を置いて炊飯の予約をしたりするのに慣れていない、ということでしかない。あと炊飯器をどこに置くのかも、想像ができない。

つまりコンロの向かいに流しと調理台があるこの位置関係のなかで夫は、あっちを向きこっちを向き、くるくるとまわりながら料理をしていて、八年のあいだに台所は体の一部、体は台所の一部となって、手や体はほとんど勝手に動く。調理台の高さや流しの深さを計るまでもなく知っている。無駄がないわけではなく、炊飯器だって置こうと思えば置けないはずがないのだが、無駄な部分もそのまま体の一部のようになっているから、余計なものを入り込ませる余裕がない。例の調理作業上のぞんざいさや、他人から見たら不便としか思えないやり方も、夫と台所の関係のなかに編み込まれているから、そうそう簡単に改められないのだ。

大きなフライパンの豚肉を菜箸でひっくり返しはじめた夫は、そしてこのフライパンが私たちの家にやってきたのだった、と思う。昨年末、いま味噌汁をつくっている手鍋と一緒に、新しいフライパンがこの台所にやってきた。

果たしてその使い心地は？　と誰かが合いの手を入れるみたいに夫に問いかける。夫は黙って豚肉をひっくり返し続ける。果たして果たして、使い心地はいかがですか？　夫はやはり黙っている。

圧力鍋の売り切れを知った妻は、それならば仕方がない、料理をする機会が多いのは夫なのだし、夫が欲しいものを選べばいいと簡単に引き下がって、夫は新しい広口のフライパンと、手鍋を選び、シールを満点までためた台紙と引き換えにメーカー希望価格の二割引でそれらを購入したのだった。

十年使い続けたフライパンと手鍋は次の不燃ゴミの日に捨てられ、台所にはぴかぴかの新しい鍋がやってきた。

新調してしばらくのあいだ妻は、夫がなにか料理をしているたびに、新しい鍋どう？　使い良い？　と訊ねた。夫はそのたびに、いい、いいと思う、と応えた。しかしその本意は違って、夫は古い鍋とは微妙に大きさも深さも重さも違うその新しい鍋との関係をまだ結びかねていた。はっきり言えば長年使い慣れたものから替わった新しい鍋に使いにくさを感じていた。とはいえなにかを新調すればそれは当然のことで、これからこの鍋と新たな関係を結んでいけばいいのだ、とそう思っていた。

そして使いはじめて数か月が経ったいま、夫のなかでそのような希望的な見通しは薄まっていた。いつまで経っても使いにくいのだ。なにがどうしてなのかはわからない。たしかに焦げつかないし、煮たり焼いたりという鍋としての機能になにか問題や不満があるわけではない。ただ、持ち手に手を添え、こうして肉をひっくり返したりしているときに、無視しきれない違和感がいつまでも消えない。そして前の鍋と違う、という気持ちもいつまでも消えない、つまり前の鍋が忘れられない。しかしもうあの鍋は捨ててしまったのだ。

こんどの引っ越しが、長年緊密な関係をつくりあげてきた、しかしながらそれに縛られ停滞から逃れ難くなってしまった自分と台所の関係を、大きく好転させるのではないか。夫はそう思っていた。新しいフライパンと手鍋は引っ越しに先立ち、この先を明るく示してくれるはずだった。しかしいつまでも鍋の違和感はなくならず、その新調が失敗に終わったことがわかってくると、自分たちの引っ越しもうまくいかないのではないかと思えてきた。

夫は、フライパンの火を止めた。骨付きの肉はいい色がついて、肉から出た脂と糖分の照りとでぴかぴかしている。とろみの出た煮汁がよい具合にからんだ。

妻は、布団のなかで、隣の部屋から届くこの匂いはスペアリブだ！　と思っている。私の好物だ！

夫は豚肉を皿に移して、フライパンを流しに置いた。手鍋の火を入れて、やはりすでに少々くたびれてしまった感のある菜の花を確認し、パックのだしを取り出していったん火を止めたところで台所から妻を呼んだ。布団のなかから返事がある。鍋に味噌を溶いて、ふたたび弱火で温めるあいだ、流しのお湯を出してフライパンを洗う。鍋の表面の加工を傷つけないためには、洗う際にも極力擦ってはいけない。お湯で流し落とすくらいでいい、そう聞いていて、はじめのうちはそれに従っていたものの、いつからかほかの食器と同じようにスポンジでごしごし洗うようになっていた。

手鍋が沸騰して、慌てて後ろを振り返って火を止める。蓋をとろうとして、熱くなった取っ手に慌てて手を引く。新しい手鍋は蓋も、持ち手も、すぐ熱くなり、たびたびそうやって火傷しかけては、夫は前の鍋のことを懐しく、愛おしく思い出した。

スペアリブ！　と寝巻き姿の妻が部屋に現れた。

立花茶話子さん

夫は頑なにスペアリブのことを、スペアリブ、とは呼ばず、骨付きの豚肉とか、単に、豚肉、と呼ぶ。なにか彼の言語感覚に抵触するものがあるのだろう、と妻は考え、あまり気にしてはいない。ともかく妻は、夫のつくるスペアリブは好きだ、と思い、手でつまんでかぶりつく。もっとも、その味は前の回に書いてあった通り、夫の慎重さや細心さに欠ける調理スタイルのせいで、毎回仕上がりにばらつきがあるのだが、今日のはだいぶいい具合だった。煮詰まった煮汁はとろっとしていて、お肉も柔らかくて、おいしい。

あとひと月ほどに引っ越しの迫った家の居間で、床にじかに座っている。ずっとそうして朝ご飯を食べてきた八年間だった。低いテーブルに、ご飯の茶碗と、味噌汁、卵焼き、それから骨付きの豚肉、あとヨーグルトを並べて、夫婦は向かいあって朝食を食べている。

朝から骨付き肉にかぶりつくなんてすごいですね、と言うひともいるが、この家は朝が遅いので朝食が昼ご飯みたいなもので、その代わりふたりとも夜はそんなに食べない。妻は仕事で帰りが毎日遅いし、自宅で仕事をしている夫は夜はひとりで適当につまみをつくったり残り物をあてに酒を飲む。夫婦が食卓をともにするのは朝だけで、そうとなれば料理担当の夫は可能な範囲で妻も自分も食べて嬉しいようなものをつくろうと思うし、妻は妻で、その夫の意欲に応じて朝ご飯を楽しみにする。

仲がいいんですね、と言うひとがやはりいるが、それは一緒に暮らしているのだから仲はいいし、もちろんときには険悪になることだってある。ネガティブなことをわざわざ書きたてたり、他人に話したりしないだけのことだ。たとえばこの傷、と夫は無言で、いつも自分の座る側にできたテーブルの表面の凹み傷に目をやる。

ともかくそのようにこの家で過ごすあいだ、夫婦の食事の場となっていたのが、いま彼らのあいだにある低いテーブルなのだったが、幅三十センチほどで長さが二メートルあまり、というこの一枚板の食卓は本来はテーブルではなかった。

この家に引っ越して二年ほど過ごした頃、夫が古道具屋で見つけて居間の食卓にちょうどよい、と買ってきた。文机《ふづくえ》や食卓にしては低すぎ、横にも長すぎる。巨大なまな板みたいなそれは、もともとは着物の裁ち板だったとお店のひとが教えてくれたという。

着物の裁ち板というもののことを夫は知らなかったが、なるほどそこに布を広げて裁ち切るための台と聞けば、そのような大きさ、高さに見えた。表面にはところどころに木の節があり、木目があった。年季は入っていてやや反りが出てはいるが、サイズも雰囲気も家にちょうどいい気がして夫はひと目で気に入って、値段も手頃だったので買いもとめ、配送を頼んだ。

その晩閉店後に店のひとが車で運んできてくれた。玄関の戸を開けると台を抱えた古道具屋のオーナーがいたのだが、彼の抱えた板には大きく、立花茶話子、という名前が書かれていた。立派な墨書で。脇には、昭和二十七年十月吉日、という日付がやはり墨書きされていた。見覚えのないその名前に夫はぎょっとして、よく見るとオーナーは足の付いた板の裏側をこちらに向けて持っていて、置いたら見えなくなる裏側にそんな銘が記されていたなんて買うときには全然気づかなかった。

ああ、これね、とオーナーは夫の視線に気づいて言った。嫁入り道具だったんでしょうね。日本の古い家具だと、ときどきこんなふうに書いてあるのに出会います、と言った。

そんな銘が隠されているなんて聞いていなかった、購入を考え直したい、などとは夫は思わなかった。その裁ち板を無事に引き取って、居間に置いてみると思ったとおり大きさもちょうどよく、色味や古びた木の感じも部屋に合った。やはりちゃぶ台や座卓よりも低く、足の板は十センチほどなので、卓面も足付きのお膳ほどの高さで、日常的な食卓としてはそこが難点かもしれなかったが、そもそもそれまで使っていたこたつテーブルが、食卓としてはふたりには高すぎて使いづらいので低いテーブルを探していたのだったし、店で見たときに思い描いたとおり、置いたとたんにこの家のこの部屋にしっくりきたことで、使っていくうちに慣れるだろう、自分たちはこのテーブルというか本来的には裁ち板で、いまから食卓として使おうとしているこの木工品と、上手に関係を結べるだろうというふうに夫は思えた。

居間の真ん中に置かれ、また見えなくなった先ほどの名前と日付を夫は床にはいつくばってのぞき込んだ。昭和二十七年、どこかの誰か、というかそこに名を刻まれた立花茶話子さんの、嫁入り道具だった、と思って、そこに生じる時間の量に感じ入った。

遺品として処分されて古道具屋にまわってきたのか、それとも結婚していろんな嫁入り道具とともにお嫁に行ったもののうまくいかず、数年後離縁となって、そんな誰かと誰かとその家族たちの人生の曲がり角でどこかに売られ、誰かに買われ、また手放されを繰り返して今日この家にやってきたのか。この、どこの誰ともわからない、もうこの世にはいないかもしれないひとの嫁入り道具が、新しい私たちの生活の一部になることを妻はどう思うだろうか、と夫は思った。それから、自分はおもしろいことだと思う、と思った。

夫は裏側に大書された見知らぬひとの名前のことは妻にしばらく黙っていた。とはいえ、まさかそのまま何年も、いまなお妻がこのテーブルの裏側にある誰かの名前について知らないはずはなく、いつかのタイミングで机をひっくり返して、これはもともとは立花茶話子さんというひとの嫁入り道具だったのである、と妻に見せた。夫としては、神仏への敬意が深いばあちゃんの影響で、初詣や厄払い、方位除けなどに真剣で、毎年商売繁盛の御守りを早稲田の穴八幡までもらいに行っている妻が、そんなどこの誰のものかわからない家具は気色が悪い、返してこい、と言うのをおそれ、その裁ち板が我が家の食卓としてすっかりなじんだ頃、妻の機嫌のよいときを見計らって、さりげなく、ふと思い出したようにそれを見せたのだった。妻はとくに抵抗や反感は示さなかった。

その低くて細長い裁ち板は食卓としてしっかり夫婦の生活になじみ、そんな名前が裏に隠れていることも、いま思い出すまで忘れていた。そんなひとの名前や、家のなかの見えない場所のことは忘れて、毎日ご飯を食べたり、過ごしたりしていた。

夫も、妻も、昭和二十七年のことを直接には知らない。だからその頃の結婚がどんなものだったのかも知らない。いまでもそういう慣習はあるのかもしれないが、嫁入り道具を用意するとか、そもそも嫁入りとか嫁に行くという言い方じたいが、ずいぶん時代がかった印象を与える。けれども彼女は、立花茶話子さんは、おそらくこの裁ち板のほかにもあれこれの嫁入り道具を携えて、どこかの誰かのところに、お嫁に行ったのだろう。ほかの方法も、言い方も、ほとんど選びうるものはなかったかもしれない。

立花というのは、茶話子さんの旧姓なのか、それとも、嫁ぎ先の姓なのか。そして茶話子という名前も珍しい。親御さんか誰かが、お茶に通じたひとだったりしたのだろうか。茶道の家元とか。着物の裁ち板を娘に持たせることが当時どのくらい普通のことだったのかわからないし、別に茶道をしているから必ず裕福とかいうこともないのだが、いわゆる家柄みたいなことにも想像が向く。

けれども、茶話というのは茶道とかよりももっと気軽な、近所のひとに茶を出して縁側ですすりながら世間話をするみたいなものではないのか。ならばべつに茶道とか何々流、みたいな格式張った由来ではなく、お茶の好きな家族のもとに生まれた娘、あるいは静岡とか、宇治とかのようなお茶どころの農家に生まれた娘に、そんな名前がつけられたのかもしれない。

終戦から七年、昭和二十七年に結婚した立花茶話子さんが生まれたのは、昭和一桁から昭和十年前後だろうか。だとすれば、立花茶話子さんはだいたい自分たちの祖父母と同世代にあたる。

夫婦の祖父母のうち存命なのは妻の祖母だけで、大正十五年の生まれだ。ばあちゃんが結婚したのは何年だったろう、と妻は考えたがわからなかった。けれども長男である父親の生年は昭和二十八年だから、それは立花茶話子さんが結婚した翌年で、立花茶話子さんが子どもをもうけていたとしたら、その子どもが父親と同い年であっても不思議じゃない。

考えてもわかりようのない立花茶話子さんの結婚生活を、夫婦は想像する。彼女の名の刻まれた裁ち板の上に食事を並べて食べながら。

ごく一般的な家庭の、家事と子育てに忙しい立花茶話子さんを想像するのは夫だった。朝は早くに起きてご飯の用意、勤めの仕事に出る夫を見送り、学校に行く子どもたちを見送る。ひとりになれば洗濯に、家内の掃除、繕い物なんかをする。遊び盛りの子どもたちの服は、しばしば破れほつれする。そしてすぐに体が大きくなって、小さいきついと言い出す。すっかり普段着は洋服になって、自分も子どもも着物なんか着ることは冠婚葬祭のときぐらいになってしまった。嫁入り道具の裁ち板もどこかにしまいこんだきりである。昼は簡単に済ませ、庭の草花に水をやる。庭には、結婚したときに、新しい自分の名字にあやかって植えたタチバナの木があった。故郷の植木屋さんが、お祝いに苗をくれたのだった。タチバナというのは、いい木で、だからいい名前のお家にお嫁に行くね、とその子どもの頃から知っていた植木屋さんが言ってくれたのを結婚してからもずっと覚えていて、庭の木を見るたびに思い出した。苗が育つにつれて、それはタチバナではなく夏みかんの木だったことがわかって、だから、夏みかんの木を見て、あの植木屋さんの言葉を思い出し、いろいろ苦労も心配もあるが、自分はいい家にお嫁に来た、と思う。いまでは、毎年、たくさんの黄色い実が重たげにぶら下がる。子どもたちは実が目立つなりすぐに食べたがるけれど、あまり早くにもいで食べても酸っぱいだけだ。近隣のひとにも、分けてあげる。軒先からも黄色く大きな実が目立つから、分けてあげないわけにはいかない。誰かたずねてくればお茶を出す。茶話子さん、と呼ばれる。そうこうしているうちに子どもたちが帰ってきて、商店街に夕飯の買い物に出かける。野菜や、魚を買いながら、慣れた自宅の台所で、なにをどんなふうにして、今晩自分が夕飯をつくるのか考える。子どもは毎年、毎月、大きくなる。食べる量は増え、洋服はまたすぐに小さくなる。熱を出せば看病して医者に連れていく。その子らがさらに成長して、仕事につき、家庭を持つ将来に思いを馳せる。

商売を営む家に嫁いで、毎日夫や職人らと仕事にはげむ立花茶話子さんを想像するのは妻だった。朝早くから夫婦と住み込みの職人たちとで流し込むように朝食を済ませて、朝の荷が届けばすぐにそれぞれの持ち場で作業がはじまる。背中を丸めて手先に集中する、単調だが気の抜けない作業が続く。ときどき、誰かが無駄口を叩くと、みなそれぞれの手元から目を離さぬまま笑ったり、なにか言って混ぜっ返したりする。あとひとつ終えたら、いやもうひとつ終えたら、ときりのいいところが来ても休みを先延ばしにして、いよいよというところで、よし、と手を止める。ふうと大きく息を吐き、背中を伸ばして顔を天井に向けると、くらくらと立ちくらみがする。その瞬間の少しの恐怖は快感と紙一重で、少々くせになる。それでまたすぐ背中を丸めて手先を見つめ、作業をはじめる。昼の休憩前に作業場をあがって、持ち回りで昼飯のしたくをする。おしゃべりをしながらみんなで食べる。女の働き手も多く、ときにその悩みを聞いたり、相談にのることもあった。陰から、茶話子さん、と小さな声で呼ばれて、裏庭や物置小屋で話を聞く。家や家族の話もあれば、恋愛の話のこともある。もうすでに助言のしようがない、のっぴきならない、退くに退けない手遅れの事態になっている話もある。そうして聞いた相手と自分の秘密であるはずの話を、夫に漏らしてしまうこともあった。一日の仕事が終わって、夫とふたり晩酌をしているときや、寝床のなかなどで。もちろん、自分が口外したことをくれぐれも本人に知られぬようにと念を押す。ときに、相談相手の茶話子のほうが、年下の女に思わぬ本音や秘密を打ち明けてしまうこともあった。絶対に他人には言わないでよ、と茶話子は言ったが、絶対の秘密などなくて、誰かがなにかを思えばそれは誰かに伝えずにはいられないし、伝わらずにはいない。秘密というものは、それが秘密になったときから、いずれ知られてはいけないひとに知られることが決まっているのだ、と茶話子はなんとなく思っていた。

自分の人生が、いつか誰かから聞いたのと同じような、のっぴきならない、退くに退けない手遅れの事態になって、茶話子は彼女の愛した家と仕事を離れなくてはならなくなる。

あんなに息の合った仲のいいふたりだったのに、あんなにいい旦那さんだったのに、と夫婦を知るひとたちや、茶話子のむかしの友達たちは口々に言ったが、ネガティブなことをわざわざ書きたてたり、他人に話さないだけのことで、それは他人にはわからないことなのだ、と茶話子は思った。

夫婦が文字通り机上の空想を働かせる、その食卓というか裁ち板に裏書きされた名前に覚えのあるひとは講談社まで連絡をください。立花茶話子さんの裁ち板がここにあります。

この凹み傷、と夫はまた卓面の傷を見て、ひとさし指の腹をそこに置いてみる。少し前に怒った妻が放り投げた携帯電話の充電器がぶつかってできたものだった。もうすっかり自分たち夫婦の食卓でありながら、どこかで立花茶話子さんの人生がここで続いているような気がしていた夫婦は、その傷とその傷の理由となった一時の不和を引き起こした自分たちが、立花茶話子さんに申し訳ないような気持ちを持っている、と夫は思ったが、妻に言わせればそんな連帯責任のようなことを思うのは勝手な話で、自分も、そして立花茶話子さんもきっと、目の前に現れる出来事や到来する様々な感情のほうがずっとずっと大事で、翻弄されるように生きるしかない。夫婦であれ、かつての裁ち板の持ち主であれ、全部にかかずらってはいられない。だから、ありがとうおいしかった、と夫に簡単で万感の感謝を述べて洗い物も任せ、今日も仕事に出発するのだ。

スーパーの夫（一）

前回は思わぬことで立花茶話子さんの話になってしまったが、本当はスペアリブの話をもっとするつもりだった。それで夫がスペアリブのことを頑なにスペアリブと呼ばないのにはちゃんと理由があって、しかし夫がそれをわざわざ説明しないのは説明するほどのことでもないと思っているからだ。

どういうことかというと、まず私たちの家から最寄りの駅前にはオオゼキというスーパーがあって、夫はこのスーパーが好きだ。とても。というところから話がはじまる。

元々いまの家の近所に住んでいた妻も、このスーパーを気に入っていた。ひとり暮らしの経験がなく実家から直接恋人との（つまりのちの妻との）同居をはじめた夫は、家の近くのスーパーがどれだけ生活の、とりわけ食生活の質を左右するかということに想像が及んでいなかったが、十八で上京してから、東京のいくつかの街で暮らしてきた妻の方はそのへんをよくわかっている。妻がこの街を気に入っている大きな理由のひとつは近くにこのスーパーオオゼキがあったことだった。

そして夫もその街で暮らしはじめて、オオゼキで買い物をして、オオゼキを好きになった。その魅力はなにか、と問われたとき、夫はあまりに多くの事柄がわきあがってきて、思わず胸がいっぱいになり、うまく話し出せなくなってしまう。説明する前に、家から自転車に乗って、オオゼキに行く数分の道のりが思い出される。そして駐輪場に自転車を停めて店内に入る。その瞬間の店内の活気と空間の広がりのなかにこれから自分がする買い物を、その心躍る過程を想像しはじめてしまう。

いや、店内というか、店に入る前からオオゼキははじまっていて、と夫は言う。店の前にときどき移動販売に来ている花屋や、冬の焼き芋屋、あるいは路上に置いた椅子に座って道具を広げ、小さな看板を出している包丁研ぎのおじさんを目にすることもオオゼキに行く楽しみのひとつだった。

店に入って、入り口近くには日替わりの特売品のコーナーがあり、その奥にパンのコーナーがある。袋入りの製パン会社のパンもあるが、通路を隔てたところには店内でパンを焼いているパン屋もあって、そこは焼けたパンをトレイやカゴに並べて売っているので、店に入るとそのパンの香りがする。

その奥には卵や牛乳、ヨーグルトなどの冷蔵品の島、お寿司や惣菜のコーナーがある。横長の店内の左側と右側に入り口があって、私が入り口にしているのは左の入り口だった。右の入り口から入るひともいるから、店内には右から左への流れと左から右への流れと両方あるはずなのだが、左から右の流れの方がいつも優勢であるように思え、私もそっちの流れで動く。私が左から入るのは、その方が買い物がしやすいからで、左から右への場合、物色する品目の流れはおおまかに言って、パン、乳製品、酒、肉、調味料類、魚、そして最後に青果、という流れで、右から左の場合はこれが逆になる。多くのスーパーではふつう最初に野菜売り場があることが多く、となれば左派は邪道なのかもしれないが、野菜を最初にカゴに入れるとあとで牛乳とか酒とか重たいものを入れるとき野菜がつぶれないように積み直したりする必要があって、野菜や果物を最後にする方がよかった。もっとも、単に家からオオゼキに行くと左の入り口の方が近い、というただそれだけのことかもしれない。それにひとによってなにを買うかとか、カゴだけを使うかカートを使うかにも文字通り左右されると思われるので一概には言えない。ともかく私は左から右へと進んでいくのでついてきてほしい。

パンのそばにはときどき、八つ橋とか地方のお菓子が並んでいることがあって、別に買うつもりはなくても見ているとついカゴに入れたりしてしまう。お寿司のコーナーも握りのパックなどはあまり思いつきでは買わないが、細巻きとかは夜酒を飲むつまみにと、ひょいとカゴに入れたりしてしまう。妻は帰りが遅いので海苔巻きなんか食べないから自分ひとりで食べる用というわけで、となると鉄火巻きとかネギトロ巻きはやや妻への背徳感が強く、かんぴょう巻き、カッパ巻き、たくわん巻きあたりを選ぶ。

しかしこういう細かい品物のことにいちいち触れていると買い物が全然進まないのでおおまかな流れを説明することにして、と夫は言い、しかし、妻と一緒のときに海苔巻きを買うなら妻はネギトロ巻きを選びます、と、言わずにはおれない様子で言い足した。

おおまかな流れとしては、パン、卵、牛乳ときて、次はお肉。買うのは豚肉、鶏肉が多い。牛肉は高いし、あんまり上手に料理できないのであまり買わない。でもときどき牛すじ肉が売ってて、それは見つけると買って煮込みをつくったりしました。そういうちょっと珍しいものが置いてあるのもこのスーパーのいいところで、肉に限らず鮮魚コーナーでも大きな鯛をまるまる一匹売ってたり、あまり出回らないような珍しい地魚みたいのがあったりした。タカベっていう小さいアジみたいな魚がいて、と夫の話はまた逸れかかる。塩焼きにするとおいしいんですけど、海沿いの魚屋とかならともかく都内のスーパーではまず見かけないんですが、これがそのオオゼキにはときどき売ってて、見つけると買ってました。

鮮魚の次は青果。その前に油とか味噌とか醤油、塩、砂糖など切らしていたのをうっかり買い忘れがちなので気をつけて。調味料も品揃えが多い。だしとか醬油、ポン酢なんかはあれこれ使ううちに気に入りのものを見つけて、それが夫婦の食生活に欠かせない味になる。あるいはたまには違う種類のもの、新しく入荷したものなどを試してみると、それが夫婦の食生活に新鮮な驚きや発見をもたらす。各棚ごとに夫婦の思い入れの深い品物があります。

季節や天候、あるいはその日その日で価格の変動がもっとも激しいのが野菜類です。よく買うものに関しては価格の振れ幅をおおよそ把握していて、となればいつもより高い値段だとつい買い渋り、価格の変動幅が激しいものや値崩れしにくい品物が安いとさしあたり必要でなくともつい手が伸びてしまう。じゃがいもや玉ねぎなど、使用頻度が高く日持ちするものが底値ならこれもとりあえず買っておく。春になるとフキノトウとかタラの芽、コゴミなんかの山菜があって、下ごしらえの仕方もよく知らないのになにかつくってみたくなる。京都産とか金沢産とかの高級品も置いてある。

そもそも食材を買って料理をするようになったのは、妻と一緒に住みはじめてからのことで、だから自分の料理経験のすべてはこのオオゼキとともにあったと言っても過言ではない、と夫は言う。台所での様子を見れば明らかなように、決して料理が得意なわけでも好きなわけでもない。それでも、なにかをつくるというのは多少なりともよろこびが伴うもので、でなければ子どもがいるわけでもない大人ふたり暮らし、出来合いのもので済ますことだってできる。

そしてそのよろこびの一端、いやもしかしたら大部分を担っていたのが、この活気溢れるスーパーオオゼキだったのかもしれない、と、後に八年過ごした家を離れ、近くにオオゼキのない家に暮らしはじめた夫は思うことになるのだった。

もちろん新しい住まいのそばにも、手近な場所にスーパーはあった。しかし、そこはあのオオゼキではない。長年親しんだメーカーの調味料も、変わった種類の魚や珍しい野菜も、使い慣れた大きさのスポンジも、入り口を入ってすぐのパンの香りもなければ、長年貯めに貯めてポイントを使うことよりも貯めることによろこびを感じていたポイントカードも使えない。オオゼキのそばを離れたら、そこにはもうオオゼキがない、という当たり前のことに、夫は引っ越したあとで気づく。大切なものは失ってみてはじめて気づく、よく言われるそんな言葉を、夫は人生ではじめて切実に実感した。

青果コーナーで野菜をカゴに入れ、レジに向かおうとしている夫はまだそのことを知らない。十数台並んだレジのどこに並ぶか、順番待ちの進みの早い列を探すにもいろいろコツはあるが、せっかちな妻が一緒でないひとりのときは、レジを待つ時間も全然苦ではありません、などと語っている。実はそこにもオオゼキの魅力があるというべきで、レジ打ちの販売員さんの手際も無駄がなく応対も快活、大げさな言い方をすれば、どの列に並ぼうといまこのすべてのレジに並ぶすべての列のお客即ち私たちはなんの心配もいらない、という気持ちになった。

そう、レジの販売員の技術や応対もまた、私がこのスーパーを愛する理由なのである、と夫は言った。いや、レジのひとたちに限らず、このスーパーで働くひとたちはみんな立ち居振る舞いが機敏で活気がある。そう言ってから、夫はまた、いや、その言い方は正確ではない、と続ける。

というのは、自分がふだんスーパーの店員、あるいはスーパーに限らず、どんな店の店員に対しても、べつに機敏さや活発さをそこまで求めてはいないからで、ことさらのろのろしたり陰気なのがいいとは全然思わないが、べつに過度に動きが素早く元気でなくてもいいと思う。

たとえば、元気を売りにしているらしい居酒屋とかで、店員に大声で注文を繰り返したりされると、うるさいな、と思うし、やたらめったら、いらっしゃいませ、ありがとうございます、と連呼している店も全然いいと思わない。

少し考えてみて、それは活気と言うより、店で働いているひとそれぞれの動作に主体性が見てとれるからだろうか、と夫は思った。動きに主体性がほとばしっている、と言ってもいい。

揃いの制服を着ているし、お客に向けられる声も、いらっしゃいませ、とか、ありがとうございます、とか、多くはごく一般的な決まり文句だから、そこに特段の個性があるわけではない。だが、言葉よりも発声に、服装よりも身のこなしに、ひとの印象というのはより強く影響されるものだ。規則や習慣というのは便利だが怖いもので、ひとはいくらでも機械的に言葉を発したり動いたりすることができる。

妻と一緒に暮らしはじめた頃、夫はまだ会社に勤めていた。会社といってもオフィスワークではなく食品の小売り店で、店頭で接客にあたることも多かった。

たとえば小さな店であっても、お客さんがお店に入ってきたときに、自分が店の入り口近くにいるか、奥の方にいるかで、いらっしゃいませ、と言う声の大きさは違って然るべきである。なぜなら、いらっしゃいませ、と言うならその目的は、いま入店したひとにその声を向けて届けることだからである。しかし、一日店内にいて、接客以外にもいろいろの仕事をしながら忙しくしていると、ついその意識が疎かになる。お客さんがお店に入ってきた、と思ったとき、いらっしゃいませ、と発するその声の大きさが一定になってしまったりする。と、それはそのお客に向ける目的のためではなく、単に機械的な反応として言っているに近い。もはやその言葉は、そのお客に個別性を認めていない。

とはいえさっき元気居酒屋を例にあげたように、過剰さはデメリットになる。マンツーマンで接客をするスタイルの店でない限り声かけにはある程度の距離感も必要で、店員というのはその店のスタイルや方針を前提としたうえで、その塩梅において真価が問われるのである、と夫は自分の会社員時代を思い返しつつ、オオゼキのレジに並んでいた。と、あっいけねえ忘れてた、となにか思い出したように夫はせっかく次の順番まできていたレジの列を離れ、精肉売り場の方へ歩いていった。

これこれ、これの話だった、と夫は、冷蔵ケースからスペアリブのパックを手に取った。そしてもう片方の手に、大きな豚バラ肉のブロックのパックを取って語りはじめた。

こっちがスペアリブ、国産の骨付きの肉。今日は一〇〇グラム二四八円。で、こっちは国産豚バラ肉のブロック、今日は一〇〇グラム二九八円。もう少し安くなるときもあると思うけど、どっちもまあ手を出していい範囲の値段と思います、我が家的に。で、このふたつの違いはまず骨が付いてるか付いてないかで、部位としては近いので似てるっちゃ似てるんだけど、厳密には全然別の肉です。で、今日だと骨付きのスペアリブの方が安いけど、でもこっちは骨付きだから骨の重さも入ってる。食べられるお肉の量だけ考えたらたぶん豚バラの方が多くて、量だけで言えば豚バラの方が得かな、と思ってしまう。繰り返しますけど、肉としては別ものなので、たとえば料理店で、スペアリブって言って豚バラ肉を煮込んだのを出したらまずいよね、たぶん。豚バラ肉は豚バラ肉で角煮とか東坡肉《トンポーロー》とか、スペアリブではつくれない料理があるし。でも自宅だったらどうか。はい、そうです、私はときどき、スペアリブを煮るときとおんなじように豚バラ肉を煮ます。妻はどちらもよろこんで食べる。お肉が好きで、とろっと煮つけたようなものが好きで、東北生まれで濃い味が好きだから、私がつくれるもののなかでも特に好きな料理のひとつだと思う。妻はどちらの料理も、スペアリブ、と呼んでいて、今日はスペアリブだ嬉しい、などと言うのですが、ときにそれはスペアリブではなく、豚バラ肉の煮たやつなわけで、しかしよろこんでいるのにそんな細かい訂正をするのもなんだか水を差すようで、言い出せない。とはいえ、骨もないのに、スペアリブだと言って、騙くらかすようなことはしたくない。そんなわけで私としては、骨が付いているにせよ付いていないにせよもう全部豚肉と呼んでいます。骨付き肉を使っているときでも、骨付きの豚肉、と言うことはあっても、スペアリブとは言わないようにしている。

そのことは、私にとってはそれなりに重みのある言葉の使い分けです、と夫は言った。それは、妻と一緒に暮らしはじめて、あの愛すべきスーパーオオゼキで買い物をするようになり、いろいろな料理をするようにもなり、そのなかで繰り返しつくるようになったひと品にまつわる話です。しかしこれはわざわざ他人に説明するには些末《さまつ》に過ぎるし、単にそれだけの話のために、こうして近所のスーパーの魅力から話しはじめなくてはならない。説明によって得られる情報と、その説明にかかる労力というか費やされる言葉の量、伴う情報の量がアンバランス過ぎると思いませんか。

それは単に説明が下手なだけなのではないか。そう言われれば夫は、はい、と言うだろう。なにかについて話そうとすると、それ以外のことがたくさんついてきて、話がどんどん長くなってしまう。

けれども、と夫は言葉を継ぐ。最近はなんだか説明が上手になってしまったというか、いろんな言葉や事柄の意味が、辞書に書いてあるみたいに簡潔になって、自分で話してるんじゃないみたいだ。仕事をやめて、物書きだけをするようになってから。他人にはその方がわかりやすいのだろうけれど、そんな自分の話し方がつまらなくてしかたない。だからスペアリブと、豚肉と、私の好きなスーパーの話を、こんなに長くできて、今日はなんだか幸せだった。

スーパーの夫（二）

その後も夫は延々スーパーオオゼキの話を続けるのだった。誰が聞いているわけでもないのに、それを知りつつ、話すことを止められないみたいに。自分があのスーパーで、どんな商品と出会い、その結果私たちがどんな生活を送ってきたか。スーパーオオゼキがいかに私たちの生活を彩り、縁どり、形づくってきたのかを。新しい家に引っ越し、もちろんその家の最寄りのスーパーはオオゼキではなく、夫曰く、オオゼキによって彩られ、縁どられ、形づくられた生活が決定的に変化したあとのことだ。そういう愛着を語ることの本質的な愛おしさは、その愛着を失ってからしか語りえない本質的な愚かさかもしれない、などと夫は言うのだった。

新しい家から最も近いスーパーは徒歩七、八分の駅のそばにある某チェーン店だったが、夫はその店に行くたびに、あれもない、これもない、と暗澹たる気持ちになった。

たとえば流しの洗い物をするスポンジ。別にもともと、日用品に細かいこだわりはなかった。けれども前の家で暮らしているうちに、なんとなくいつも同じスポンジを買って使うようになった。別に高いものでも特別なものでもない。そのスポンジが使いやすいのか、それともずっと使っているから使いやすくなったのか、それもよくわからない。

なぜなら、と夫は言う。その愛着もまた、失ってはじめて気づくものだったから。そしてそこには私たちの八年という時間がある。そのスポンジの大きさや形状と、夫の手と、家にある食器類と、家の流しの広さや深さ、蛇口の位置や水流の強さと、なによりその環境のもとで幾度も同じ動作が繰り返された八年という時間が、そのスポンジの使いやすさである。

だから、と夫は言う。そのスポンジのどこがどう使いやすかったのか、簡単に説明することはできない。新しい家のそばのスーパーには、その同じスポンジは売っていなかった。ドラッグストアなどを探してみてもなかった。似たものを探そうにも、そもそもあのスポンジのどこがどう気に入っていたのか、製品としての特徴がどういった点だったのか、うまく思い出せない。違うものを違うと知りつつ使ってみては、やっぱり違う、と思う。それを繰り返した。いつも買っていたのがピンク色だったことだけは覚えていたが、いま重要なのはおそらく色ではない。それでも同じ製品で何色か選択肢があれば、夫は祈るような気持ちでピンク色を選んだ。その祈りは洗い物だけでなく、夫の生活全体に向けられている。あるいはたとえばごま油。たとえばかつおぶし。たとえば醬油や料理酒といった調味料の類でも、長年使っていたのと同じものが、新しい家の近所ではなかなか見つからない。

そこは別の店であり、ここは別の街なのだから当たり前だ。スポンジにしろ、調味料にしろ、絶対にそれでなければいけないようなものではない、多少スポンジの大きさや厚みが違ったって皿は洗えるし、そんなものそのうちに慣れるだろう。新しい家には、新しい家のシンクがあり、蛇口の高さがあり、水流がある。手に持った厚みや柔らかさの違いだけで、そのスポンジの可能性を断じるのは早計である。調味料にしたって、料理屋ではないのだから毎日同じ味に仕上げなくちゃいけないわけではなく、前に書かれているとおり、夫は調理の味つけや工程がむしろ大雑把な方で、調味料の銘柄が変わるくらいどうということはない。外国に来たわけじゃあるまいし、いずれにしたって、代わりになるものはいくらでもある。引っ越して間もない頃は、夫もそう思っていた。

けれども台所の夫は、新しい家に越してからすっかり精彩を欠くことになった。もちろん、新しい台所にすぐなじめないのはしかたがないことだ。実家を出てからはじめて引っ越しを経験した夫は、ああなるほど引っ越しというのは、住まいの場所が変わるだけでなく、こうして毎日の動作や食事の有り様にも影響するものなのか、と驚きを感じていた。驚きが驚きであるうちはまだよかった。しかし間もなく、その変化は夫の挙動を不審なものにしていった。手や体の動き、煮物に醬油を加える瞬間などに、ふと、これまでと違う、という感覚が過《よぎ》る。

すでに東京で何度か引っ越しをしたことのある妻は、いまさらそんなことで感動したり動揺したりしている夫を冷静に眺めていた。新しい家や新しい生活における違和感が、楽しみやよろこびに転ぶか、寂しさや悲しさに転ぶかは、どうやって決まるのか。そのひとの性格なのか、日頃の気構えなのかわからないが、新しい家に来てから台所にいる夫は明らかにその違和に戸惑い、疲れ、使い慣れた場所を失ったことを悲しんでいるように見えた。佇まいが、暗く、淀んでいる。もちろんそれは妻の目から見てのことである。毎日見ていればこそ、どこがどう、と指し示せない雰囲気を妻は感じとる。それは妻を疲れさせる。と同時に、妻は少々怒りを覚える。

夫はその違和感のたびに、もう戻れない前の家の台所のことを思い出している。そこで過ごした八年間という時間の長さに思いを向け、そのあいだに起こったいろいろな出来事のことを思い出している。夫は、これから新しい暮らしがはじまる新しい家で、これから先の新しい生活がつくられていくよろこびではなく、これまでのことばかりを思ってしまうのだった。なにかを思い出せば、また別のなにかが思い出される。そして延々よみがえる過去はどれももう過ぎて戻ってこないのだと気づけば、台所で夫はかなしくなって、ため息をつく。それが妻の耳に届くとは知らず、そのため息が妻を疲れさせることにも気づいていない。

新しい家の台所のシンクは、前の家よりも少し浅く、また蛇口の位置が低かった。なので、はじめのうちは洗い物をしていると蛇口に手や器をぶつけたりした。体はまだ前の家のシンクに合わせた動きをしていて、思わぬ位置に蛇口がある。ぶつけるまでいかずとも、洗剤の泡を流しているときに蛇口に手や器が近づいて、出口を塞がれた水がシャワーのように飛び散って周囲も服もびしょびしょになる。夫は濡れた服で途方に暮れる。いったいもう何度、この失敗を繰り返したか。それもこれも、使い慣れたスポンジがないためであり、近所にオオゼキがないためではないか、と夫は思うのだが、それは全然論理的な筋が通っていない。しかし論理的でないがゆえに、その考えから逃れることが難しい。

また服が濡れちゃったよ、と夫は出勤前の化粧をしている妻に向かって言う。しかしその、しょんぼりした口調と、毎日ネガティブに繰り返される、また、という語が疲れるから、妻は、つとめてドライに、大丈夫？　とだけ返す。語尾は上がっているから音だけは疑問形だが、夫はそこに無関心しか聞きとらない。妻もその疑問形でなにも問うてはいない。

夫は服の濡れた部分にタオルを当てながら、蛇口が前の家より低いからなんだ、と訊かれてもいない説明をするが、妻はそれはもう何度も聞いたし、洗い物をしたときに自分も何度も服を濡らしているから知っている。続けて、オオゼキが近くにあれば、と呟いている。いまは急いでいるから悪いけど付き合っていられない。化粧を済ませ、ぶつぶつ呟いている夫に、じゃあ行ってきます、と声をかけて、見送りに出てこようとするのを、そんなびしょ濡れで表に出ないで、近所のひとが見たらみっともないから、ととめた。夫は怒られた犬のように玄関のドアの向こうにあとずさっていった。

愛着を語ることの本質的な愛おしさは、その愛着を失ってからしか語りえない本質的な愚かさかもしれない、と夫は言った。よく考えても意味がわからないのだが、夫はなにを言っているのだろうか、と駅まで歩きながら妻は思う。夫はそう言うことで、いったいなにを伝えたいのだろうか。

たぶん夫は愛着を語りたいのだ。夫は愛着とかそういうことが好きだ。そして実際に愛着を語り、それを語ることの愚かさを自覚する。と言ってしまうと馬鹿みたいだが、そういう理解でOKですか？　しかしだとするならば、現在進行中の愛着は語れないということなのだろうか。一緒に暮らしていると、夫は、どうもそういう節がある。夫はいつも過去にいる。しかしそれは単に語り方がおかしいということなのではないか。こんがらがっているのではないか。小説の書きすぎなのではないか。

夜。夫は、沈む心を奮い立たせて、新しい台所と関係を結ぼうとしてみる。ゆっくり、コンロや流しや、菜箸やおたまの置き場所を確認しながら、新しい体がその新鮮さを驚き楽しむのを、その体の主である自分も寄り添い楽しめるように。大丈夫、まな板は前の家で使っていたもののままだし、引っ越しを機に買い換えた包丁はよく切れるようになって使いやすく、気に入っている。

玉ねぎを薄切りにして、青唐辛子としょうが、にんにくをみじん切りにする。これも引っ越しを機に買った以前よりも大きな冷蔵庫の野菜庫から、しめじとピーマンを取り出す。こういった野菜類については、気を抜くとすぐにいまの家の最寄りスーパーと以前通ったオオゼキとの価格の差について考えはじめてしまう。しめじの底値はここととあっちで五十円くらい違う、ねぎやほうれん草もややこっちの方が高い。前は安くなるとときどき買っていたパクチーなんかそもそも置いていないし。アボカドなんか百円くらい違う。挙げ連ねればきりがない。油揚げも高い。と、そうなれば思い出の泥沼、なので考えないように気をつけて、しめじピー、しめじピーマン、しめじピー、とその場でつくった歌を歌いながら、ピーマンのへたと種、しめじの石づきを落として、適当な大きさに切る。フライパンをコンロの火にかけて、サラダ油を引く。ホールスパイスを入れて、少ししてから青唐辛子とにんにくとしょうがを入れて、そのあとで玉ねぎを加えてよく炒める。カレーをつくるのである。

挽肉を加え、しめじとピーマンを加え、塩を加え、トマトを加え、水を加え、パウダースパイスを加えて煮込む。火を入れながら、合間合間に洗い物をする。使い終わったまな板やバット、ボウルの類を洗っていると、また水を飛び散らしてしまい服が濡れる。口ずさんでいた歌もやみ、夫は台所にくずおれる。なんだか、なにもかもうまくいかない気分。人生のとんでもない失敗をした気分。夫はそんなふうに思って、私たちの生活からいなくなったオオゼキの存在を思って、涙を流したいが、そういうときに簡単に涙は出ず、ただただ打ちひしがれたようにしゃがんでいるだけ。頭上では弱火にかけたフライパンのなかで、カレーが静かに煮立っている。

夜遅くに帰ってくる妻はそんな場面がこの家に存在したことは知らない。玄関を開ければカレーの匂いがして、明日の朝ご飯はカレーだ、ラッキー、とよろこびながらリビングに入ってくる。

おかえり。夫は夫で、昼の物憂さから立ち直って、本を読みながら酒を飲んでいる。五月に引っ越しをして、少しずつ新しい家具を入れたり、椅子やテーブルの置き場所を変えたりして、落ち着いたのは六月に入ってからだったか。

服びしょびしょだよ、と妻は夫に言った。

さっき洗い物してたら、と夫は言った。

また？　とつい言いかけて妻は思いとどまる。もう引っ越してからひと月以上経っているのに、夫は毎日皿を洗うたびに服をびしょびしょにしている気がする。妻は不審に思うのだったが、しかしほとんどの炊事を任せているのだし、わざわざ揚げ足を取るみたいにそんな小さな失敗に言及しなくてもいいか。家が変わって、慣れないといっても、食事にしろ洗い物にしろそのほかの家事にしろ、生活に支障を来しているわけではないのだから。

ある休日。妻は夫を誘い、一緒に自転車でふた駅先にあるスーパーオオゼキに行った。最寄りのスーパーはオオゼキではないが、地図をたどれば必ずどこかに最寄りのオオゼキはある。自転車で二十分ほどのその店舗は以前の通い慣れた店舗ではないが、オオゼキの看板を掲げたオオゼキに違いなく、お店のなかにはたしかに夫の好きなオオゼキの棚とオオゼキの店員たちがいた。最寄りのスーパーではなく、最寄りのオオゼキ。そんな単純な発想の転換で、夫の不調はみるみる快復していくことになった。その後夫は自転車で汗だくになりながら週に一、二度オオゼキに買い物に行くようになった。

オオゼキに行くようになって夫の台所での佇まいは明らかに変わった。彼は元気になった、と妻は朝食の支度をする夫を見て思った。ということは、自分も元気になったのかもしれなかった。

夫は、ショッピングバッグを持って出かけるくせに、オオゼキのレジでオオゼキのマークが入ったビニール袋を断らないでもらってきて、それを家のビニール袋入れに大切に保管している。なにかの用事でためてあるビニール袋を使うときも、オオゼキの袋はもったいながって別の袋を使おうとする。だから、そこまで必要のないオオゼキのビニール袋が大量にストックされていて無駄なのだが、夫は満足げである。相変わらずポイントカードのポイントは一向に換金も利用もせず、何万円分もたまったポイントが自分のオオゼキへの思い入れの深さを表すかのように考えている。

ともかくそのように、私たちの生活は再び、オオゼキによって彩られ、縁どられ、形づくられるようになったのだ。

それが新生活への移行期間における緊急処置であり、オオゼキ・ロスによって台所での佇まいに変調を来した夫の精神的なリハビリである、などとは夫はまったく思っていなかった。スポンジや調味料は替えがきいても、オオゼキには替えがきかないから。二十分くらいがなんだ、俺は自転車でオオゼキに行く。ところが、深刻なオオゼキの不在が解消されたおかげで、頑迷だった夫のオオゼキへの執着もまた適度に緩和され、最寄りのスーパーには依然として足が向かないが、自転車でオオゼキに行く途中の、最寄りではない駅前の商店街にある魚屋や八百屋での買い物にも楽しみを見出し、その商店街のスタンプシールを集めたりもしはじめて、オオゼキまで足を伸ばさずとも、自転車で五分、徒歩でも十数分のその商店街で買い物を済ますという方法、選択肢も夫の買い出し、そして夫婦の生活のバリエーションに加わった。

もちろんそれは、彼が愛したかつての生活の一部を忘れ、失い、それが過ぎ去ったものになったということであるのだったが、彼はそれに気づいていないように見えた。のん気そうに見えたって、誰だって生きることに精一杯なのだ。どんな状況であれ、生きるというのは精一杯にならざるをえない。だから事後的にしか語れないということなのかもしれない。愛着であれなんであれ、なにかについて語るということ自体が事後的なものでしかない。しかしそうなると私たちの生活にある現在進行形の愛着は、ずっと誰にも伝えられないままなのだろうか。

長い一日

もと来た大塚方面に背を向けてそのまま春日通りを南に向かって進む窓目くんは、一歩歩くごとに刈りたての頭部に風の吹き込む快感を感じていた。着ている服の伸縮性をまた確かめるみたいに大股歩きで、ずんずんと歩いた。歩みが力強くなればなるほど、体に、顔と頭に、受ける風も強まり、髪の毛のあいだと頭皮に風が吹き込み、涼しい、軽い、気持ちいい。春の日の春日通り。

なにか食べに外に出てきたのに、衝動的に美容院で散髪してしまったから、いよいよお腹が減っていた。この力強い大股歩きは、食べ物屋を探し歩く自分の意欲と食欲の表れでもある、と窓目くんは内心で呟き、行き過ぎる歩行者や車上のひとたちに自分の歩みを見せつけるような気持ちだった。風を感じながら。

片側二車線ずつの車道は、日曜日だからかそんなに車は多くなかった。家を出たのが十時くらいで、歩いて、散髪をして、スマホの時計を見るともうすぐ十二時だ。ゆうべの記憶はほとんどないが、酒が残っている感じもない。酔うには酔うが翌日の二日酔いがほとんどないのが窓目くんの取り柄というか体質で、周囲の友人たちに言わせれば、それがいくつになっても減ることのない、というか増えている気がする窓目くんの酒量と、やはり悪化している気がする酒癖の原因に違いないのだったが、当人の記憶が翌日には消えてなくなるのだから話にならない。酔っている最中にいくら注意したとしても当人はまさに酔っている。それにまわりの友人たちも酔っている。

家の近くの駅まで戻れば、行ってみたいラーメン屋が何軒かあったが、窓目くんはいま戻るのではなく前に進みたい。前進したい。言い換えれば、いい一日になりそうだ、といったところである。いま窓目くんの心中には漠然とした前向きな気持ちと、新しい髪型のもとで生まれる即興の歌が流れている。それは誰にも聴くことができないし、きっと明日には窓目くんも思い出せない。

であればこそ、その歌の歌詞をあとから勝手に思い描くこともできる。他人が勝手に思い出すこともできる。

遠くまで行けば行くほど、思いもよらない出来事が自分の目の前に現れるに違いない。まるで旅先の一日みたいに、明日振り返ったら、とても一日の出来事だったとは思えないくらいたくさんの、知らなかったひとや場所、出来事たちが、同じ一日のなかに収まっている。満開の桜、一面の菜の花。美容師の草壁さんと白昼夢のような山陰旅行にも出かけた。結婚も離婚もした。俺のズボンの布地みたいに、どこまでも伸びる一日。そして過ぎてみれば、たった一日。俺のズボンの布地みたいに、縮んで戻る長い一日。

うん、だいたいそんな歌詞だったような気がする、と窓目くんは言う。歌いながら、もうその歌を思い出せなくなることを思っている。

しかしそれにしても腹が減った。窓目くんは歩きながらお腹をなでた。通り沿いはビルやマンションばかりで店が少なかった。右手はお茶の水女子大のキャンパスで、なかには食堂とかもあるのかもしれないが、いまはまだ春休みだろうし、女子大だから勝手に入ったら怒られるかもしれない。窓目くんが通っていた大学のキャンパスは誰でも自由に出入りできた。いや規則上は関係ないひとの立ち入りは禁止されていたかもしれないが、関係ないひとが出入りできないような仕組みは特になにもなかった。滝口も勝手に入ってきたし、キャンパスにはいつも学生でも学校関係者でもない箱田山さんというおじさんがいた。いつもいるので学生にもキャンパスにもなじんで誰でも知っているひとだったが、箱田山さんがなんでいつもキャンパスにいたのかはわからない。という状況を客観的に見ればあのひとはただの無関係の不審者ということになるのだろうか。もっとも窓目くんはお茶の水女子大のキャンパスに侵入する気はなく、静かで通りからは緑の豊かに見えるそちらに一瞥をくれて、また沿道になにか食べ物屋を探しはじめる。

こうして特にあてなく飯屋を探す場合、たいてい、なにを食べたいかがわからないとか、食べたいものはあるがなんらかの躊躇《ためら》いがあるとかで、こういうときはあんまり迷いすぎるとどこにも入れないまいつまでもうろうろすることになり、かと言ってうっかりすると、これを食べたいのではなかった、というものを変な店で食べたりしてしまって、食い道楽としては悔いが残る。なにかを食って悔いを残すほど馬鹿馬鹿しいことはない。

そういうことを思うと、自ら納得すると同時に、なんだかぜいたくな人間になったものだとも思う。箱田山さんはいつもコンビニの菓子パンとコーヒー牛乳のパックをキャンパスのベンチで食べていた。

いまの自分は、自宅近くの駅前でラーメンを食おうと思って出てきたのにまだ開いてなくて、その食い気をくじかれるかたちになったことでなにを食べたらいいのかよくわからなくなってしまったのだと思う。なんでもいいじゃないか、最後の晩餐でもあるまいに、という気持ちもわく。しかし、弱気にならないことだ、と窓目くんは思った。いまのところなにを食べるべきか、これといった決め手を欠いた状態だが、然るべき料理屋があればきっと俺はそれを見逃さないはずだ。それは安いどこにでもある牛丼チェーンかもしれない、高い寿司屋かもしれない、フレンチとかイタリアンとかかもしれない。そのとき食べたいものがいちばんうまい。どこであれ、ここだ、これだ、と思えたならば迷わず店に入る。そこには、どんなに混み合ってようが、自分ひとりのための席がうまい具合に用意されている。そして最高の昼飯にありつける俺、窓目均。それを信じて疑わないことだ。

春日通りをそのまままっすぐ行けば茗荷谷《みょうがだに》、小石川の方へ行くが、そちらの地理に通じているわけでもなく、見たところ沿道の景色はその先もあまり変化がなさそうだったので、ならばと交差点で道を右に曲がってみる。少し細い道になった。付属の小学校なども含めたお茶の水女子大の広いキャンパスをまわり込んでいるかたちで、沿道こそ小さなビルなどが並んでいるが、道路右手の奥は依然として大学のキャンパスで、少し進むと左手にも学校が現れて、文京区というだけあってこのへんは学校が多いね。

ゆるくカーブする道なりに進み、公園などを過ぎ、また別の学校があり、しかし新学期前の日曜日で学校はどこも静かだった。空は家を出たときと同じく晴れていて、日も差していた。歩いているせいもあってか、少し暑くなってきた。暑くなればまた食べたいものも微妙に変わる。むしろ暑くなることで、今日の昼に自分の食べるべきものが判明するかもしれない。しかし学校ばかりで食い物屋が全然ない。ひと通りも少ない。ゆるい下り坂になると、また頭髪の隙間が風を呼び込む。汗ばんだ頭皮がひんやりとする。

　坂を下りきったところで、大きな交差点に出た。右前方にあるビルの前面に、カーテンのように植物が這わされている。大塚警察署である。出た通りは音羽通りで、交差点に面したビルにはコンビニや料理屋もあったが、窓目くんの腹は静かなままでなんの反応も見せず、ちょっと考えてから交差点をわたり、右に曲がった。

　やはり片側二車線ずつの音羽通りにも、自動車はそんなにたくさん走っていない。歩道のひと通りも少なかった。あれだけ食欲に充ちていたお腹が急に峠を越えたみたいに鎮まった気がした。警察署を目にしたからだろうか。それならそれで、無理して食欲を煽る必要もない。もしまた気になる店やランチの看板があれば胃袋に訊ねるまで、そうすれば自ずと答えがわかる。さっきの交差点の信号で通りをわたったが、歩いてみると反対側の歩道にはちょこちょこと食べ物屋があるのが見えた。しかしまた交差点に戻って反対側にわたり一軒一軒のぞいてみようというほどの気持ちにはならない。

　歩いている側の沿道には裁判所みたいな構えの灰色のビルがあって、大塚警察署の続きかと思っていたが、その屋上部分から漫画の垂れ幕がかかっているのが見えて、これは講談社だとわかった。

　窓目くんは講談社にはなんの用もない。社内には社員食堂などがあるかもしれなかったが、社員でない窓目くんが利用できるかはわからない。それに今日は日曜日だ、出版社というのは日曜は休みなのかどうなのか。知らない漫画の垂れ幕を見ながら、そのままずんずん歩いていく。このまま行けばまた不忍通りに出ることになる。散髪をした美容院から西に向かって不忍通りを歩いても同じところに着くわけで、無駄？　遠回り？　いや、こんな日に無駄も遠回りもない。さっき春日通りを歩いていたのといまは逆方向に歩いていて、一本違えてもと来た方へ戻っているのだが、一本違えているのだからここは未知の道であり、反対向きに歩けばそれは未知の方向だ。

左手の先には近辺の建物で群を抜いて背の高いビルがあり、建物を目で追っていくとどうやらそれも講談社とつながっているので講談社のビルのようだった。薄い茶色で、同じ形の窓が全面に均等に並んでいる。それを見上げながら窓目くんはふと立ち止まり、そういえば、前に滝口がなにかの賞をとったときに授賞式の招待状をもらって、けり子たちと一緒に日比谷の帝国ホテルに行って寿司とか天ぷらとかを食べたことを思い出した。あれは講談社のパーティーだった気がする。

それで正面玄関らしきところから階段をあがり、大きなガラス戸の前まで来てみたが、今日は開いておらず、なかも薄暗くて誰もいなかった。開いていたとしても、まさか手ぶらで入っていって、その節はご馳走様、などとお礼を言うわけにもいかないだろうから、いずれにしたって用事はない。通りに戻った窓目くんはまたさっきの高いビルを見上げて、窓の数を上に数えていった。たぶん二十三階まであった。見上げて後ろに傾けた頭に、また散髪したての軽やかさを感じて嬉しくなる。首のつけねにぶつかっていたうっとうしい襟足がない。

日曜日の講談社の社内にも、髪を切ったばかりで同じような気持ちよさを感じながら休日返上の仕事に励んでいるひとがいたかもしれない。休日返上はつらいかもしれないが、その作業の合間にふと髪の毛の隙間に吹き抜ける一瞬の風を感じて、少しだけ気持ちがゆるやかになる。一面の菜の花の光景を思い出す。あんな高層ビルでは窓を開けたりはできなさそうだから、風といってもビル内の空調によるものか。ちょっと手を休めて、一緒になにか食べないか。窓目くんはビルを見上げながら、誰かに呼びかけてみる。もちろんそんな声は届かない。しかしビルのなかの誰かが、さっきから音羽通りの歩道をずんずん歩く窓目くんの姿を窓から見ていたかもしれない。ふたりは出会わないが、それぞれにその日見た、やがて忘れてしまう景色のなかに姿形をとどめたかもしれない。

また歩きはじめて、音羽通りは不忍通りにぶつかって、音羽通りはそこで行き止まりで、正面には護国寺の大きな山門があった。山門をくぐり、全面に日を受ける幅広の長い階段を上っていく。一歩一歩、またズボンの伸縮を感じる。いちばん上まで上がると、不老、という文字が掲げられた門があり、それを抜けると平らなコンクリート敷きの参道が正面の本堂に延びていた。本堂の前に立って、尻のポケットから財布をとりだし、賽銭を入れた。手を合わせるが、なにも祈ったり願ったりすることが思い浮かばず、知り合いがみんな仲良く暮らせますように、と心のなかで思った。誰もいないのでそのままその場に立ってあたりを見まわしていると、本堂の横の入口からお堂にあがってなかを見学できるようなので、靴を脱ぎ、なかに入った。入口にいたお坊さんに会釈をして、畳敷きの堂内の隅の方に腰をおろした。

天井が高く、出入り口からの外光とわずかな灯りだけなので、薄暗い。そのなかに並ぶ仏像の顔や胴や手を眺めた。あまりなにもものを思わない。壁や天井にも書画がたくさん掛かっていた。さっき階段をのぼりきったところから見たら、正面の本堂は上半分ほどが明るい緑色の大きな屋根だったが、その屋根の大きさはこのお堂の内の天井の高さということだった。天井のいちばん上の方は、暗くてよく見えない。見上げる襟足の軽やかさがまた気持ちいい。

このお寺の創建は天和元年二月とあった。一六八一年。窓目くんが生まれる三百一年前。三十六年しか生きていない窓目くんはその長さをうまくは計れない。

お堂のなかもほかに誰もいなかった。窓目くんは静かにゆっくりと足をくずして、あぐらをかいた。腿と膝の布地が伸び、その伸びをたしかめる。ああ、また一日がのびる。今日のなかに三百一年が入り込む。今日は心まで自由に伸縮して、テレパシーみたいに、どこまでも気持ちが届けられそう。

お別れの日（一）

夫婦は転居先の契約を取り結んだ。不動産会社の石毛さんは、仮契約したあともたびたび現地の内見に対応してくれ、四月の頭に夫が各書類を持って新宿にある事務所に行って契約を交わしたあとも、新調する家具の置き場所を決めるための採寸や事前の家具の搬入に付き合ってくれた。いつも忙しそうだったが、いやな顔ひとつせず、一緒にその家に入って各所を見るたびに、自分がリフォームの設計にかかわったその家のコンセプトやアイデア、施工時の苦労話などをいつも熱心に語るのだった。

いまの家に越すときのチャラい不動産屋の男とは大違いだ、と妻は思っていた。あれから八年住んだわけだから、あの男がまだ同じ不動産屋で働いているかどうかもわからないが、いずれにしろ、今度引っ越すにしても、私たち夫婦があの不動産屋とやりとりすることはない、と妻はチャラい不動産屋の男の顔を思い出そうとしながら思った。

ややくすんだアッシュ系の茶色に染めた髪、前髪は上に立てて、サイドは後ろに流している。こういうのを、なにヘアーと言うのだろうか。ライオンとかっぽいけれども。家のなかを案内され、後ろからついていくと当然後ろ姿の後ろ髪が目にとまり、長い襟足と、後ろに流された側頭部の髪の毛が首根のあたりで行き場を失ったように滞っていた。大きな体に、紺色と言うには青みが強いタイトなスーツを着ていたが、少々きつそうだ。玄関に脱いだ靴は茶色い細長い革靴で、ずいぶんくたびれている。特に熱心なわけでもなく、ま、古いけど収納も多いし、この値段でこの広さはまずないですね、と言うのだった。まあ階下に大家さんがいらっしゃるっていう、そのオプションをどう考えるかですかねー。

もし内見以外で知り合ってもまず信用しない、できるかぎりかかわりたくないタイプだったが、彼が見せてくれた家を妻は気に入って、契約を結び、それで結果的に八年住んだ。夫婦の八年は階下の大家さんとともにあった。

このあいだ必要があって契約書を引っ張り出してきたら、あの外見と言動の印象通りのへたくそな字で彼の名前が書いてあり、しかし八年経ってこちらが丸くなったのか、あるいはそれでもこの家とこの家で過ごした八年について彼への感謝がわいてきもするのか、そのへたくそな彼の文字は少し愛おしくも思えた。彼もあれから八年を経て、もし勤続しているとすればそれなりに出世したり、もっと落ち着いた様子になっているのかもしれない。

この家に住みはじめて二年になろうとする頃、私たち夫婦ははじめて階下のおじさんとおばさんの家にあがって、一緒にお昼ご飯を食べた。その何日か前に電話がかかってきて、誘われたのだった。オオゼキに売っているお寿司やビールが用意された一階の居間で、四人でテーブルを囲み、日頃の仕事の話や、おじさんたちの話を聞いたりした。当たり前だが二階の私たち夫婦の住む場所と、一階のおじさんおばさんが暮らす場所は、間取りや広さが似ていた。

そんなふうにお呼ばれすることはこれまでなかったから、ちょっと変とは思っていたのだけれど、そのうちにおばさんが、実は、と切り出したのは、こんど大学を卒業して就職する孫を二階に住まわせようかと思っている、という話だった。つまり、二年契約だった私たちへの部屋貸しが更新できない、という話をするための昼食会だった。

本当に、いい方たちが住んでくれて私たちもよろこんでいたので、残念なんですけど、とおばさんは言った。ねえ、とおじさんに水を向けると、おじさんもうなずいて、うん、でもしょうがないね、と言った。

しょうがない。もともと定期借家《ていきしゃっか》の条件はついていたのだし、私たちはそう言われたら受け入れるほかない。孫が二階にいればなにかと安心だ、と言ったのはおじさんだったかおばさんだったか。もしかしたら私たちの方からそう言ったのだったかもしれない。でも、お孫さんがすぐそばにいれば、おじさんもおばさんも安心ですね。

その日、数か月後にその家を出なくてはいけなくなった私たち夫婦は、どのくらい残念で、どんなふうに落ち込んだのだったろうか。もしかしたら、いまの私たちが思うほど落ち込まなかったかもしれない。もちろん、せっかく慣れてきた家や近隣から離れる寂しさを口にしたし、あの不動産屋のライオンヘアーの彼が言ったように、この広さでこの家賃くらいの部屋を探すのはきっとなかなか難しかった。けれどもそれでも、あのときはまだ、私たち夫婦がこの家で過ごしたのはたった二年足らずの時間だった、といまでは思ってしまう。

私たちは退去を承諾した。そしてそろそろ本格的に物件探しをしなくてはならないと思いはじめた頃、孫が部屋を借りる話はなくなった、とおばさんから電話がかかってきた。なんだかお騒がせをしちゃって本当にごめんなさいね、と言うおばさんに訊けば、就職する孫の勤務地が都内ではなく千葉の方で、そうなるとここからは通勤が大変だから、とのことで、よくよく聞いてみると、そもそも孫を二階に住まわすというのもさほどちゃんと決まった話ではなかったようで、どうも孫の方はあまりその気がなかったらしい。

ともかくそういう話ならば、こちらとしてはよろこんでこのまま住まわせてもらいたい。そう伝えると、もし私たちがすでに新しい転居先を見つけていたらどうしようと心配していたおじさんとおばさんも安心して、万事解決となった。そこで契約の更新が必要になるわけだったが、そのことをおじさんに話すと、最初の契約が満了したら不動産屋は介さずに直接の間貸しで構わない、と言うのだった。これまでの店子もそうしてきた。更新料なんか払うのもったいないよ。

もしなにかトラブルがあったときの仲介がいなくなるので、それはそれでいろいろ問題もある気はするのだったが結局おじさんがこちらに任せておけばよい、と言うのでそのようなかたちになってそのままあと六年、私たち夫婦はおじさんとおばさんの家の二階に住んだ。だから、退去に関しても不動産屋の仲介はなく、おじさんたちは娘さんに頼んで不動産屋を介して新しい入居者を探すことにするようだった。

そういうことされると我々は困っちゃうんですけど、まあいいお話ですね、と石毛さんは言った。大柄で恰幅がよく目が大きい。いつも朗らかに笑っているような口元で、トトロみたいだね、と夫婦は密かに言い合っていた。

仮契約を結び、物件に二度三度と足を運ぶうち、不慣れで見慣れぬ近隣の道や風景も少しだけ見慣れてきて、駅からの道すじも、その家じたいも、もうすぐ自分たちが住む場所、と思えるようになってくるものだった。

石毛さんの話では、築年数の定かでない元の建物の梁や大きな窓を残し、現在の耐震基準をクリアするところが、通常のリフォームや耐震工事とは違っていろいろ知恵と苦労が必要なところだったらしい。床や水回りは新しくなっていてきれいだが、元の建材を残した壁や天井にはその建物が経てきた時間が表れていた。釘の穴や傷、昔使われていたなにかのコードを留めていた跡など、ここに住んでいたひとが見れば、ある時代のある出来事や、誰かの顔がすぐに思い浮かぶような家に残る生活のあと。ここで暮らしていない私たち夫婦には、それはわからない。誰かが過ごした長い時間があるということだけがわかる。

これからその時間を引き継ぐ者の空位に自分たちが納まろうとしている、そしてその時間をこれから塗り替える、そんなふうな、先の時間に自分たちがなにかを負うような気持ちにもなった。もっとも、生きている以上はなにも負わない将来などない。

原状回復とかそんなことは言わないから、住むひとがどんどん手を入れてほしいんですよ、と石毛さんは言うのだった。住んでれば傷も汚れもつくのは当たり前なんですから。せっかく古い部分を残した家なので、その時間を続けていくっていうか、先に延ばしていくようなそんな家にしたいんです。石毛さんの熱弁は続いた。

こんどの家はいまの家から電車で十分ほどのところだった。

新居は旧居から電車で十分ほどのところだった。

同じ意味の違う言い方の前と後ろにいまがあった。新しく住む場所から戻り、慣れた駅からの道を歩いて、慣れた階段をのぼり、慣れた玄関から家に入る。こちらの家でも、廊下の板や壁を見ると、そこここに傷やいろんな跡はあって、しかしこの家ではもうすべて自分たちが暮らした跡にしか見えないように思った。本当は、その前にも、その前の前にも、この家には住人がいて、そのひとたちの跡もたくさん混ざっているはずなのだけれど、それもとうに見慣れて、それを見る自分たちの時間にしみこんでしまっている。階下で暮らすおじさんとおばさんの物音がかすかに聞こえる。さっき、まだ住まぬ家で想像したみたいに、この家の時間を引き継ぎ、この家の時間を塗り替えて、その表面を自分たちの時間の記憶にしてきた。覚えのない傷まで、いつか自分たちがなにかの拍子につけたもののようにも思えるし、実際につけた傷の数々をそこここに見つけることもできる。椅子の脚をぶつけた、重たい金具を落とした、そのときのこともすぐに思い出す。

夫は、引っ越したくない、と思った。新しい家のあの見知らぬ時間を、すべて自分のものかのようにやがて錯覚してしまうなんて怖い。それに、もしかしたらそれ以上に、この家にあるすべての時間、すべての私たちの時間を、これからこの家に住む誰かが、やがて彼らのものにしてしまうなんて許せない。

引っ越しの日付は、妻が休める五月の連休中に決まった。

夫は引っ越し業者の手配や、粗大ゴミの処分などに追われた。妻は新しい家の照明や家具を探した。仕事もそれぞれそれなりに忙しく、引っ越しの準備は重荷だったが、分担した作業に追われ残された日を忙しく過ごすことは寂しさを紛らわすのにちょうどよかった。もっとも感傷的になりがちなのは夫だけで、妻の方はいったん決まったとなれば気持ちは新しい生活の方へ向き、床も壁もどんどん好きなように変えちゃっていいですよ、という石毛さんの言葉に従って、床を別の木材に張り替えたり、照明器具を取り寄せたりしては、あとほかになにが必要か、どうすればもっと好みの自宅になるかと楽しく想像をめぐらせていた。

引っ越しまであと一週間ほどになった四月の週末、私たち夫婦は一階のおじさんとおばさんの家にあがって、お昼を食べた。

何日か前に電話をかけて、もうすぐ引っ越しなのでお礼も兼ねてお昼ご飯を一緒に、と誘ったのだった。どこか外の店で食べるのも考えたが、おばさんは足が悪く家の方が楽そうなので、こちらから誘っておいたのに下にお邪魔するようなかたちになった。

二階から一階に出かける、というのは変な気分で、ひとのお宅に招かれているのだがあまりにも距離が近くてどんな格好で行くのがいいのかわからなくなるね、と妻は着ていく服を迷いながら、ねえまさかそんな服装で行く気じゃないよね、と夫の格好を見て言う。え、これで行くけど、と夫は言う。

おばさんは以前からことあるごとに自分の料理の腕前を謙遜するひとで、料理は全然得意じゃない、つまらない料理しかできない、主人はうまいともまずいとも言わないが本当に私は味音痴でひどいものしかつくれない、となにかにつけて口にしていた。今回も、私がつくったものでよければなにかご用意しておきますよ、と言ってくれたのだが、お口に合うかわからないですけど、いつもおいしいもの食べてらっしゃるんでしょ、おいしくないんですようちの料理は本当に、と繰り返すので、私たちは今回はお世話になったお礼なのでとこちらで出前のお寿司をとることにした。

よくチラシの入っているデリバリー専門店は手軽だったが、せっかくなので近くの商店街にある、いつも前を通っていたけれど一度も入ったことのない寿司屋に夫が行き、配達を頼んだ。夫は知らなかったが、妻は前に一度ひとりでその寿司屋に行ったことがあった。

ドアのチャイムを押すと、お化粧をして、きれいな服装をしたおばさんが出迎えてくれた。どうぞ、どうぞ、よくいらっしゃってくださいましたね、どうぞ、といつも早口のおばさんは、どうぞ、を何度も繰り返し、私たち夫婦は玄関からあがった。ベッドの手前のテーブルに、おじさんが座っている。卓上には缶ビールとグラス、配達してもらった大きい寿司桶、それからおばさんがつくったらしい煮物の入った深皿があった。

おじさんがビールを開けて夫のグラスに注《つ》いだ。夫が注ぎ返す。妻とおばさんは酒を飲まない。

前にお邪魔したときよりも、おじさんとおばさんが年をとった、年をとったひとの暮らす家だ、と妻は思った。おじさんと同じ大正十五年生まれの祖母がいる妻は、どことは指し示せないながらも、祖母の住む実家に行くと感じる老いの気配のようなものをそこここに感じとった。

その後リモコンはどうですか、と夫はおばさんに訊ねた。テレビではタレントがどこかの街をぶらりして、お店のレポートをするような番組が映っていた。音量が大きいのはおじさんの耳が遠いからだ。ビデオの使い方がわからない、とおばさんから電話で相談されたのは何か月か前のことで、まだ引っ越しの話が出ていないときだった。テレビを新しくしたら、買い換えていないビデオの操作がわからなくなった。録画したはずの番組がどうやったら観られるのかわからない、と言われ、どれどれと一階に見にいったものの、結局夫もさっぱりわからず、二時間近く格闘してようやくなんとなく仕組みを理解し、これを押すと番組表が出て、これを押すと録画された番組の一覧が出る、などとおばさんに教えた。地上波デジタルの切り替えをしないでいたら観られなくなって以降、二階にはもう五年近くテレビがなく、夫はテレビ画面上に新聞のラテ欄のような番組表が映し出されるのにも感心してしまうくらいその方面に疎かった。

これが録画した番組かな、と録画番組の一覧にたどり着くと、そこには去年一度妻が仕事関係で取材されたテレビ番組のデータがあって、おばさんは、これ奥様が出てたやつ、何回も観てるんですよ私たち、と言った。夫はありがたいような恥ずかしいような複雑な表情になった。自宅にも取材が来たから、家のなかも映っている。寝間着のような格好でうろうろする自分の姿が映り込んでいて恥ずかしく思っていたが、それでもあの家で暮らした自分たちのことが映像に残され、おばさんのビデオのなかにも残されていると思えば、よかったのかもしれないと思った。

お別れの日（二）

去年の夏におじちゃんが仕事をやめてから、一階の家に立ち入るのは妻は初めてだった。別に間取りも内装もそう変わっているわけではなかったけれど、前に何度か来たときとは、少し様子が違っているようにも思った。

どこがどう変わったのかはわからない。けれども、いま四人で座っている居間のテーブルから見える庭に面した窓の外は、とても静かだった。毎日床屋のぐるぐるとか、業務用の大きな流し台とかを叩いて分解していたおじちゃんの仕事は、もうすっかりお終いで、二階のベランダから下をのぞくと、いつも庭にあったずた袋やいろんな道具は夏が終わる頃にはきれいに片づけられていた。むかしドリフのコントで上から落っこちてくるみたいな大きな金だらいがおじちゃんの庭にはあったけど、それもなくなった。よく家の前や庭の出入り口を掃き掃除していたきれい好きなおじちゃんだから、仕事をやめたあとの庭もきれいに、寂しいくらいにさっぱりとしていた。

妻は、家で仕事をする時間の長い夫ほど、おじちゃんの仕事や日中の様子を見聞きしていたわけではなかった。それでも、八年も暮らしていれば、階下から聞こえるおじちゃんとおばちゃんのやりとりや、仕事をしているときの音は知らぬ間に生活の一部になっていて、なくなったときにはじめてそれらが毎日の一部だったことに気づいた。以前は、家のなかから庭のおじちゃんを呼ぶおばちゃんの声が聞こえたが、その声が聞こえなくなった。正確には、おばちゃんの声は庭にいるおじちゃんではなく、室内のおじちゃんを呼ぶ声になった。

頼んだ寿司と、おばちゃんがつくった煮物と、缶ビール、緑茶のペットボトルが並んだテーブルの卓面はほぼ正方形で、庭に背を向ける形でおじちゃんが、その左手の台所側におばちゃんが座り、おじちゃんの向かいに妻が、おばちゃんの向かいに夫がいた。この家にあがったことなど妻はほとんどないから、この居間でおじちゃんとおばちゃんがふだんどう過ごしているかなんて全然知らないけれど、後光のように庭から入る光を背にしたおじちゃんを見ながら、この家からなくなった動きやざわめきが感じとれるような気がしていた。

今日は晴れていて外は光量が多かった。いまはまだ気温は低いから窓は閉めてあるけれど、窓から外光が入ってきて電灯を点けなくても室内は明るかった。もともとおじちゃんの仕事場である庭は塀を高くしてあって、そのためこの一階の部屋の採光はそんなにいいとは言えない。日中でも電灯を点けていることがほとんどのはずだ、と妻はここ最近あちこち物件を見ていたからふだんに増してそういう住宅情報としての視点で部屋を見てしまう。妻の右側に座っているおばちゃんが、寿司桶の鉄火巻きに箸を伸ばした。先ほどから、夫とおばちゃんは、おばちゃんの幼少期の話をしていた。おばちゃんはこの家から徒歩数十分の土地で生まれて、いままでずっと区内から出たことがない。昔はこのへんは畑しかなかった云々。本当はその話は夫だけでなく、同じテーブルを囲む妻とおじちゃんにも向けられているはずだったが、妻はあまりその話をちゃんと聞いていなかった。夫は、へえとかほおとか相槌を打ち、ときどきなにか訊き返したりもしながらおばちゃんの話を聞いていた。妻の向かいにいるおじちゃんは、ほとんどおばちゃんの話を聞いていないように思われた。というか、おじちゃんの場合は耳が遠くてあまり聞こえていない。

補聴器を入れているものの、聞こえるように話しかけないと聞こえないことが多いんです、とさっきおばちゃんが言っていて、聞こえるような話しかけ方というのがどういうのかわからないが、なるほどそう言っているおばちゃんの話もどうやらおじちゃんは聞こえていなくて、ねえお父さん、と横からおばちゃんに言われて、え、と訊き返し、おばちゃんがおもしろそうに、ね、ほら聞こえてないの、と笑っていた。おじちゃんは笑いも怒りもせず、穏やかな表情をしていた。

料理が得意でない、おいしくない、と繰り返し強調していたが、おばちゃんのつくってくれた煮物はおいしかった。しいたけとにんじんとこんにゃくと鶏肉が入っている。妻は取り皿に煮物をとって食べた。おじちゃんは寿司にも煮物にもほとんど手をつけない。ビールをちびちび飲んでいて、すいすいビールを飲む夫のグラスを見てはまめに注ぎ足してくれていた。妻は、夫にその分のお返しをする気遣いを見せてほしいと思うが、おじちゃんのグラスはなかなか減らず、夫だけがどんどん飲んでいるかたちになっていた。

おばちゃんの話す声は耳に入るが、窓越しに聞いているみたいで、ひとつひとつの言葉が拾えなかった。内容もわからない。自分もおじちゃんと同じように耳が遠くなった、と妻は思った。テーブルを囲む四人のうち、おじちゃんと自分のふたりだけ窓の外の庭の時間に漂っているみたいだった。

酒を飲んだわけでもないのに、酔っぱらったような気持ちになって、私のいちばん好きな時間はですね、と妻はおじちゃんに話しかけた。朝、布団のなかで目を覚まして、布団から出ずにぬくぬくしている時間です。いつの季節もその時間が好きだけれど、なかでもちょうどいまぐらいの、春先。冬の寒さがやわらいで、朝でも室内の気温はそこまで寒くなくて、けれども冬の厚い布団をかぶって、寝ているあいだに温まった布団のなか、自分の体のまわりは自分の肌の一部みたいになじんでいる、その状態に身を置いて、目覚めと眠りの狭間にいるとき。

二階の私たちが住んだ部屋は、冬でも結構あたたかかった。妻がはじめてここを訪れた日に見た日当たりのよさのおかげもあるだろうけど、もうひとつは一階のおじちゃんとおばちゃんの部屋の熱が天井から二階へと伝わるから。それは、ここに住んでいるあいだ何度もおじちゃんから聞いた。たとえば冬の朝、あのいちばん好きな布団のなかの時間からようやっと抜け出して、仕事に行こうと表に出たところで、まだ庭で仕事をしていた頃のおじちゃんと会う。おじちゃんは仕事中は長袖のワイシャツを着て、つばの大きなハットを被っていた。作業用の帽子にしては造作がドレッシーで、たぶん本来は帽子屋さんで売っているようなフェルトハットだと思うのだが、長年使われてすっかり汚れてくたびれていた。

寒いですね、と妻は声をかける。風邪ひかないようにしてくださいね。

おじちゃんの返事は、うん、とか、ありがとうね、とか短いことが多かったけれど、ときどき、二階は寒くないでしょ、と言ってくることがあった。

寒くないことはないし、妻は寒さが苦手なのでつい、寒いですよう、と応えることもあった。しかし、ここの家は二階はあったかいんだよ、とおじちゃんに言われて、そうだった、と思い出す。私たちの家はあったかい。一階の熱が上に上がるから、ともう何度も聞いたその理由をおじちゃんから聞かされて、そうです、あったかいです、と応える。ほかとくらべてどうかわからないけど、あったかいんだと思います、と思う。いつもあったかいから、ほかの家とくらべられない。いつもよく日が入るから、くらべられない。

物件を見にいったときに、いまの家より暗く感じることはあっても、あたたかさは暮らしてみないとわからない。きっと、暮らしはじめてこの家があたたかかったことに気がつく。思い出す。

妻はまだ知らぬそのときのことを考えた。前の家のあたたかさを思い出すときのことを、想像してみる。きっと思い出すのは布団のなかにいる、妻のいちばん好きな時間ではないか。春先に、この家の寝室の、布団のなかにいるときのこと。敷布も毛布も掛布も全部自分と同じ温度になったみたいなあの場所のこと。ああ、あの温みには、あの家のあたたかさも混ざっていたんだ。一階のおじちゃんとおばちゃんの部屋の、暖房とか、おじちゃんおばちゃんの体温とかそういう全部が混ざって、天井から、私たちの部屋の床へと伝わって、私たちの部屋の温度を温め、私の布団の温度を温めていた。

おばちゃんの話は続いていたが、それはやっぱり窓越しに聞くようで上手に聞き取れず、妻は明るい窓の外で暖気になって二階へのぼり、寝室のなかの布団を温めにいく。自分を布団のなかに送り届けたような気持ちになって、いまいる部屋で少し我に返った妻は、正面にいるおじちゃんに、おじちゃんがいちばん好きな時間はなにしてるときですか、と訊ねた。

向かい合わせに座っていたおばちゃんと夫の話が続くなか、突然妻がおじちゃんに投げかけたその言葉で、なにかその場にふたつの対話が十字に生じるかたちになって夫は驚いたが、話を向けられたおじちゃんはそれまで続いていたおばちゃんの話はあまり聞こえずとも妻のその問いかけはしっかり聞こえたようで、えー、と困ったような返事をした。妻の言い方は、ちゃんと聞こえるような話しかけ方になっていたのだ。

いちばん好きな時間は特にないよ、とおじちゃんは応えた。

お酒飲むとかご飯食べるとかもですか？

うん。

あ、旅行は？

旅行は好きだね。でももうなかなか行けないしね。

そんなことないでしょう、と妻は言った。去年もおじちゃんたちは北海道に旅行に行ったし、その前年には娘さんと一緒に韓国にも行っていた。夫婦は、そのお土産をもらい、旅行の土産話を聞いた。そして驚き感心した。おじちゃんは九十歳を超えているし、おばちゃんも足がよくない。それでも旅行に行こうと決めて行くのだから気が若い、だからいっそう元気でいられるのだろうと言い合った。

このひとはね、とおばちゃんが自分の話を止めて、横にいる妻の方を向いて言った。仕事がいちばん好きだったんですよ。

夫は、おばちゃんの話が切れたので、寿司に箸を伸ばした。イカの握りを選んで頬張った。妻はお寿司でいちばん好きなのは玉子で、玉子があれば最初に玉子を食べる。四人前の桶のなかに玉子の握りは四貫あったが、今日もそのうち二貫を食べていた。二貫目を口に入れたときにはっとして夫に目配せをしたら、夫は自分は玉子は食べないから構わないけれどもあとの二貫はおじちゃんとおばちゃんが食べるかもしれないからストップ、と目配せを返した。

若い頃から仕事だけで、遊びは全然しなかったんです。旅行もね、連れてってもらったのは年とってからですよ、とおばちゃんは妻と夫に顔を振り分けながら言った。まじめだけでつまんないひとなんですよ、とおばちゃんは笑い、おじちゃんに、ね、と顔を向けた。

うん、とおじちゃんは短く応えると、表情が少し変わった。照れているようにもよろこんでいるようにも見えたけれど、照れだとしても嬉しいのだとしても、その感情の細かいところはよくわからない。おじちゃんが鉄火巻きに箸を伸ばして口に入れた。

仕事は本当に一生懸命にやりました、とおばちゃんは言った。おばちゃんの相好も一言ごとに微妙に変わった。いまは少々険しい、真剣な表情になっていて、その顔を向けられた夫婦はおばちゃんの誇りのようなものを感じとった。夫はまだイカを嚙んでいた。昔は余裕もなかったですから、いまもないですけどね、でももっともっと大変でしたから、休みもせず働きましたよ。子ども育てながら、大変でしたけど、がんばりました。ね、お父さん、とおばちゃんはまたおじちゃんに顔を向ける。おじちゃんは、うん、とまた応えた。

私はね、仕事はできませんから、家のことしか、とおばちゃんはまた少し柔らかな表情になる。だから、感謝してるんです、ほんとうに。まあそうやってどうにかこうにかふたりでこの年までこうしていられるんですから、よかったのかもしれませんね。おばちゃんがほとんどしゃべっているが、そこにあるのは、おじちゃんとおばちゃんふたりの声のようにも夫婦には思えた。

そうですよ、ふたりともお元気で、すばらしいことですよ、とようやくイカを飲み込んだらしい夫が言った。

前にこの家に上がったのは、婚姻届の保証人の欄に名前を書いてもらったときだった、と妻は思い出した。この家に住みはじめて、ということは夫婦が一緒に住みはじめて、四年ほど経った頃、やっぱり春先だった。それまでは夫婦ではなく、恋人や同居人と互いを呼んでいたのか、と思うが、いったいどうだったか思い出せないし、同居相手のことを他称する機会はそんなに多くない。

妻がそれまで働いていた勤め先を辞め、独立することになり、銀行の融資を受けたり仕事場を借りたりするにあたり、あとで結婚して戸籍の姓が変わったりすると面倒だから、という理由で諸々の手続きの前に婚姻届を出すことに決めた。数日後がなくなった妻の祖父の誕生日で、その日に届けを出すことに決めたが、となれば実家にあらたまった挨拶をする余裕などなく、夫は福島の妻の実家に電話をかけて、明日届けを出すことにしました、なんだか急ですいません、とぞんざいな報告をした。夫の実家は埼玉で、たまたま夫が小さな頃から面倒を見てもらっていた伯父が来ていたので会いに行き、保証人になってもらった。婚姻届の保証人はふたり必要で、もうひとりは誰に頼もうかと夫婦は考え、一階のおじちゃんとおばちゃんに名前を書いてもらうことにした。

事情を話してふたりで用紙を持って一階にお邪魔すると、おじちゃんが名前を書いてくれることになり、氏名、住所、それから押印。

妻はそのときの、おじちゃんの真剣な表情を思い出した。まだいまよりもう少し若い顔だったかもしれない。おじちゃんは、緊張していたのか、住所を書き間違えてしまった。間違いに気づいて、あ、と動揺したおじちゃんの顔も思い出す。訂正印を押せば大丈夫ですから、と夫がおじちゃんに言って、無事保証人になってもらうことができた。

結婚の保証人なんて、なんで必要なのかよくわからない。結婚したあとの生活に、誰が保証人だったかなんて関係ないし、毎日の自分たち夫婦の生活の時間で保証人のことを思い出すこともない。形式的なものだけれども、保証人になれと言われたら、そう気楽ではいられないかもしれない。まして、二階に部屋を貸す若い男女の結婚の保証人になれと言われたらどうだろうか。光栄な気もするし、面倒な気もする。

妻は、緊張して住所を書き間違えるおじちゃんの内心を、いまさらながらに想像しながら、向かいに座るおじちゃんがおばちゃんの煮物を食べるのを見ていた。

お別れの日（三）

区内から出たことがないというおばさんは終戦の頃は十代後半だった。いま暮らす家の近所はすっかり住宅街だが、むかしはこのあたりは畑ばかりで、遠くから見ると盛り上がった台地は小さい山のようだった。いまはおばさんの実家のあったあたりからこちらの方角を見ても、反対にここから実家のあった方角を見ても、家が建て込んでいてそのような土地の起伏を見てとることができない。私たち夫婦は以前、それぞれ自転車で職場まで行っていたときに、そのあいだを毎日通っていたから、行きは下りで帰りは上りの坂道になるその起伏を知っていて、もちろんおばさんが子どもの頃に見た景色は見えないが、その地形だけは思い描くことができた。

三姉妹のいちばん下だったおばさんは、子どもの頃、どこに行くにも姉ふたりにくっついて行った。子どもの体、目や足にとっては、姉たちと一緒に歩いて十五分ほどの小山に行くのも山登りのようなもので、ようようたどり着き、川でドジョウや魚を捕って遊んで、そこからまた歩いて家に帰るのは、大変な遠足で、大騒ぎの楽しみだった。

終戦も近い頃、夜に実家近くの住宅街に空襲があって家族で逃げてきたのもこちらの方だった。高台から、家の方を見ると炎があがっていて、街が赤く見えた。家に戻ると実家は残っていたが、周辺の消火のため家じゅう水浸しで、家財道具もだめになってしまった。空襲の記憶はその一度だけだったが、一度で家のあった一帯は大きな被害を受けた。

終戦のときおばさんは十代後半で、空襲の記憶はいまから七十年以上前のこと、子どもの頃の記憶は八十年も前のことになる。まだ四十年も生きていない私たちはその思い出し方を知らない。それとも、ある程度の年齢になれば、子どもの頃や十代の頃のことを思い出す行為はそんなに質の変わらないものになるのかもしれない。でも、そのあいだに五十代や六十代が挟まっているのといないのとではやはり違いがある気もする。むかしといまとで、子どもの頃の記憶は変わりますか？　夫がおばさんに訊くと、私なんかもう半分ぼけたようなもんだからそんなことわかりませんよ、滝口さんはどう思うんですか、とおばさんは言った。小説をお書きになっているから、そういういろんな難しいこともお考えになるんでしょうね。問いとはずれた話が問いの形で返ってきて、夫は、いやそんなたいしたことは考えないし、不思議なことばかりなのですよ、とほとんど中身のない答えを返し、穴子をとって食べた。

それで、小説を書く作業じたいはそれほど特異な技能ではなく、そういう不思議に思うことを毎日生活に必要なほかのことをしながらぐるぐる考えていて、そのうちその考えていたことが小説のなかに書きたいことになってくるんですよ、と夫は頭のなかで考えた。けれども、考えが溜まったその先の容れ物のように小説があるわけではない。いや、小説がそういう容れ物みたいになっちゃいけない、と思っていて、けれども何年か小説を書き続けて勤めの仕事もやめて書く仕事だけになって、常に誰かが自分の小説ができあがるのを待っている状態になったときに、小説がほかのいろんな可能性と並列であるとも言い切れない、と夫は思った。どちらかというと、小説は自分にとってそういう容れ物でもいい、と思えてきた気がするんですよ。そんな格式張ったものではなく、注ぎ込んだら注ぎ込んだ中身によって、自在に形を変えるようなものだと思うから、小説というのは。

おばさんが、私は女だから、と言った。仕事のことは難しくてわかんないですし、家のことばっかりいろいろやってそれなりに忙しいですから、と話を続けた。ほんとに、なんだかわかんないけど、忙しいんですよ、家事するのも。

いや、家事も立派な仕事ですよ、僕は全然ちゃんとやってませんけど、いつも家にいるので、わかります。あれしてこれしてとばたばたしてるうちにいつの間にか夕方！　みたいな。

そうなんですよわかりますか滝口さんも。

わかりますわかります。

わかりますか、本当に？

わかりますよ。

そうですか。

夫がおばちゃんとそんなようなことを言い合っているあいだ、おじちゃんはたぶんその話の細かいところまでは聞こえておらず、ほとんど無表情で左の方に顔を向けていた。おじちゃんの向かいに座っていた妻は、おじちゃんの顔が向いた先を見た。庭に出る窓を背にして座っているおじちゃんの左には、いま四人が座っている居間と戸を開け放してつながった奥の寝室がある。きれいに整えられたベッドが置かれているその場所を見て、妻はベッドの上の天井にできた大きなしみを見つけた。というか、そこにそのしみがあるのは知っていて、前にここにお邪魔したときにも見た。いままた見て、そこにしみがあったことを思い出した。そのしみをつくったのは私だ、と妻は思った。

その真上には私たちの住む家の台所があった。いつだったか、二階の流し台の下の排水パイプが外れて、一階に水が漏れてしまったことがあった。白い天井にできた茶色いしみは、そのときにできた。ここに住みはじめてそう間もない頃だった気がするが、それが一年目だったか二年目だったかはわからない。二年目にいったん更新せず二階を退去することになりかけたときに、今日みたいにおじちゃんおばちゃんに招かれてこの家にあがってそのしみを見たのだと思うから、一年目か二年目ではあるはずだが、四年目とか五年目くらいだったと言われればそう思える。そこには時間の長さの差がない。子どもの頃のことを子どもの頃のこととして思い出せるのは、子どもの体の記憶だからで、大人になってからは体がほとんど変わらないから、いつがいつだかわからなくなるのかもしれない。いや、体じゃなくて思考とか認識が子どもと大人で違うからかもしれない。いや、どっちも同じことなのかもしれない。

一階から慌てた様子であがってきたおばちゃんが、天井から水が垂れてきたんで、ひゃあーとびっくりして、と話す声を妻は覚えていた。玄関で対応したのは自分で、夫が洗い物をしていたから、たぶん週末だった。

夫は急いで水をとめ、流しの下の収納棚を確認した。乱雑に置かれた調理器具や台所用品などが排水口を圧迫して収納棚の床とパイプの外筒の接合部分が外れており、どうやら外れたその外筒が内部のパイプを圧迫し、パイプがずれてしまったようだった。

おじちゃんが近所の水道屋を手配してくれて、その日のうちに直してもらったのでよかったが、夫は、妻が片づけの際に押し込みすぎた調理器具が原因であると言った。そう言われて妻はそれを否定できない。たしかに無理矢理押し込んだので。しかし、ふだんからそうしていたし、夫もそうやって収納していた。台所仕事に立つことの多い夫は、その奥に排水管があることを知っていて、乱雑に収納するにしても、その管を圧迫して壊すような押し込み方はしないで済むが、妻はそんなことは知らない。乱雑だから奥は見えず、乱雑になっている収納棚にものを片づけるなら、乱雑に押し込むしかないではないか、と思ったが言わなかった。しかし、自分だけが不当に、不公平に悪者にされた気持ちがどこかに残っていて、いまあのしみを見てそれを思い出した。前に見たときにも、同じことを思った。ふだんはそのことを忘れているし、何年前だかもわからないのに、そのちょっとしくっとするような気持ちがこんなにもよみがえるのは不思議だ。

私たちは天井や、濡れてしまったものを弁償しますと言ったが、おばちゃんたちはそれを固辞した。その頃夫は勤めの仕事をしていたはずでお金に余裕がなかったから、それは正直助かったと思う。しかしだからといって、おばちゃんたちは天井を張り替えることはしなかったのだ、と妻は前にも思ったことをやはりもう一度思った。というか、五年以上前のあのときから、天井のしみはいまも変わらず、そのままになっていたのだ、と思った。

このへんは畑ばっかりだったから、とおじちゃんが妻を見て言った。そこらじゅうに川があって。渡るのに板がかけてあるんだけど、それを踏み抜いたの。

いまはこの近くには川はなく、あっても緑道の下で暗渠《あんきょ》になっている。急にはじまったおじちゃんの話がどのくらいむかしのことか妻はわからなかったが、その疑問はそのままに、なんて川ですか？　と妻は訊ねた。

名前なんかないよ。

ああ、畑に水を引く小さい川？

そう。

おじちゃんは実家にいる祖母と同い年、そう前に聞いたから妻はおじちゃんの年をいつでもすぐに思い出せる。大正十五年、大正最後の年。終戦のときは十九歳。祖母は終戦間際に福島から勤労奉仕で横浜の工場に連れていかれて、飛行機の部品かなにかをつくっていた。おじちゃんは終戦のときに十九歳で、ぎりぎり兵隊にとられなかった。

生まれは東京だがこのへんではなく、下町の方だった。戦争が終わったあとこっちに来て、ひとりであっちの方に住んでたの、とおじちゃんは背後の庭の方を差した。下町の方が空襲は激しかったそうだから、住んでいた家や街に被害があったのかもしれない。

ひとり暮らし？

ひとり暮らしじゃなくてね、友達の家に居候してたの。

家族や実家のことについておじちゃんは詳しく語らない。気が進まないのか、おじちゃんにとっては自明のことだから話に出ないだけなのか、聞いている方はわからないが、それもわからないままにした。

その頃から鉄の仕事してたんですか？

その頃はなにもしないで、毎日ぶらぶら遊んでたよ。

居候しながら？

そう、と言っておじちゃんは笑った。それがどういう意味の笑いなのか妻はよくわからなかったが、まじめで勤勉そうなおじちゃんの印象と違う話でおもしろかったから、妻は、はは、と声を出して笑った。

おじちゃんの話では、その居候していた先のひとの紹介でおばちゃんと一緒になって、それでいまの家の近くに所帯を構えた。それではじめた仕事が鉄くずを集める仕事だった。誰に雇われるでもなく、ひとりではじめた。以来ずっとひとりで仕事をしてきたから、おじちゃんは会社に就職したことも、誰かに使われたことも、一度もない。

終戦後の東京でひとりで鉄くず屋をはじめた。それを妻はうまく想像できない。畑ばかりだったというこのあたりで、はじめはごみ拾いのようなことからはじめて、だんだん顔の利く相手をつくって、商店や工場などで不要な鉄を集め、それを売って金にする。最初はリアカーを引いていたのが、だんだん自動車になり、いつも家の前に停まっていた青い二トントラックになっていったのだろうか。

前の家はあっちの、とおじちゃんは今度は向かいに座る妻の方を指差して、お祭りやる通りがあるでしょ。あの道にあったんだよ。信用金庫のところ。それでね、お祭りやると屋台が出るでしょ、とそこまで聞いたところで妻は前にも聞いたその話の続きがわかる。そのお祭りをやる通り沿いの家に住んでいた頃、近所にヤクザの親分の家があった。いつもかっちりスーツを着て、櫛のあとがはっきり残ったつやつやのオールバックで、体も大きいから歩いているだけでおっかない雰囲気だった。お祭りに屋台を出していたテキ屋が、残った売り物とか生ゴミとかを側溝に全部捨てていく。近所の住人は大迷惑で、祭りのあとはいつも一日がかりでどぶさらいをしなくてはならなかった。あるとき、それを知ったヤクザの親分が、近隣の一軒一軒に菓子折を持って謝りに来た。そのとき以来、テキ屋はゴミを捨てて帰らなくなった。いまと違って、むかしはそういうふうにヤクザが地域住民にとって頼れる存在だった、という話を、おじちゃんからもう何度も聞いた。

親分の家にはよく黒塗りの迎えの車が停まっていたが、子分を引き連れて近所を歩いている姿を見かけることもときどきあった。親分のまわりをちょこまか歩く小柄な子分の男、自分と同じくらいの年に見えたその子分のことをなぜだかおじちゃんは忘れずに覚えている。自分はあいつになっていたかもしれない、と思ったのだった。そしたらあいつが自分になっていたかもしれない。

おばちゃんとの話をやめて夫も聞き慣れているはずのその話に耳を傾けていた。おじちゃんが、おばちゃんに、夫のグラスを指差してなにかうながすと、おばちゃんが立ち上がって冷蔵庫からビールの缶を持ってきた。受け取ったおじちゃんがフタを開け、夫の方に差し出した。夫は礼を言ってグラスを持ち上げたが、おじちゃんはビールを注がず、夫に向かってあごをしゃくってみせる。夫は意味がわからずとまどったような表情になった。おばちゃんが少し笑って、空けろって言ってんの、と夫に言った。おじちゃんは、グラスに少し残っていたビールを飲み干せ、と促しているのだった。夫は、ああ、失礼しました、と言って、グラスを空ける。

おじちゃんは無言で、夫のグラスにビールを注ぐ。自分があいつだったら、そのあと自分もあの親分みたいになっただろうか。でも、誰にも使われたことのない自分は、あの子分みたいに誰かの世話をちょこまかするなんて、きっとすぐいやになってやめちまっただろう。そしたら指の一本くらい、なくなっていたかもしれない。

今日は今日

引っ越しの日は晴れた。前日から引っ越し業者が来て荷物を梱包し、当日の朝は八時にトラックが下のおじちゃんの家の塀の前にやってきた。業者の社員ひとりとアルバイトらしい若い男の子ふたりの三人がかりでどんどん荷物を運び出し、午前中のうちに家は空っぽになった。

昼前に引っ越し業者のトラックが出発すると、一階の塀の前にベッドや冷蔵庫、電子レンジなど、引っ越しに際して処分することに決めたものが残された。午後に、夫が頼んだ廃品回収業者が引き取りにくることになっていた。妻は鍵を持って昼前には新居の方に行き、搬入の立ち会いをする。夫は旧居に残って廃品回収業者を待つ。夫婦は、八年間暮らした家と別れる最後の日を一緒に過ごすことができなかった。夫は、空っぽになった室内を見てまわった。それから一階のおじちゃんとおばちゃんの家に挨拶に行くと、あがってお茶でも飲むように言われたので、一階の家にあがりこんだ。

おばちゃんがいつものようにせかせかした様子で夫にあれこれ言葉をかけながら、お茶を入れたりお菓子を出したりしてくれた。おじちゃんもまたいつものように、耳が遠いせいでその場にいながらどこか別のところに思いがあるみたいな佇まいだった。ぽつぽつと無言の隙間を埋めるようにさして内容のないような話をする夫とおばちゃんをよそに、おじちゃんはそっぽを向いている時間が長かったが、急に夫の方を向いて、さみしくなるね、と言ったり、引っ越し先の広さや家賃、近隣の様子を訊ねたりした。

滝口さんたちが上にいてくれると私たちも安心だったんですけど、仕方がないですね、とおばちゃんが言い、夫は、いまこの瞬間に引っ越しを白紙に戻すこともできなくはないのだ、と思った。引っ越し業者に電話をかけて、新居に向かっているトラックをこちらに引き返させる。朝から運び出した荷物をまた全部二階に運び入れて、いま表に出してある処分品も元の場所に戻してもらう。そんな特別なキャンセルだから、料金は返金などされないし、梱包の荷解きも自分たちでしなくてはならないだろう。既に契約済みの新居の方も契約を解約して、新調した冷蔵庫や寝具も全部返品する。手間も費用もかかるだろう。それと引き換えにしても、この家での生活を続けること。その馬鹿げた決断をできないことはわかりながら、夫は想像をとめることができなかった。

でもどうにかなりますよ、とおばちゃんは自分たちを励ますように言い、夫はそれで引っ越し中止の想像からも、まるで大家さん夫婦を見捨てていくような申し訳なさからも救われる。ね、お父さん、とおばちゃんは言うが、おじちゃんは聞こえないらしくそっぽを向いたままだった。

台所のテーブルに三人で座っていると、夫は自分の実家の居間で両親と一緒に座っているみたいな気持ちになった。実家を離れてからの八年間という時間が、そのままこの家の二階で過ごした時間だった。三人とも、あまりものを言わず、静かにお茶をすすっていた。今日がこの家の一階と二階、同じ屋根の下で過ごす最後の日であるという特別さが、あまりない。特別な日というのは案外こんなものだった。八年前、実家を出てこの家に越してくる日の朝のことを夫はもうよく覚えていなかったが、それまで二十五年以上一緒に暮らした両親との生活を離れるというのに、思いのほかあっさりとその日を過ごしていることの奇妙さはなんとなく覚えていた。もっとも、そこには両親に対する照れ隠しのような夫の気持ちもあった。八年前のその日も晴れていた。一度も入居先の内見をする機会のないまま引っ越しすることになった夫は、あの日、両親と別れて赤帽のおじさんのトラックに同乗して埼玉の実家を出た。青梅街道から環状八号線を経て、それから八年間住むことになるこの家にやってきた。

妻は、その頃はまだ妻ではなかったし同居人でもなかった私は、まだ自分の部屋の引っ越し作業をしていたから、夫が着いたとき新しい家には誰もいなかった。一階におじいちゃんとおばあちゃんの大家さん夫婦が住んでいる、と聞いていた夫、その頃はまだ夫でもなかったあなたは、階段をあがって、鍵の開いていたドアを開けて家のなかに入った。まだ玄関も、廊下も、二階の室内も三階の室内も空っぽの家のなかを眺め、今日からここに住む、と思った。妻が内見に来たときに、すぐにその家に決めようと思った明るさを実際に目にして、夫は愛おしい気持ちになった。まだ妻でなかった私のことをか、その家やその家の明るさのことをか、それともこれから先の自分たちの新しい生活のことをか。

さっき全部の荷物を運び出して、あの日と同じ空っぽになった家は、しかし八年前よりも薄汚れ、たくさんの傷がついていた。いまから思えば、あの八年前の瞬間の明るさと、夫のうちに生じた愛おしさは、いったいいつのものなのか。本当にはじめてこの家に足を踏み入れた瞬間のものなのかどうか、もしかしたらその後毎日毎日繰り返された時間のうちのどこか、あるいは繰り返しそのものみたいな有り様の時間に根ざした感慨なのではないかとよくわからなくなる。そういう種類の感情は特定の時間に紐付けられるとは限らないのかもしれない。

それでも今日は今日。

そっぽを向いたおじちゃんの顔を見ながら、夫は歌うようにそう思った。これは誰のなんという歌だったか。思い出せないし、その歌詞の意味もわからない。そう思った自分がなにを思っているのかわからないが、それでも、それでも今日は今日、とまた思い、そのフレーズによって自分のうちで響くなにかが確かにあった。歌というのはそういうものだ。

思い出せないが、古い歌謡曲であることはなんとなくわかるその歌を、おじちゃんかおばちゃんなら知っているだろうか、と夫は思いながら、心中で繰り返し流れるそのフレーズを結局口に出すことはしなかった。一週間前に、夫婦揃って訪れて、お寿司を食べ、ビールを飲んだときの方がよっぽどお別れの日らしかった、と夫は思った。

夫はおじちゃんとおばちゃんが話しているところを携帯電話で写真に撮った。テーブルの上にあった、造りもののピンクのバラをおばちゃんが手に持って、おじちゃんの方へ捧げるように見せている写真。なぜそのバラがそこにあって、おじちゃんとおばちゃんがなにを話していたのだったか夫は覚えていないし、その場にいなかった妻も知りようがない。廃品回収の業者が到着して、表に置いてあった処分品を軽トラに積み込んで、業者にお金を払うと夫がそこに残っている理由はもうなくなった。最後に家の前で、もう一度夫はおじちゃんとおばちゃんに並んでもらって写真を撮り、朝からもう何度も繰り返したお礼の言葉をまた言って、駅の方へと歩き出した。角を曲がるところで夫が振り返ると、おじちゃんとおばちゃんはまだ家の前に立って夫を見送っていた。夫は手を振って、手を挙げるふたりを見ながら角を曲がった。角の家の建物に隠れて、おじちゃんとおばちゃんの姿が見えなくなる。

夫の姿が見えなくなって、おばちゃんがおじちゃんになにか話しかけた。足の悪いおばちゃんを後ろから支えるように、玄関前の段をあがって、家のなかに入っていった。

駅に向かう夫は、竹やぶと畑のあいだの道を歩いていった。五月の畑は賑やかで、キャベツ、玉ねぎ、長ねぎ、じゃがいも、インゲン豆やエンドウ豆、みず菜やチンゲン菜、見分けのつかないいろいろな葉物など、収穫期の野菜が高く広くそれぞれに葉や茎を伸ばしていた。他方ではナスやトマト、スイカなどの夏野菜がすでに植え付けられ、まだ背の低い苗の列が並んでいた。これから梅雨を経て気温が高くなっていくにつれ日ごと背が高く大きく育っていく。畑の前の道を通るひとたちは、その成長の早さに毎年毎年驚いた。

道路と畑のあいだには低い金網が立ててあった。道沿いには無人販売もあり、小さな木のテーブルに朝採れた野菜が袋に詰めて二〇〇円とか三〇〇円とか量に比して格安の値段で売っていた。簡素な枠木を組んでトタンの庇《ひさし》を乗せ、両脇はどこかの物置の戸でも外してきたような薄い鉄板を立てて側壁代わりにしていた。お金を入れる缶が一緒に置いてあった。いつも昼頃にはたいていの品が全部売り切れていた。

古くからこのへんに住むひとたちは、口を揃えて、世田谷はむかしは一面畑だった、と言ったが、近所でここまで広い畑が残っているところはほかになかった。広い土地の一部には花が植えられていることもあり、春先は菜の花がきれいだった。隅の方の一画を小学校や福祉施設に貸していて、子どもたちや施設の通所者たちがイモを掘ったりしていることもあった。向かいの竹やぶも畑と同じ持ち主で、四月の終わりから五月頭の時期には朝掘ったタケノコも売られていた。

道路と畑のあいだの金網にはよく鳩やカラスがとまっていた。竹やぶや付近の電線には夕方になるとここ数年野生化して増えたインコが並んで鋭い鳴き声をあげていた。畑のまわりには猫も多かった。いまも向かいの竹やぶの脇から出てきて、道を渡り、畑と販売所の隙間に体を入れるとやすやすと通り抜け、販売所の裏手をゆっくり歩いていった。

畑の前の道に電動自転車が走ってきた。自転車をこいでいるのは買い物から帰ってきたらしい女性で、ジーパンにTシャツとスウェットパーカーという服装。自転車後部には子ども用の座席が付いていたが、子どもは乗っておらず代わりにスーパーの白いビニール袋の荷物が置かれていた。前カゴにも荷物。畑の前を過ぎて、さっき夫が曲がった角も過ぎて、その奥の丁字路の手前を左に曲がった。

もう古い住人よりも、結婚したり子どもができたりして建て売りの住宅やマンション、アパートに入居した家族が多かった。小学校も中学校も近いから近辺では幼い子どもの声や道路で遊ぶ姿なども絶えなかった。

電動自転車が曲がっていった細い道は、自動車は通行できず、そのため日頃からその近隣の子どもたちの格好の遊び場になっていた。幅の狭いその路地で、生まれた年も背格好も揃わぬ数人の子どもたちが、いつも一緒に遊んでいた。性別とか性質とか趣味嗜好とかは全然関係なく、家が隣り合っている、というだけの理由で彼らは毎日一緒に遊んだ。ときにはゴムボールとおもちゃのバットで野球みたいなことをする。しているうちに転げたボールを全員で追いかけて蹴り転がし、サッカーみたいになる。ボールを追う数人に混ざらず縄跳びをしていた子どもの足もとに誰かが蹴ったボールが転がってきて、構わず縄跳びを続けるその子のそばに駆け寄ってきたひとりの顔にゴムの縄がむち打つようにぶつかってその子どもが顔を押さえてうずくまり、ボールを追っていた子らも、縄跳びを邪魔されて思いがけず加害の罪まで負うことになりそうな子も、心配してうずくまる子のもとに集まる。うずくまっていた子は、まわりに友達が集まったことで自分が弱くいられる許諾を得たかのように、それを合図に泣き声をあげはじめて、縄のぶつかった目のあたりを押さえしかめた顔を空に向けた。空に向けても誰もいないし痛みが治まる道理もないが、周囲の者に悲壮感を訴えるのには効果的だった。

騒然とした路地はしかし数分後にはふたたび笑い声と賑やかさが戻り、誰かがどこかから調達してきた色とりどりのチョークでアスファルトの路面に様々な図や柄が描かれはじめていた。その意味するところは彼らにしかわからないし、もしかしたら彼らにもよくわかっていないのかもしれない。たとえばある箇所は、その向こうと手前とを区切り、手前にはピンクや黄色のチョークを使ってたくさんの花模様と笑顔の少女像が描かれていて平和な雰囲気に飾られていた。一方区切りの向こうは大きなバツがいくつも描かれ、水色のチョークでワニかサメの口のようなギザギザ模様が描かれていかにも剣呑《けんのん》だった。立ち入ったら即ワニかサメの餌食になる。しかしその死の領域にも、ところどころ境界を示すような線の内側にピンクの花模様があり、区切りを越えて死の海に侵入してしまってもその安全地帯に待避ができる。

ときどき飼い主に連れられた犬が散歩でその路地を通るときも、遊んでいた子どもらは安全地帯に慌てて駆け込み、犬が通り過ぎるまで動こうとしなかった。犬が嫌いなわけではなかったが、そうやって路上に異世界をつくりあげている最中、あらゆる闖入者《ちんにゅうしゃ》は自分たちの身を脅かす危険な存在と見なされた。

いまはそこに子どもはひとりもおらず、路上に残されたチョークの線や絵柄が、ところどころ擦れてぼやけながら残されていた。夫は違う道を歩いているが、その路地を抜けても少し遠回りになるだけで、駅の方へ出られないわけじゃなかった。そちらから駅へ向かおうとするなら、もういくつか細い道を抜けて、お祭りの通りに出る。むかし、大家夫婦が住んでいた、いまは信用金庫のある付近。もちろんお祭りはいつもやっているわけでなく、ふだんは静かな通りで、いまは昔のように幅を利かせ、同時に近隣住民の用心棒でもあったヤクザの家ももうとっくになくなっている。いつそこを離れていまどこにいるのかわからないし、いまその近隣に住むひとたちは、むかしそんなヤクザ一家がそこにいたなんて知らない。

かつて大家夫婦が住んでいた家もいまはもうなく、その跡地には小さなマンションが建っている。それを脇に見ながら大通りに出て、そこから歩道を歩いて歩道橋を渡れば駅に出る。歩道橋を渡らずとも、信号まで歩いて横断歩道を渡れば、夫が愛してやまないスーパーオオゼキがあった。オオゼキは今日も店の前まで活気に溢れ、夕方になって買い物客はいっそう多く、威勢のよい野菜売り場や魚売り場のかけ声が店の外にまで聞こえていた。旬の野菜や特売の日用品のほか、歩道に面した外の売り場では果物が充実していた。びわ、メロン、そして初物のスイカ。店内に入れば鮮魚に肉類、そして観光シーズンに合わせてか、全国の駅弁を集めたコーナーもあって、大型連休とはいえ旅行に行けないひとや、行きそびれたひとが、せめて駅弁で旅行気分を、と手にとったり、買う気はないものの自分の出身地方の駅弁を見つけてよろこんだり懐かしがったりしながら、地元を離れてから東京暮らしの年数を数えてみて感慨にふけったりもしていた。

スーパーを抜けて、もうひとつ交差点を渡ったところに駅があり、夫を乗せた電車がいま出発したところで、小さな踏切を二両編成の電車が通っていく。乗降口の扉のガラス越しに外を眺める夫の姿が見えた。それを見ていたチンピラみたいな小柄な男が、若い頃を思い出しながら自分にしか聞こえない小さな声で歌を歌っていた。愛することに疲れたみたい――

それでも恋は恋――。

護国寺で

護国寺の本堂を出た窓目くんは、ふたたび晴れた空の下に出て、体の日を受けた部分が温まるのを感じて、春だ、と思ってその場にしばらく立ち止まっていた。煙草が吸いたくなったが境内は禁煙だった。

本堂があるのは境内の頂上で、本堂を背にしてさっきくぐってきた不老門を見ると、その向こうにこれもさっきその横を通ってきた講談社の茶色いビルが見えた。門の先から下る階段をいちばん下まで下りるとベンチが置かれた休憩所のような広場があり、そこの脇に喫煙スペースがあった気がする。山門の脇に交番があり、地下鉄の出口もある。

山門の前を通っているのが不忍通りで、これを左にずっと行けば千石、駒込のあたりを抜けて、山手線の内側に沿うようなかたちで千駄木、根津を抜け、上野の不忍池に至る。それは窓目くんがときどきジョギングをするコースで、不忍池で折り返してまた不忍通りを戻ってくるか、言問通りに出て、小石川のあたりを抜けて戻ってくる。だいたい一時間か一時間半くらい。

窓目くんは運動は別に好きではないが長距離走が得意で、いくら走っても疲れない。高校のマラソン大会では全校二位だった。酒もいくら飲んでも二日酔いにならないし、長距離走もいくら走っても疲れない。いや飲めば酔っぱらうし走れば疲れはする、でもそんなにつらくない。しかしだからといって毎日走りたいとは思わない。酒は毎日飲みたいが。

今日は走らない。そんな格好で出てきてない。そもそも腹が減ってなにか食べにいこうと思って家を出てきたのだったが、急に思いたって散髪をして、そのあと食べる店を探しながら歩いているうちになぜかお寺に来てしまった。

ズボンのポケットから電話を取り出して、時間をたしかめると午後一時過ぎで、家を出てからまだ三時間しか経っていない。信じられないなあ、と窓目くんは声に出して呟いた。境内にはほかにひとの姿は見えず、けれども無人の静けさという感じではなく、まわりには墓地もあるからそこにお参りするひとや、お寺のお坊さんなどがそのあたりにいるんだろうか。鳥の声も聞こえる。桜の花も咲いている。誰の姿も見えないが、近く遠くにいろいろなざわめきがあった。

腹減ったな、と窓目くんはまた声に出して呟いた。誰もいないから声に出す必要はなく、誰も聞いていなかったが、自分の思った言葉でも、声に出すことで自分自身が思いがけず影響を受けるものかもしれなくて、言った途端に空腹が一気に耐えがたいものに感じられてきた。減った、かなり減った、そう言葉を継いで、もうなんでもいいから食べたい、そのへんの店に入って適当なものを注文して食べよう、と思った。あの角のとこのコンビニ、ファミリーマートでなにか買って道端で食べるのとかでも全然いい。

そう思えば、通り沿いにあるどこか知らない店よりも、具体的に思い浮かべることができるのはコンビニの食べ物で、おにぎり、サンドウィッチ、惣菜パン。お弁当をあたためてもらってもいいし、お湯をもらってカップラーメンとかでもいい。山門の脇のベンチに座って食べるか。でもあそこは飲食禁止だろうか。とにかくファミリーマートへ、ファミマへ。階段をとんとんと下りながら、動作を妨げないズボンの伸縮性にもいまは意識が向かず、階段脇のほぼ満開の桜もほとんど目に入らない。窓目くんはいま、食欲の塊と化し、ファミリーマートに到達する前から、口のなかも、お腹のなかもファミマになってきた。手っ取り早いのはやっぱりおにぎりか。おにぎりならツナマヨを買う。あとサンドウィッチだったらハムサンド。どっちもマヨネーズが入ってる。マヨネーズはうまいからなあ。

窓目くんはそれを声に出していたつもりはなかったけれど、もしかしたら声が出ていたのかもしれない。階段の途中で左手に入っていく道があって、そっちを見るとその道に猫が二匹いて、なにかおかしなものを見咎めるみたいに窓目くんを見据えていた。窓目くんは階段を下りる足を止め、猫たちとばっちり視線が合った。なんだよ、と窓目くんは言った。道の奥には日を受ける小さなお堂が見えた。

一匹は明るい茶色の毛で、奥に歩きかけて振り返ったような体勢でこちらを見ていた。気持ちよく歩いていたらわけの分からぬことをひとりでしゃべっている奴が来たので軽く驚きながらそちらを振り返ったんだよ、お前こそなんだよ、とでも言いそうな顔だった。

もう一匹は白い毛の猫で、体は小柄で細身だがその佇まいには余裕と貫禄を感じた。道の途中に座ってこちらに正対し、まっすぐ窓目くんを見ていた。変な奴が来たから視線で圧をかけて自制を求めよう、と思っているみたいだった。なんならひと言注意してやろう、お前さっきからなにぶつぶつ言ってんだ。

腹減ってるんだよ。

猫たちは動かず、同じ体勢のまま窓目くんを見据えていた。道の両脇には低木の植え込みがあったが、二匹のいる道にも奥のお堂と同様に日を遮るものはなく、猫たちの毛は日を受けて明るかった。

ツナか、猫は、ツナが好きだろう。

それでお堂のあるその道に入っていき、猫たちは近寄ってきた窓目くんに驚き、警戒するように一瞬大きく目を開いた。そして茶色はお堂の方へぴょんと駆け出し、白いのはのっそりと植え込み下にもぐって脇に抜け、その奥にいたお地蔵さんの前を歩いていってから振り向いて窓目くんを見た。窓目くんはゆっくりお堂の方へ歩いていて、猫たちを脅かしたり追いかけたりするつもりはなく、白いのはそれがわかるともう窓目くんへの興味をなくし、垣の上に飛び移って藪に隠れて見えなくなった。茶色いのはお堂の賽銭箱の横から階段をのぼって回廊から窓目くんを振り返り見て、こちらも窓目くんが走って追いかけたりしてこないことを確認すると、悠々と裏の方へ歩いていって見えなくなった。しかしそれと入れ替わるように反対側の廊下の奥から今度は白黒模様の別の猫が歩いてきて、お堂の前に立っている窓目くんの姿をちらりと見て、少し気にしたようだったが、そのまま歩いて賽銭箱の置かれた正面の階段のところまで来ると、日のあたってあたたかそうなそこに寝そべって目を閉じた。

このお堂、階段の立て看板によれば大師堂ということは、参道の脇道にあるから本堂のようにあまりひとも来ないでひっそりしていた。元禄十四年に建てたのを、大正十五年に修理して移した、と書いてある。お堂の階段や回廊の木材が古いものなのはひと目でわかるが、経年変化が本堂のように濃い色でなく、赤みがかった明るい色なのは、ひとが上ったり触れたりする頻度の差によるものなのか、それとも木材が違うのか。いや、単に日があたっているからそう感じるだけかもしれない、と寝ている白黒の猫を見ながら窓目くんは思った。

ここは猫にとって居心地がいいらしく、最初に見た二匹と、いま目の前で寝ている白黒以外にも、お堂の脇や裏手、床下から、あるいは参道の方からも次から次へと猫が出たり入ったりして歩いていったり思い思いに寝転んだりしていた。窓目くんを気にしたり警戒した様子を見せるのもいれば、まるで気にせず窓目くんの立っているすぐそばを通り過ぎていくのもいた。お寺のひとが世話をしているのだろうか。

腹が減った、座りたい。お堂の階段に腰をかけてもいいものだろうか、そう思って、回廊の角のところでそべっていた白と灰色の混じりっ毛の猫に訊いてみると、構わないよ、という様子だったので、寝ていた白黒を起こさないよう、少し離れた場所に静かに尻を落として、座った。

窓目くんは、階段の日なたで眠り続けている白黒や、回廊の灰色猫に向けて、ツナのことやマヨのこと、ハムサンドのことを語りかけるように思った。窓目くんの体にも日があたり、その日射しと温みによって耐えがたい空腹がなにか快楽に変わりつつあるのを感じていた。いっそ今日はこのままなにも食べずに一日過ごそうか、断食、断食修行、そんな考えが頭に浮かんだ。

本堂に向かう階段の参道では桜が咲いていたが、このお堂のまわりに桜の木はなかった。常緑種らしい濃い色の葉をつけた名前のわからない木が、お堂の向かって右手奥にあり、その背後には晴れた空の青が見える。さっき窓目くんが入ってきた細い小路がこのお堂への参道ということになり、中央には石畳が敷かれ、その両脇は土の上に石がまいてあった。まばらな植栽と、大小の石碑が並んでいた。お堂の手前には参道を挟む形で小さな石灯籠も左右に配されていた。お堂左手に地蔵堂があった。正面から見ると、瓦葺きの屋根はなだらかにカーブして、さっき窓目くんが見た本堂のように大きくはないし、飾りも少なくて素朴な印象だった。離れた位置から正対すると見えにくいが、屋根の前面は両端を四角く切り取ったみたいに中央部だけが前に延びていて、その下にある階段と賽銭箱の庇になっている。といっても大きくせり出しているわけではないから、いまは階段の前にある賽銭箱にも日があたっていたし、階段も中程まで日なたになっていて、その日のあたっている場所、中央にある賽銭箱を挟む形で向かって左手には眠っている白黒猫が、右手には窓目くんが座って、こちらを見ている。

そんな写真が窓目くんのスマートフォンに残っていた。護国寺の大師堂の日なたで猫と一緒にいたそのときのことを窓目くんは覚えていたけれど、誰がその写真を撮ったのか窓目くんは思い出せない。あの場所には自分以外誰もいなかったと思うのに。

画像のなかの窓目くんはたしかに向けられているレンズを意識しているように見えた。少し背筋を伸ばし、写真に撮られるときに自分がいつもそうなる顔をしている、と窓目くんはその画像を見て思う。

あの日そのあとどうしたのか。窓目くんはそれを思い出せるけれど、あの謎の写真を挟んで前と後で同じ一日がずれているような気がしてならない。

お堂でしばらく日なたぼっこをしたあと、猫たちと別れて、腹が減った、なにか食べたい、と階段を下りていき、階段の下の灰皿のところで煙草を一本吸った。それで通りに出ようとすると、不忍通り沿いの交番の前にいた警察官がこちらに視線を向けていて、窓目くんは別になにもやましいところはなかったが、さっき小さなお堂の日なたで猫たちと過ごしていた時間のことや、空腹のきわまりに一瞬感じた快楽のこととかがなにか秘すべきことであるかのように思えてしまい、気持ちがざわざわした。それでなんとなく交番から離れるように歩いていき、交番から遠い方の横断歩道で不忍通りを渡った。

それでどうなったかというとファミリーマートに行けなくなってしまった。護国寺の前からまっすぐ延びた音羽通りの片側二車線、計四車線を隔てた角にファミリーマートはあり、不忍通りから音羽通りへの右折路を隔てる中州のような場所にいま窓目くんはいた。音羽通りを横切るための横断歩道はこの交差点にはなく、ここからファミリーマートに行くには、いま渡った不忍通りの横断歩道を戻って交番の前を通り、音羽通りの反対側につながる横断歩道を渡るしかない。しかし交番の前でそんな不思議な動線を示したら、またなおさらの不審を招く気がする。

いまいる中州から横断歩道を渡って、音羽通りの歩道をそのまままっすぐ歩いていけば、先の方に信号と対岸に渡る横断歩道があるのが見えた。そこまで行って反対側に道を渡って、交差点まで戻ってくれれば交番の前を通らずにファミリーマートに行くことができるが、それはすごい遠回りだ。というか、そんなことをするなら、そこまでのあいだに飲食店が何軒かありそうだからそこに入ればいいのだが、一度ツナマヨ、ハムサンド、と決めた窓目くんのお腹が裏切られる気持ちでもあった。後ろ髪を引かれる思い、と頭の後方に意識がいくと、朝にはうっとうしく伸びていた襟足を今日美容室で切ったことを思い出し、顔を空に向けると首の後ろに髪が当たらずさっぱりして気持ちよく、晴れた空が見えた。髪を切ってくれた鳥取県出身の草壁さんを思い出す。髪を切ってもらったばかりじゃない。窓目くんは草壁さんとふたりで伯備線に乗って、雪を被った伯耆大山を、その麓に広がる一面の菜の花畑を見た。まだ昼過ぎだというのに、今日の一日はこんなに長く、果てしない。しかしそんな話が警察で供述として通用するだろうか。

あんたどこから来たんだ、そう詰問されて今朝家を出てからの行動を説明したとしても、正直に話せば話すほど不審がられるに決まっている。

なんだあんた、なにか隠してるんじゃないのか。ここでなにしてるんだ。なにしにここに来たんだ。

そんなこと言われても、今日なんでここに来たのか俺にだってわかんないし、なにしてたかって言われてもひと言じゃ言えないよ。

それで窓目くんはやはり交番の方には戻らず、音羽通りの歩道を歩き、それはさっき護国寺に来る前に歩いた道を逆向きに進んでいるので、また講談社の前にさしかかった。茶色い高いビルを見上げ、さっきひとの影が見えた気がした窓はどこだったか探したが、どれも同じ形で並んでいるからもうわからなかった。ガラス張りの正面玄関に目を向けると、女性の後ろ姿があった。鍵の閉まっている扉を開けようとしているらしかった。体重をかけて押したり引いたりしていたが、開かないとわかると今度はガラス戸をどんどん叩いて扉の隙間から、おーい、開けてくださーい、と呼んでいるようだったが、やがて諦めて通りの方に戻ってきた。

あ、と窓目くんは思って、私の名前を呼んだ。

呼ばれた私が窓目くんの方を見て驚いていると、窓目くんは片手をあげて困ったような笑顔になった。窓目くんは私のことを名前で呼んで、それから私が滝口の配偶者だと思ったけれども、自分以外の男性の配偶者を呼ぶ適当な呼び方が窓目くんは思い浮かばず、滝口の妻、というのも変だし、結婚相手、とか、パートナー、というのも据わりが悪いし、結婚前から知っていて、ふだんも名前で呼ぶから名前で呼べばそれで済むのに、こうして文章になると別の呼び方が必要になる。

なにしてんの、仕事？　と窓目くんは私に訊いた。私の仕事は出版関係にも及ぶから、講談社に来ていたとしても不思議ではないし、実際何度か来たこともあった。でも今日は違う、と私は応えた。用事があったんだけど、閉まってた。

日曜日だからね。ねえ、いまお腹減ってる？

減ってる、と私は応えた。

じゃあ一緒になんか食べに行こうよ。

ジョナサンで（一）

それで妻と窓目くんは、音羽通り沿いのジョナサンに入った。

いやー、春だね、窓目くんは生ビールを飲んで言った。

そうだね、と妻はドリンクバーで注いできたアイスティーを飲んで応えた。窓目くん髪切った？

あ、気づいた？　さすが。さっき切ったんだよ。

さっぱりしたね。いいね。

いいよね、今日はいい感じに切ってもらったと思うんだよ。今日は最高だよ。

窓目くんは、昨日の夜からいままでのことを順番に妻に話して聞かせた。昨日は八朔さんたちと花見をして、そこには私たち夫婦もいた。そこで窓目くんは飲み過ぎて酔っぱらい、夫に帰るようにうながされて半ば怒ったように出ていったのだったが、窓目くんはそのことは全然覚えていない。ゆうべは少し酔っぱらってたみたい、気づいたら田無の駅にいて終電が終わってたから結局タクシーで帰ったんだよ、と妻に言った。俺、なんかみんなに迷惑かけなかったかな。

酔ってたからみんな心配してたよ、と妻は言ったが、言ってから、誰もべつに心配はしてなかったかな、と思った。

窓目くんのあとを追って外に見送りに出た夫の前で窓目くんは急に泣きだして、なんで泣いているのか夫はわからなかったが、うまく理由を説明できないけれども泣きたくなることは誰にもあるだろう、自分にもあるし、と思った。窓目くんは、自分が泣いたことはみんなには言わないで、と夫に言って、夫はその約束を守って誰にも言わなかった。だから妻はそのことは知らないし、窓目くんも覚えていないから知らない。窓目くんが八朔さんの家を出ていったあと、八朔さんがみんなの前でぽろぽろ涙を流して泣いたのを妻はその場にいたから知っているが、夫にはそのことは話さなかった。夫はそのことは知らないし、もちろん窓目くんも知らない。

日曜日の午後の護国寺のジョナサンは空いていた。店内には互いに離れた席に数組の客がいるだけで、窓目くんと妻が向かい合わせに座っている窓際のボックス席も詰めれば六人くらいは座れそうに広々していて、近くの席にも誰もいないので貸し切りみたいな気分になった。

頼んだ料理が来た。妻はサーロインステーキとエビフライの御膳を頼んだ。ステーキの横に、というかステーキの上にのっかるように頭つきの大きなエビフライがふたつ、ほかに付け合わせのじゃがいもやら野菜やらもあり、ご飯と味噌汁がついていた。すげえ食うね、と窓目くんは妻の料理を見て言った。

御膳だよ、と妻は応えた。

窓目くんが頼んだのはラーメンだったが、丼の上に鯛の頭がのっかった豪奢な代物で、一緒に焼きおにぎりまでついてきた。麺を食べたら、残ったスープと鯛の身を焼きおにぎりにかけて鯛茶漬けにして食べるように、と運んできた店員さんが説明をしていった。

なにそのラーメン、うける。

いいでしょ。御膳だよ。

ふたりの料理が揃ってテーブルの上に並ぶと、ふたりでは広過ぎるくらいに感じていた席も卓面も適切で必要な広さに思え、料亭みたいだな、と窓目くんが言った。空腹のふたりはなにかに挑みかかるようにそれぞれの料理にとりかかり、うまい、おいしい、と言い合った。窓目くんは早々にビールを飲み干しお代わりを頼んだ。

さっき、あんなとこでなにしてたの？　窓目くんが妻に訊いた。

ステーキにナイフを入れながら妻はなんと応えようか少し迷ったが、切り分けたステーキをひと切れ口に入れ、噛んで飲み込んでから、講談社に文句言いにきたんだよ、と言った。

へえ、と言って、窓目くんはまだ麺を食べ終えてないのに、スープをおにぎりにかけてお茶漬けをつくりそっちも一緒にすすりはじめた。さっき、護国寺の境内で想像していたファミリーマートのハムサンド、ツナマヨネーズのおにぎりへの渇望は、このジョナサンのやたら豪華なラーメンで満たされた。そもそも午前中に家を出てすぐの頃には駅前のラーメン屋に行こうと思ってもいたのだから、結果オーライ、今日は本当にいい日だ、と窓目くんは思った。駅前のラーメン屋がまだ開いてなかったので満開のきれいな桜を見たりしてぶらぶら歩いていたら思いがけず髪を切ることになって、美容師の草壁さんと旅に出た。伯耆大山のふもとに咲き広がるあの一面の菜の花。それからお寺のお堂で数百年の時間に思いを馳せたり猫と一緒にまどろんだりして、空腹にもかかわらず食事をとりそこねたたままもう午後三時過ぎになってしまったわけだけれど、こうして親友の妻に思わぬ場所で出くわして一緒にご飯を食べることになり、少し前まで今日の昼飯という、人生で今日の昼にしかない食事をどこでとるべきか決めあぐねていたのが馬鹿馬鹿しくなるくらいに、ぱっと目についたジョナサンに入って、いま目の前にあるのはこれ、鯛の頭が載ったラーメンと鯛茶漬け。ビールもおいしい、最高、と窓目くんは妻に言った。

よかったね。

あ、と窓目くんはなにかを思い出し、店員さんを呼ぶボタンを押した。ピンポンと店内にチャイムが鳴り、メニューになにかを探していた窓目くんは、やって来た店員さんに、天麩羅ありますか？　と訊いたが天麩羅はなかった。あ、じゃあいいです。代わりにハイボールください、と窓目くんは店員さんに言って、妻の方に向き直ると、なんでジョナサンか知ってる？　と言った。

え、知らない。

天麩羅ちゃんの名前、ジョナサンっていうんだよ。

ああ、と妻は応えた。が、さっきから窓目くんの話のはしばしで少しずつ意味がわからなかった。自分がさっき言った、講談社に文句を言いにきた、という発言が、へえ、のひと言で済まされたのも不服だった。

天麩羅ちゃんとは昨日の花見で一緒だった。夫や窓目くんと高校からの友達のけり子さんの夫で、イギリス人だけど両親はスリランカのひとで、国際弁護士で、いまは日本とロンドンを行き来しながら企業の法務部かなにかで仕事をしている。日本で天麩羅を食べたらおいしくて感激して大好きになって、それからけり子さんや日本の友人たちから天麩羅ちゃんと呼ばれていた。そういえば本名はたしかにジョナサンで、いま自分と窓目くんがいるファミリーレストランと同じ名前だったことに、いま言われるまで気づかなかった。で、なんでジョナサンなの？　と妻は窓目くんに問い返した。

なにが？

ジョナサンはなんでジョナサンなの？

どっちのジョナサンの話？

もういい。

窓目くんは昨日からまだ酔っぱらっているのかもしれない。あんなに無茶苦茶な飲み方をするのだから、平常時もちょっと変なのかもしれない。いまのやりとりなど少しも気にとめない様子で、今年の春の自分に何日か訪れてくれるいい一日のうちの一日が今日だと思う、と窓目くんは言って、ハイボールをひと口飲んだ。いままで生きてきて、そんなふうに思うことは何度もあったし、そういう一日、そういう瞬間があるおかげで生き延びられてきたと思う。

妻はエビフライの頭をナイフで落とし、フォークに刺した身にタルタルソースをつけて食べた。特になにも応えなかったが、ごくたまに訪れる、ああいまはいい時間だな、今日はいい日だな、と思える瞬間のおかげでどうにか生き延びられる気がする、という発言には同意できると思った。

いやー会えてよかったね今日、と窓目くんは言った。

窓目くんは、と妻は言った。自分のことを小説に好き勝手書かれていやじゃないの？　妻の知る限り、窓目くんは夫が書く小説を残らず全部読んでいた。妻である自分よりもよほど熱心な夫の読者だ。自分よりもずっと付き合いの長い、夫と窓目くんのあいだのことを妻は全部知っているわけではなかったけれど、自分の読んだ限り夫の小説には必ずと言っていいほど窓目くんらしき人物が登場した。そして最近ではとうとう窓目くんという名前の人物まで登場するようになっていた。窓目くんは当然夫が書いたそれらの小説も読んでいるはずだからそのことに気づいている。そのことを窓目くんはなんとも思わないのか。

いや、あれは俺そのままじゃなくて、小説のなかの人物だからね、と窓目くんは言った。夫も同じことを言うのだった。

あれはもうほとんど窓目くん、窓目くんそのものだよ、妻はそう言って、アイスティーを飲もうとしたがグラスが空だったので、ちょっと飲み物もらってくる、と言って席を立ちドリンクバーの方へ歩いていった。

席に残った窓目くんは鯛の頭をつついて身をほぐし、箸でスープに沈む麺をたぐってすすり、それから鯛茶漬けをすすった。半分に割られて丼のラーメンの上に載せられた鯛の頭は一度焼いてあるようだった。白い目玉はどこも見ていない。鯛の頭のまわりにはあさりやらわかめやらが配してあって、鯛の頭をつついているうちに骨や貝殻が邪魔で食べづらくなってきた。殻入れが欲しいな、と思いながら、前にも妻に同じようなことを訊かれたことを思い出した。

明らかに窓目くんをモデルにした、窓目くんとしか思えない人物が小説のなかに書かれているが、窓目くんはそれがいやじゃないのか。自分がなんと応えたのだったか、窓目くんは覚えていなかったが、別にそんなに迷惑には感じてこなかったし、いまも感じていないので、そのときもだいたいそのように応えたはずだった。さっき言ったように、あくまでそれは小説のなかの話であり、小説のなかの人物である。だからいくら自分のように見えてもそれは勘違いだ。勘違いというか、ひと違いだ。自分が読んでもこれは自分のことだ、と思うけれども、そのとき思う自分というのは現実の自分とは一緒じゃない。だから、自分のことだ、というのは同時に、これは自分じゃない、と思うことでもある。滝口は、俺の俺じゃない部分だけを書いているのかもしれない。ちょっとどういう意味か自分で言っててもよくわからないが。

妻がアイスティーをグラスに入れて戻ってきた。窓目くんこれ使いなよ、と空のスープカップを渡した。殻入れに。

めた。

あー、嬉しい。ありがとう、と窓目くんはスープカップに鯛の骨やあさりの殻を移しはじめた。

妻はまたステーキを切り分けて口に運び、エビフライにタルタルソースをつけてかじり、付け合わせのじゃがいもを食べ、ご飯を食べ、味噌汁を飲んだ。

窓目くんはハイボールをひと口飲んで、たとえば俺と滝口の両方を知っているひとなら、と言った。滝口の小説のなかに出てくる俺に似てる人物を読んで、俺がモデルになってる、あるいはほぼ俺そのまま、みたいに思うかもしれないけど、滝口の小説はそもそもそんな大勢に読まれないし、俺と滝口のことをよく知っているひとたち、たとえば八朔さんとかけり子とかは滝口とも俺とも仲いいしよく遊ぶけど、だからといって滝口の小説をあいつらはほとんど読まないから、そのことに気づいているひとは誰もいないっていうか、と窓目くんはそこでひと呼吸置いて妻の名を呼び、滝口の小説を読んでそんなことを思うのは自分と妻のふたりだけなのではないか、と言った。

だとしても、と妻は応えた。読む人数の多い少ないと、他人のことを勝手に小説に書いていいかどうかは、別の問題だよね。

それはそうだ。

窓目くんは無断で書かれてるわけでしょう。

いや、無断ってわけじゃないよ。

そうなの？

そうだよ。

書くことを許可してるの？

いや、わざわざ許可とかはしてないんだけど。

じゃあ、無断じゃん。

そうか、無断か。

いやなこと書かれたら泣き寝入りするの？

書かれてみてから気づいたんだけど、俺、あんまり書かれていやなことがないんだよな。

ちょっとおかしいんじゃない？　と妻は言った。窓目くんはちょっと特殊だよ。

窓目くんは、そうかもしれない、と言った。小説書く奴が結婚相手だと大変だね、いやなこともあるよね。


その年の春に講談社の定期刊行物ではじまった夫の連載は、夫が妻より早く起きて花に水をやったり部屋を片づけたりする場面からはじまっていた。寝ている妻を起こさないように、などと言い添えながら夫は皿を洗い、洗濯機をまわす。そこは、明らかに私たちの家だった。そこに書かれた家のなかの様子や、聞こえる音、一階に住む大家さんのことなども、全部そのまま私と夫の生活だったけれど、夫に書かれた私に私は全然納得がいかなかった。いつの間にか目を覚ましてなにか朝ご飯を食べたらしい私は、夫に見送られて仕事に向かった。書かれた私は近所の病院の庭にある好きな椿の花もほとんど素通りして、その朝大家のおじさんが仕事を引退することも知らずに、夫からなにも聞かされずに、馬鹿みたいに自転車で仕事に行く。それでいかにも脳天気に、引っ越しをしたい、などと言うのだった。

そのときの私には、きっともっとたくさんの出来事があったはずなのに、あんなふうに書かれてしまったら、書かれた以外のことが思い出せなくなってしまうじゃないか。夫ひとりだけがすべてを知っているかのようで、私は不服だ。不本意だ。夫だけが全部知っている、そんなはずないんだ。

窓目くんは、なるほど、と思った。これは剣呑だ、とも思った。考えてみれば当たり前のことではあった。自分が誰か他人に書かれて、文章のなかに自分を発見したとき、誰もが俺のように好意的にその自分を眺められるわけじゃないんだな。窓目くんはそう思い、自分が親友の書く小説のなかに自分によく似た人物を見つけたとき、自然とその人物を好意的に見ていたのだと気づいた。俺はたしかに彼らが好きだ。けれどもこのひとは違うんだ、と目の前にいるその書き手の妻を見て思った。聞けば今朝、夫婦はそのことでけんかになって、それで妻はこれ以上本人に言っても埒があかないのでと、半ば八つ当たりというか当てこすりのようなつもりで、講談社に文句を言いにきたのだという。

わかった、と窓目くんは言った。じゃあ飯食ったら俺も一緒についてくから、もう一回講談社に文句言いにいこう。

ジョナサンで（二）

妻は勢いで頼んだサーロインステーキとエビフライがセットになった御膳を自分が完食できたことに自分で驚いた。そればかりか、いまは食後にコーヒーを飲みながらいちごパフェにスプーンを差し入れていた。

朝、夫とけんかになって、家を飛び出し、というほど劇的ではないものの、出かけてくる、と行き先も言わずに家を出てきて、電車に乗って護国寺駅で降りて、講談社の正面玄関でガラス戸を叩きながら開けろ開けろー、誰か出てこい、と言ってみた。その自分の行動力、その原動力にかかるエネルギーの大きさを、自分の食欲に知らされたような気持ちだった。さっきの御膳と、このパフェとで、いったい何カロリーくらいあるのだろうか。

前に座っている窓目くんも、鯛の頭が載ったラーメンを、セットになった焼きおにぎりまで全部完食し、生ビールを二杯とハイボールを二杯、そしていまはコーヒーを飲みながら、いちごサンデーを食べていた。窓目くんは酔っても顔色や表情があまり変わらない。ゆうべの窓目くんの飲み方や食べ方がまだ記憶に新しい妻は、その平静さがかえって不気味だったが、いまに限っては他人のことは言えない。むしろ挑むようにものを食べて飲む窓目くんの旺盛さに共感を覚え、ふたりで囲んだこのテーブルを一緒に盛り上げたい、みたいなことを思った。

うまい？　パフェ、と窓目くんが妻に聞いた。

おいしいよ。どうぞ、と妻がパフェの背の高いグラスを窓目くんに差し出した。巨大なパフェのグラスは持つと重かった。グラスの縁に生のいちごが並び、ピンク色のいちごアイスの上には渦巻きの白いクリームが載って、そこにもいちごソースのようなのがかかっている。てっぺんにはミントの葉が載っている。下の方にも白と赤がきれいに何層にも重なっているがまだそこまでは食べ進んでいない。窓目くんはスプーンを差し込みひと口すくって食べた。うめえ。

いちごも食べなよ。いっぱい載ってるから。

いや、俺のにもいっぱい載ってるから。食べる？　これ。

窓目くんの頼んだサンデーは、広口のグラスに円錐台のプリンが盛られ、その横に大きないちごがカットされないまま三つか四つごろごろと並び、上にはやはり渦巻きのソフトクリームが載せてある。

おいしい？

うまいよ。えーとね、と窓目くんはメニューを手にして、自家製プリンとあまおう苺のサンデー、とメニューの名前を読んだ。食べる？

いらない。

パフェとサンデーってなにが違うんだ？　窓目くんはそう言って、スマホを取り出し検索をはじめた。前にも調べたなこれ、と言いながら、左手でスマホを操作し右手でサンデーを掘って口に運んだ。

妻は、空腹が満たされ、甘いものの欲求も満たされると、さっきまでの自分に漲《みなぎ》っていた行動することへの意欲が急速に鎮まってくるのを感じていた。あれはなんだったのだろうか。一時間前に講談社の玄関で戸を叩いていた自分が信じられない。なんだったのだろうか、というか、それは夫への怒りとか苛立ちだったのだけれど、それなら夫に直接向ければよかったのに、どうしてか今日はこんなところまでやって来てしまった。夫を困らせてやろうと思ったのだろうか。いや、と妻はパフェを掘りながら思った。そうではなく、夫に書かれた自分、というか夫が書いたもののなかにいた夫の妻なる人物に自分の不服さを伝えてやらなくてはいけない、そんなふうに思っていたのかもしれない。

ああ、そうだった、と窓目くんがスマホの画面を見ながら言った。私の方を見て、パフェはフランスでサンデーはアメリカだってさ、と教えてくれた。そういえば今日はサンデーだね。ジョナサンデー。

講談社に来たからといって、講談社の刊行物のなかに出てくる人物がそこにいて会えるわけではない。当たり前だけれども。それはわかっている。窓目くんが言うように、そこにいるのはどんなに自分だと思えても、現実の自分と一緒ではない。だから講談社に来たところでそこに私はいない。それに書かれて迷惑を被るようなことを書かれたわけでもない。これまた窓目くんが言っていたように、そもそも夫の小説を読むひとがあまりいない。そして、もし知人や友人に読まれたところでなにか現実の自分にかんして誤解されたり、あのようなことはすべきでないよ、と注意されるようなことが書かれていたわけでもない。文章のなかの自分は、朝の家で目を覚まし、ご飯を食べて、仕事に出かけていた。わりと機嫌もよさそうで、夫とも仲がよさそうだった。それに、夫からは事前にそのようなものを今度書くつもりなのだけれど、と家のなかのことを少し書いても構わないだろうか、という相談もされていた。そして妻は、どんどん書け、と背中を押したのだった。忘れてたけどそうだった、いま思い出した、と妻はパフェを掘りながら思った。その言質《げんち》をとられていた感じ。それは今朝のもめごとにおいて自分に不利に働くだろうか。いや、と妻は思った。有利とか不利とかは関係ない。今朝の自分が、不服だったこと、怒りを覚えたことの方がずっと重要だ。私たちのもめごとは裁判ではないのだ。夫は言った言わないとか、論理的な整合性を口論の材料にしがちだけれど、不服な瞬間があったこととそれらは別問題だ。それに、どんどん書け、の気持ちにはいまも変わりはない。これから夫の作風が突然変わり、恋愛小説とか殺人事件とかを書きはじめるということはたぶんなく、きっとこれまでのようにたいした事件も起きず、驚きの結末が用意されているわけでもない文章を夫は書くのだろう。もちろんそれでいいと思う。読者とか本を買うひともこれまで通り決して多くはないままだろうけど、それでおもしろいものが書けるなら家のことでも妻のことでもなんでも書けばいい。書かれた方が迷惑するようなことを書けばいくらか読者が増えるかもしれない。

俺あそこで煙草一本吸ってくんね、と窓目くんが喫煙室の方を指して言った。

行ってらっしゃい。

席を立って歩いていく窓目くんの後ろ姿の背中にある茶色い小さなバッグを見て、窓目くんはいつもあのバッグ背負ってるな、と妻は思った。いつもあのバッグを背負って、お酒を飲んでる。夫が書いたもののなかに出てきた窓目くんをモデルにしたと思《おぼ》しきひとたちも、妻のなかではみな窓目くんの風体に自然と変換されていたようにも思うが、といってなにからなにまですべて窓目くんのままというわけではなく、誰も少しずつ違う。というか、その少しずつ違う窓目くんたちの差異が、現実の窓目くんを前にするとその窓目くんの実体のなかに溶けていくような感じがする。仏像とかみたいだ。ああそうか。私は現実の窓目くんより先に、文章のなかの窓目くんたちのことを知ってるんだ。夫の書いたもののなかにいる窓目くんたちは、そのときどきで名前も気性も姿形も違う。自分にはどれも窓目くんに思えるけれども、彼らは少しずつ違う複数であるから、ひとりの窓目くんとして想像することができない。でもこうして現実の窓目くんを前にすると、そこにはたしかにひとりの人間としての窓目くんがいる。妻には、現実の窓目くんをもとに文章のなかの窓目くんたちが生まれたというよりは、文章のなかの窓目くんたちの少しずつ違うその差異が寄り集まって、いま喫煙室に行っていてそこで煙草を吸っている窓目くんが生まれたように思えてしまうのだった。

妻は小さい頃に「あかたろう」という昔話を聞いたのを思い出した。桃から生まれたのが桃太郎だが、あかたろうは垢から生まれたのであかたろうだ。ふたりだけで暮らしていたおじいさんとおばあさんが体をこすってでた垢をこねて人形をつくってみたら、それが命を得てあかたろうになったのである。あかたろうはおじいさんおばあさんにかわいがられてすくすく育って大きくなった。家の屋根をも越す大男である。それでそのあとどうなったのかは思い出せず、もしかしたらほかの話とごっちゃになっているかもしれないが、とにかく現実の窓目くんは、窓目くんたちからこぼれ落ちたものらが集まって生まれたみたいに思えた。自分も同じように思われる、というか読まれるのかもしれない。これはたしかに私だが、これは私ではない、けれども文章のなかの私の方がまるで本物みたい、というふうに思われるのかもしれない。夫の文章のなかで書かれていた妻に、私はなにを伝えたかったのだろうか。書かれることでなにかに利用された、そういう種類の不服さではなかった。あの日の自分の見たもの聞いたもののすべてがそこには書かれていないことが不服で、もちろんそれが誰のことであれ、たとえ自分のことであっても、すべてを書き記すことは不可能で、それもよくわかっているつもりだった。しかし、すべてを書き記すことなく書き記されたものは、まるでそれがすべてで真実だったかのように思わせてしまう。夫に書かれたあの日の自分のすべてを妻はもう思い出せないし自分で書き記すこともできないが、そこに書かれた以外のたくさんのことがあったはずだということだけはわかる。なるほど、小説というのはそうやってすべてを記録できないこの現実を、言葉で書き換えて読んだり話したりできる形にするものなのか。窓目くんがいなくなっても、文章のなかの窓目くんたちは残る。それは本物ではないが、そこには本物の窓目くんがいる。

窓目くんが喫煙室から戻ってきて私を見ると、驚いたように半笑いの顔つきになった。なんで泣いてんの？　どうしたの？

え？　と妻は自分でも気づかなかった自分の涙に驚いた。

どうしたの？

いや、なんでもない。

大丈夫？

大丈夫、そう言って妻はパフェにスプーンを入れてひと口、ふた口と食べたが、そのあいだもときどきぽろぽろと涙が落ちた。

窓目くんは少し困っていたようだったが、妻がなにも言わないので自分もまたサンデーを食べはじめた。コーヒーを飲み干して、俺もう一杯飲むけど注いでくる？　と妻に訊き、妻はありがとう、と自分のカップを渡した。窓目くんはカップをふたつ持ってドリンクバーの方に歩いていき、妻はそのあいだに、自分の意志や認識と関係なく涙がこぼれている事態をおさめるべく、涙を拭き、背筋を伸ばし、頭のなかの考えといま護国寺のジョナサンにたしかに座っている自分の体とをひとつに束ねるように、気持ちを落ち着けた。窓目くんがコーヒーカップを両手に持って戻ってきた。

ありがとう、と妻は言った。少し前までの、ふつうに話をしていたときの自分になっているはずだった。

俺もときどきあるよ、と窓目くんは言った。なんかよくわかんないけど泣いちゃうこと。

ほんと？

うん。自分でもなんでかよくわかんないけど、泣いたり、あと怒ったり。だいたい酒飲んでるときだけどね。

ゆうべ八朔さんの家で、窓目くんと夫がいないときに、八朔さんが突然涙を流しはじめた理由を、妻は未だによくわからないでいた。不意に自分を襲った動揺について、涙のおさまったあとに八朔さんは説明をしてくれたが、それは聞いたところで腑に落ちるようなものではなかった。彼女の感情が突然大きく振れたのだ、ということだけわかった。思い出し笑いみたいなもの、と八朔さんは言っていた。笑うと泣くでは結果が全然違うけれど、なにかを思い出すのは泣くためでも笑うためでもなく、自分のコントロールも利かず、こうやって不意に襲われるみたいに思い出すのだから、その結果泣こうが笑おうが、思い出す者にとっては事故みたいなものかもしれない。

夫の友人たちは、もっと余裕のあるひとたちだと思っていた。ひと前で急に涙を流したり、取り乱したり、感情の昂ぶりに任せて出版社の戸を叩いたりしないひとたちだと思っていた。

そんなことないよ、と窓目くんは言った。俺はしょっちゅう泣くよ。

酔っぱらって？

酔っぱらって。そう応えた窓目くんの頭に、いくつもの、そんな夜の記憶がよみがえる。

泣いた自分のことは思い出すが、それぞれの夜に自分がなぜ泣いたのかは全然思い出せない。自分が思い出せない自分が泣いた夜も、きっとたくさんあることだろう。自分は覚えていなくても、一緒にいたひとが覚えている。酔って急に泣き出すひとのことは印象に強く残るから。そのひとの記憶から消え去っても、ほかのひとの記憶には、泣いている自分の姿が残る。姿は残るが、その理由はまわりにいるひとにはわからないし、俺自身も思い出せないのだから、永遠に謎だ。理由なんかなかったとしても謎は謎だ。それは誰にもわからない。理由がよくわからないのに自分の体から涙が流れてくる、ということはある。自分と同じように、ほかのひとが泣くのを見たことだってたくさんある。あなたの夫だって、そうですよ、と窓目くんは向かいに座る妻を見て思ったが、いまは言わなかった。

ひとは自分の体に起こることの理由を全部知っているわけではない。考えてみれば当たり前だけどそれは忘れがちで、自分の体の反応や現象に驚くことも多い。酔ってると特に多いし、三十五を過ぎたくらいからいっそう増えた、と窓目くんは思った。滝口の妻は酔っていないし、ふだんはおとなしいひとなのに、大きな出版社に乗り込んで文句を言おうとしている。そんな馬鹿げた行動は止めるべきかもしれないが、馬鹿げているからこそ、俺は彼女をいま止めるべきじゃない、と窓目くんは思った。彼女のその行動にはきっと、勝手に出てくる涙みたいな、俺の人生の大半を占める酔っぱらった夜たちのぼやけた輝きみたいな、不意に聞こえてきた音楽に背中を強く押されるみたいな、そういうあれがきっとあった。

それ食べたら行こう、講談社に、窓目くんは店の窓から音羽通りを隔てて見える講談社のビルに一瞥をくれてそう言い、いろいろ考えつづけながらも食べ続けていたいちごサンデーを最後のひと口で空にした。

うん、と妻はまだ半分ほど残っているパフェをスプーンでつつきながら応えた。それからパフェのグラスを差し出して、これ、お腹いっぱいになっちゃったんだけど窓目くん食べられる？　と言い、窓目くんは、え、いいの？　全然食えるよ、とグラスを受け取り、いちごパフェを食べはじめた。うめえ。じゃあこれ食べたら行く？

うん、でもまだもう少しここにいたい、と妻は応えた。

煙になる

それでジョナサンを出た頃には妻はもう一度講談社に文句を言いに行く気はなくなっていた。窓目くんと妻は音羽通りの歩道を不忍通りとの交差点の方へ、つまり護国寺の方へ歩いた。窓目くんはさっきまで護国寺にいたわけだが、そのことは妻には話していなかった。夕方四時を過ぎて、少し肌寒くなったもののまだあたりは明るかった。

ふたりは、さっき窓目くんが避けて通らなかった不忍通り沿いの交番の前を通って、すると右手の奥には護国寺の大きな山門が見え、その奥に続くお寺のなかの敷地やお堂へのぼっていく階段なども見え、ふたりの足は自然とそちらに向かった。

山門をくぐったところに喫煙スペースがあるのを数時間前にそこで煙草を吸った窓目くんは当然知っていて、するとまた煙草が吸いたくなった。山門を抜けてベンチや灰皿の置かれたあたりにさしかかったところで、ちょっと煙草一本吸っていい？　と窓目くんは言った。いいよ、と妻は応えた。私にも一本ちょうだい。

いいよ。妻がふだん煙草を吸わないことを知っている窓目くんは少し驚いたが、ふだん吸わないからと言っていま吸っちゃいけないわけじゃない。吸いたいときもあるだろう。でも俺の、電子煙草なんだよ。

昔はそうやって喫煙所で一本あげたりもらったりしていたが、電子煙草だと吸引器具を持っていないひとに煙草を分けられない。器具を持っていても種類が違うともらい煙草はできない。

じゃあこれ貸すから先に吸う？　と窓目くんは吸引器具にカートリッジを差し込んだのを妻に差し出したが、じゃあいらない、と妻は言った。

窓目くんは、ごめんね、と妻に謝り、ボタンを押して煙草を吸いはじめた。すっかり電子煙草を吸うのにも慣れてきたが、ときどき、それをぎゅっと握るように持っていることの違和感に襲われる。紙巻き煙草でそんな持ち方をしたら火傷をする。

煙が出なかったら煙草なんか吸わない、とずっと昔にけり子が言っていたのを窓目くんは思い出した。うまいのまずいのっていうよりさ、こんなに毎日十本も二十本も吸って、それが別になんにも残らないで全部煙になるからいいんだよ。

あの頃は煙草が電化するなんて想像していなかった。いまも煙は出ているが、これは水蒸気で、ここでは燃焼でなく蒸発が起こっている。けり子は電子煙草が普及するずっと前に、もう煙草は吸わなくなった。滝口ももうだいぶ前から煙草は吸わなくなった。

昔は、若い頃は、と窓目くんは念を押すように思った。三人が集まればとりあえずみんな煙草を吸っていて、なにを話していたのかはもうよく思い出せなくて、それこそ煙になって消えたみたいだった。けり子の口元にも、滝口の口元にも煙草があって、煙が出ていた。ふたりが吸っていた銘柄まで思い出せた。けり子は赤のマルボロで、滝口はラクダの絵のキャメルマイルドだった。俺はラッキーストライクだった。なにを話していたかは思い出せないのに、煙草のことだけどうしてかこんなに覚えている。好きな娘がいつも煙草を吸っている「プカプカ」というフォークソングを思い出し、それが窓目くんの頭のなかで流れはじめた。

八朔さんは煙草は吸わなかったが、高校生の頃に煙草を買って一本だけ吸った。残りは引き出しに隠していた。八朔さんは窓目くんの大学の後輩だから八朔さんの高校生の頃のことは窓目くんは知らない。なにがあって八朔さんが煙草を買って吸ってみたのかも、聞いた気はするけど忘れた。けれどもその煙草がクールだったのを窓目くんはなぜかはっきりと知っていて、行ったこともない八朔さんの実家の部屋の机の引き出しに、白地に緑色でＫＯＯＬとある昔のデザインの箱がこっそり納められている、その映像まで浮かび、鼻の奥にメンソールの香りまでよみがえるような気がするのはどういうわけなのか。

窓目くんは昨日八朔さんの家で会った八朔さんの娘の円を思った。お前のお母さんの高校時代の話だ。そして、こうしてなにやら感傷的なことを思うのは、煙草のせいではなく、たぶんさっきジョナサンで不意に日にした涙のせいかもしれない、と窓目くんは思い、山門を見上げている妻を見た。

あ、あなたさっき玄関でドア叩いてたひとでしょ、という大きな声がした。窓目くんがそちらを見ると、やはり灰皿の横で煙草を吸っている中年の女性が、妻を見てそう言ったらしかった。咎めているようにも、なにかおもしろいことを発見したようにも聞こえた。妻は、あ、と笑顔になった。

だめですよ、あんなことしちゃ。私講談社の警備員ですけどね、どうしようかと思いましたよ。

女性は肩からバッグを掛けて、ウインドブレーカーのようなのを着ていた。ねずみ色のスラックスのようなズボンは女性の普段着としては少し違和感があり、警備員の制服なのかもしれなかった。

へたしたら、捕まりますよ。すぐそこが大塚警察なんだから。

妻は笑顔をたもったまま、ははは、と彼女に向かって笑い声をあげた。

笑ってごまかそうとしている、と窓目くんは思った。妻のその笑い方を窓目くんはよく知っていた。心とは裏腹に明るい声だけ張り上げたようなその笑いをそれまでそんなふうに思ったことはなかったけれど、いまこうして、行き過ぎた行動を咎められている状況にあって彼女を観察していると、これまでに何度も見たその笑い方が、どこか気丈さを装ったり、別のところにある本心とか後ろめたさを隠したりするためのものだったように思われたのだった。

警備員の女性は、四時までだった今日の勤務をあがったところだった。仕事が終わるといつもここで一服してから帰るのだと言った。ここで煙草を一本吸って、本当であれば参道の階段を上までのぼりたいところだけどそれは大変なので勘弁してもらって、山門から山上に一礼して、それから地下鉄に乗って帰る。講談社のビルは地下で有楽町線の護国寺駅と直結していて、職場からそのまま駅に行くこともできるが、そうはしない。職場内にも喫煙スペースはあって同僚には喫煙者も多いが、自分は仕事中は煙草は吸わない。日中なら朝から八時間、夜勤なら夜じゅうずっと建物のなかにいるから、帰るときにそのまま地下に潜るのではなく、一度表に出て、お寺のきれいな空気を吸って、煙草を一本吸って、それから帰る。

仕事終わりに外で一服してから帰る、その気持ちはわかる、と窓目くんは黙っていたが内心で同意した。きれいな空気だと煙草がうまい、それもわかる。お寺や神社というのは、こんなふうに車だらけの街なかにあっても、一歩そのなかに入るだけで不思議と空気がきれいに感じる。気のせいなのかもしれないがひとの感じる空気のきれいさとか煙草のうまさなんてのはみんな気のせいみたいなもんだろう。

彼女はべつに妻を怒っているわけではなかったが、玄関に妙な女性がいるからもう少しそこから動かないようなら行って注意しようと思っていたらしい。そしたら誰かが呼びに来て連れてってくれたからよかった、と警備員の女性は言って、あ、あのひとね、と少し離れて立っていた窓目くんを見つけた。窓目くんが会釈を返した。女性は、講談社には昔ビートたけしとたけし軍団がフライデーに文句を言いに来たことがあってね、となんとなく聞いたことのある事件の話をはじめ、大変よ、怪我人も出て、たけし逮捕されちゃったんだから、と見てきたように顚末を語った。その事件以来、講談社では警備が厳重になったのだという。窓目くんは煙草を吸いながらスマホでその事件のことを検索した。一九八六年だから俺はまだ四歳の頃だ。警備員の女性はまさにその厳重になった警備を日々担っているわけだが、話を聞いているとどちらかというと彼女は講談社よりもビートたけし側の肩を持っているような感じもあり、そりゃあいくら芸能人だからって家族や友達のこと好き勝手に書かれたら怒るよ、それはわかるよ、などと言うのだった。

ですよね、と妻は応じ、私もそう思うんですよ、と言った。おねえさん、煙草一本もらえますか。
いいよ、と警備員の女性は上着のポケットから白い煙草の箱を取り出した。蓋を開けて箱を振ると二、三本煙草の頭がすべり出てきて、そのうちの一本を妻が会釈しながら抜き取った。女性は煙草をしまった上着のポケットから今度はジッポを取り出して、軽快な金属音をたてながら蓋を開け妻の方へ大きな炎を差し出した。妻はまた会釈しながらくわえた煙草の先に火を点けてひと吸いした。

窓目くんは電子煙草ではできなくなった一連のそのやりとりを眺めていた。日が落ちたせいか、空に雲がかかったせいか、さっきよりあたりは少し薄暗く、水色がかって見える空気のなかに、なぜか意気投合しつつあるように見えるふたりの女性の白い煙が吐き出された。煙はあたりに広がりながらのぼっていって、見えなくなった。

夫が、と妻が煙を見ながら思った。この護国寺にお葬式に来た。去年の冬のことだと思う。小説の仕事でお世話になっていた講談社のひとが病気でなくなって、ここでお葬式があったのだった。用事があって前夜のお通夜に行けなかった夫は、翌日午前中の告別式に参列した。朝からよく晴れた天気のいい日だった。出棺のときに空を見たらきれいな青色だった。

妻も生前のそのひとに何度か会ったことがあった。夫が講談社から出した本が賞をもらったときのお祝いの会の二次会で、向かいにいたそのひとが、その服かわいいね、と言ってくれた。すごく似合うよ。

そうですか、ありがとうございます、と妻が応えると、それどこの服？　と重ねて訊かれて、えーとこれはですね、と妻は襟元のタグを見ようと引っ張りながら、ずっと力の入っていたお腹や背中がほどけるような、救われた気持ちになった。

その日急にそのお祝いの会に呼び出されて、妻は仕事場から慌ててタクシーに乗った。人前に出るような格好じゃなかったから、銀座のショップで服を急いで探して買い、トイレで着替えて会場に向かった。ただでさえひと付き合いが苦手で、こういう気をつかわなくてはいけない場ですぐにいたたまれなくなる。自分でなく夫の仕事の集まりとなればなおさらで、ばたばた動き回り、高い服まで買ってしまったその日の自分の行動の全部が失敗だったみたいで、やっぱり来なければよかった、と思いはじめていた。でもそのひとは、え、今日買ったの？　かわいいなー素敵！　と私が着ていたその服を、何度も、力強く、ほめてくれたんだった。

喪服を着て出かける支度をしている夫にその話をしたら、夫もそのときのことを覚えていた。いまでも夫婦は妻のその服を、そのひとにほめてもらった服、と呼んでいる。

夫は書き終えたばかりの小説の刷り出しを持ってお葬式に行った。そのひとが編集長だったときに依頼されて書くと約束したまま先延ばしにしていた小説をやっと書き終えたばかりだった。

ひとのお葬式に出るのはずいぶん久しぶりだった。その前に誰の葬式に行ったのか思い出せず、引っ張り出した喪服は少しきつくなっていた。葬式に行くとなくなったひとのことだけでなく、まだ死んでいない自分のまわりのひとたちが死ぬことを考えてしまう。順番に焼香するひとの後ろ姿を眺めながら、妻や、親やきょうだいたち、友人たち、妻のおばあちゃん、大家さん夫婦、その葬式で見かけたり会ったりした小説家のひとたちや、出版社のひとたち、思いつく限りのいろんなひとたちの誰を思っても、みんないつかは死んでしまう。もちろん自分も死ぬ。夫は窓目くんの葬式のことを考える。いつか窓目くんを送るその場には、夫も、妻も、けり子も八朔さんもいて、みんなで窓目くんの遺影を眺めている。しかし眺めている自分たちがまだ生きているとも限らない。そう思えば途端に遺影は自分の顔になり、自分が窓目くんに見送られている。

夫が次に出たのは同じ年にあった友人の父親の葬儀、その次に出たのは三年後にあった自分の父親の葬式だった。そのあと、夫の母親も、妻の親やきょうだいも、おばあちゃんも、大家さん夫婦も、窓目くんも、けり子も八朔さんも、私たち夫婦も、みんな死んだ。先のこと過ぎてもうどんな順番だったか覚えていないけれど、結果としてはみんな死んだ。生きているあいだに考えるのは死者のことばかりだ。

妻は短くなった煙草を最後にひとつ吸って、煙を吐き出し、灰皿に吸い殻を入れた。

窓目くんの顔のあたりから、小さな鼻歌が聞こえた。たぶん窓目くんは自分にだけ聞こえるように歌っていて、その音が漏れていることに気づいていない。途切れ途切れ聞こえるどこかで聞いたことのあるようなその窓目くんの鼻歌に、警備員の女性が鼻歌を重ねたから、妻は驚いた。鼻歌が漏れ伝わっている。警備員の女性は、そうと意識して窓目くんと合唱しているのか、それとも微かに聞こえたメロディに、思わず反応してしまっただけなのか。

八朔さん、川に行く

その煙草を買った日のことを話す気は全然ないけれど、私はその日のことを忘れないだろう。話す気もないある日のことを忘れないというのは変なことかもしれない。私の人生を過去から未来へ流れるようなものとしてここから眺望するとき、どこかに引っかかってその流れを少しだけせき止める流木のようなものだ。あそこに見えているような。

八朔さんはいま川原にいた。川を眺めている。

八朔さんの視線の先には、川床の石に引っかかって水面から突き出た細い木の枝があった。川幅は、その枝の奥に見えている背の高い草の茂った小さな中州を挟み、対岸までは三十メートルか、もう少しあるだろうか。川の水は澄んでいて、流れは穏やかだった。あの突き出た枝は、その周辺の流れにわずかな変調をもたらしている。けれども川上から川下へと流れる流れの大勢に影響するほどでもない。誰かが、あるいはなにかがほんのわずか力を与えれば、根元が抜けるか途中で折れるかして、取り巻く流れに巻かれていき、その引っかかりも、その引っかかりによる微かな滞りも解消して、川はなにごともなかったかのように順調な流れになる。

千葉にある八朔さんの実家の近くを流れる小さな川だった。一緒に連れてきた娘の円は、少し離れたところで川原の石を選んで拾い上げては自分の好きなように並べていた。春先でまだ気温は高くないが、日陰がないので帽子を被せている。八朔さんも日よけの帽子を持ってこようと思って忘れてきた。娘を連れて出かけるときに、ひとつも忘れ物をしない方が珍しい。というかそんなことほとんどない。財布とか、娘の身の回りのものとかを忘れるよりは、自分の日よけ帽くらいなんてことはない。幸い、日射しは強くなかった。そういえばしばらく雨が降っていない。水かさが増えればあの中州は水を被って見えなくなってしまうだろう、と八朔さんは娘から川にまた視線を戻した。あそこに草が伸びているということは、たぶんしばらく水かさが少ないままということだ。

ゆうべ、突然自分が流した涙に、その場にいたひとたちは驚いたことだろう。私も驚いた。どうしてなんの前触れもなく、突然泣き出してしまったのか。その理由はうまく言えない。いまここで言おうと思えばきっと言えるけれど、それは昨日の私を襲った感情とは違うもののはずで、でも言ってしまえばきっとそれが理由になってしまう。昨日になってしまう。そしたらあの枝が流されていくように、昨日の自分の状態も、順調な流れのなかに紛れてしまい、昨日の私が鎮まってしまうだろう。

なんて言ったんだっけ、と八朔さんはこちらに背を、というかしゃがんで突き出たお尻を向けた娘に向かって言った。その声は川原の風の音と、流れる水の音とに消されてしまう。彼女はいま地面に顔を近づけて、無限にある石をひとつひとつ検分している。集中しているから、後ろから小さな声で呼んだくらいでは耳に入らない。地面も、そこに転がる石も、本当に無限にある。

私は、と八朔さんはゆうべの自分に言葉を向ける。表情は変わらなかったが、八朔さんは恥ずかしい気持ちになった。ゆうべの自分は、自分が流した涙のわけを、まるで自分が結婚して旧姓を失ったことの悲しみが不意に湧き上がってきたかのように、説明したんだった。泣いてるけど、思い出し笑いみたいなものだよ、と八朔さんは友人たちに向かって言った。それはいかにも説明らしく、それゆえに誰もがきっと半信半疑で聞いていた。誰もそれを信じもしなければ、疑いもしなかったと思う。彼らは優しい。そして彼らは間違っていない。私の説明は間違っている。

昨日の夕方、まだ酔っぱらって乱れる前の窓目さんが、自分が円と結婚したら、円の名前がマドメマドカになる、と言った。そのやりとりを反芻《はんすう》していたら、なんだか急に泣けてきた。窓目さんが当然のように結婚相手に自分の姓を与えようとしたからではない。そのあとに窓目さんは、それか俺がウエキヒトシになる、とも言っていた。私はその話を思い出して、やがて娘が誰かと結婚したり、それに付随してもしかしたら名前が変わったり、家を探したり、部屋を飾ったり、その先へと延びていく途方もない時間に思いを馳せたり、馳せたその先はわからないことだらけだけど、そのどこかの時点では確実に死が待っている、自分だけではなく、あらゆるひとびとの死と悲しみが待っている、そのことだけはたしかに約束されている、と思うこと、そして絶望的になりかかり、しかしその絶望を一瞬で霧消させるような楽しい瞬間の数々が自分に訪れたことや、これから先もきっと訪れるに違いないこと、あるいはまさにいま訪れていることを、確かめたりもするだろう。八朔さんは、娘よ、と思い、そして、私よ、とも思った。夫よ、とも思った。

たぶん私はゆうべ、自分の名前が変わって旧姓を失ったことが悲しくなったのではなくて、その悲しさが愛おしくなったのだったかもしれない。そのとき娘は別の部屋でぐずっていて、夫はそれをあやしにいっていた。だからふたりともその場にはいなかった。友人たちが集まっていた自宅のリビングで、自分が自分の家族からはぐれたような気持ちになった。八朔さんはそう思いいまも川を見ていて、上流から下流へ流れ来た澄んだ水の穏やかな流れを、生まれ育ってやがて死ぬ、夫とも娘ともはなればなれになる人生を眺望したような気持ちになり、その流れのたしかな一点にいる自分を見つけたような気持ちになった。流れるうちに前とは違う植木という名前になって、その名を持った娘と合流し、それまでの名前はどこか別の支流に分かれたか、石か川原の草木に引っかかっている。そのうちまた自分のもとに流れてくるかもしれない。なにやらそのような見晴らしが心のうちに現れて、悲しい、と思い、そして愛おしい、と思った。なにが悲しく、なにが愛おしいのかはよくわからない。夫や、夫と一緒にいることの悲しさが愛おしさで、愛おしさが悲しさなのかもしれない。ともかく心中に湧いてくる、吉兆のような明るさをその場にいる友人たちに伝えたい、上手に伝えられたらきっと今日のいまこの瞬間を、私の人生を、彼らは祝ってくれるだろう。そう思ったら、涙が溢れてきたのだった。

ほらね、と八朔さんは言った。それらしい理由が言えてしまう。言ったらまるでそうだったかのように思えてしまう。昨日の私が言わなかった気持ちは、私しか守ることができなかったのに。すぐにこうして、こんなにしゃべってしまう。しゃべれてしまう。

八朔さんは、友人たちの前で涙を流したことをそんなに気にしているわけではなかった。花見と謳った宴会はあのあと間もなくお開きになって、友人たちは帰っていき、円はぐずったところを夫に寝かしつけられてそのまままた眠ってしまい、翌朝になれば娘はいつもと同じように昨日のことなどすべて忘れ去ったように跳ね、食べ、泣き、笑う。それに付き合うこちらも昨日のことなど思い出している時間はないのだけれど、日曜日で天気もよく、娘を連れてどこかに出かけようかという瞬間に、ふと昨日の自分の涙を思い出した。円、川に行こうか。

夫は日曜日だが出勤で、朝早くに静かに出ていった。夫はまわりが思うほど物静かなわけではなく、喋るときはうるさいぐらいによく喋るのだったが、ほかに喋っているひとがいると自分は静けさの方にまわるように黙りこみ、ただまわりの話を聞きながら酒を飲んだり煙草を吸ったりしていて、おもしろいことがあってもあまり笑わず、その代わりずっと二割ぐらい笑ったような表情のまま、観葉植物のように座のなかにいようとした。昨日のような八朔さんの友人が多い場だとたいていそうなって、そういう日があると一日二日は同じ調子が続き、家族で過ごしていても無口になる。という夫についての説明もひじょうに大雑把で、本当はまだまだ言い尽くせないことがある。

出かけるしたくをして、ふたりでバスに乗って駅に行き、電車に乗った。学校は春休みの時期で、天気のいい日曜日の電車は、少し混んでいた。座席に座りたがる娘を抱いて窓の外を眺めさせた。娘は知っている名前のものを見つけると、その名前を言う。木、雲、車、犬、病院、ハンバーガー。それらをそのまま言うのではなく、家族三人で一緒に覚えていき、つくりだされてきた呼び方で言う。私たちのあいだだけのものの名前がある。たくさん名前を覚えたね、と八朔さんは円に言った。その名前はきっとだんだん使わなくなって、違う呼び方になっていくだろう。あんたの名前も、と八朔さんは窓の外を流れる景色を一緒に見ながら思う。そのうちに変わるかもしれない。好きなように変えていいよ。苗字だけでない、下の名前だって、変えたかったら好きに変えたらいい。円がまたなにかを見つけてその名を呼んだ。誰にも言えない、知られたくない秘密を、きっとあんたも持つことになるのだろう。それとももう持っているのかもしれないね。それは誰にも言わなくてもかまわない。誰にも知られたくないことは、簡単に言っちゃだめだ。

八朔さんは、実家の自分の部屋の机のなかにある煙草のことを思い出した。実家にはいまも自分の部屋が残されていて、そこには学生時代に使っていた勉強机もまだある。引き出しのなかの煙草はもうとっくに捨てたはずだけれど、引き出しの奥のすぐには見えない場所に置いていたせいで、あの白と緑の箱はいつまでもそこにあるかのように思えてしまう。思い出せば鼻の奥にメンソールの香りまでよみがえってくる。

高校生だった八朔さんが、雨の夜に、自動販売機で買ったその煙草を吸いながら、傘を差して歩いた。黒い路面が濡れて光って、信号機の灯りやコンビニの照明を反射するのを八朔さんは踏みつけて、そのスニーカーに水が浸みこんだ。このまま家には帰らない、学校にも行かない。じゃあどこに行くのかという疑問が八朔さんの歩みに差し挟まれることはない。帰らないことだけが決まっていて、行き先のない歩みもある。そこに止まっていられないなら、そういうふうに歩かなくてはいけないのだ。ビニール傘を打つ雨音は全然響きがなく、鳴った途端に消えてなくなる。この雨ももう止まないだろう。

幹線道路を越え、八朔さんは広い産業道路を海浜地区の方へと歩いていった。道は広いが夜の交通量は少なく、沿道の街灯と大きな看板の照明、そして高架の高速道路の照明以外は道路も周囲も真っ暗だった。道路はときどき大型トラックが通ったり、車高の低いヤンキーの車が明らかな速度超過で通り過ぎていったりした。いまは何時だか知らないが、深夜のいちばん深いところだ。煙草がこんなに、煙たさや、熱や、苦さのなく、流れるように吸えるものだとは思わなかった。いつも無意識のうちにしていた呼吸に、鮮明な輪郭が与えられるようだった。鼻腔に広がるハッカの匂いは体によさそうとさえ思われて、煙は八朔さんの肺に、内臓に、頭のなかにも、染みこんでいった。ああ、健康になる。八朔さんが吐き出した煙は八朔さんの後ろへ流れていく。八朔さんは夜の産業道路をどんどん進んでいく。その先にはもう海しかありませんよ。もう夜遅いですよ。雨ですよ。

八朔さんは結局その一本しか吸わなかったから、その後部屋の引き出しの奥にしまわれることになったＫＯＯＬの箱のなかには残りの十九本がずっと残っていた。いつかまたあのような夜がやって来たときのために八朔さんはその違法な所有物を御守りのように隠し持っていたけれど、その後煙草を吸うことはなかった。

母ちゃんきて、と円が地面を見たまま声をあげた。

なに、と八朔さんは声を返したが、座っていて腰を上げるのが億劫《おっくう》だからすぐには行かない。すると向こうからこちらにやって来て、手には石を持っている。無限に転がる石のなかから、いちばんいいのを見つけたらしい。

八朔さんはひとしきりそれを褒めて、自分の座っているまわりにも石はたくさん転がっているから、そのなかからこれはと思った石を手にすると、その表面の障りのない滑らかさと予想外の重みとに、八朔さんの手は驚いた。さらに拾い上げた石のあった場所だけその下の砂が濡れて色が変わっていた。ああ、とそのことに感嘆の声をあげた母を娘が見る。

雨、と円が言った。八朔さんが空を見上げると厚い雲がかかっており、頬にひとつふたつ水滴を感じると、すぐに細かい雨粒が落ちてきた。

天気予報では雨が降るなんて言ってなかったのに。傘は持っておらず、川原には雨宿りをするような場所はなかった。娘はさっき拾ったいちばんいい石を持って帰るというので彼女が背負っている小さなリュックに入れてやり、八朔さんは自分のバッグからタオルを出そうと思ったら、バッグの底から折りたたみ傘が出てきた。何度も探したが見つからず、きっとどこかに置き忘れてしまったのだと諦めていた赤い傘だった。前に入れっぱなしにしてそのままになっていたらしい。傘を開いて、円の手を引き、川原をあとにした。実家には寄らずに帰ることにした。

途中で歩き疲れた円を抱っこして、抱いた片手で傘を持ち、近くの駅まで歩いた。遠い空は晴れているから、雨はそう続かないと思ったが、歩いていると八朔さんの靴には水が浸みてきた。肩に頭を乗せていた円がはたと頭を起こし、この音はうるさいね、と八朔さんに言った。傘にぶつかる雨音を聞きとったのだろう。するね、と八朔さんは返した。赤い傘の音だね、と円は言った。

あんたが生まれるずっと前のことだよ、と八朔さんは言った。八朔さんは日記をつけていないから、それがいつの一日だったのかはっきり思い出せない。いつだかは思い出せないが、たぶんその一日のことは忘れないし、これから先誰かに話すつもりもない。

天魃羅殺人事件

ゆうべ八朔さんはなんで泣いてたの？

朝、台所の流しで朝食で使った皿を洗っていたときに、ふと思い出してジョナサンがけり子にそう訊いた。

知らない、とだけけり子は応えた。

けり子は実際その理由を知らなかったのだから嘘をついたわけでもごまかしたわけでもなかった。別に理由らしい理由がなくてもひとは突然泣いたりすることはある。あるいはなにか理由はあったのかもしれないが、古い友人だからといって、知り合いが突然涙を流す理由を全部知っていたり、察しがついたりするわけではない。身近なところにそれらしい理由を見つけようとする方が嘘くさい。

八朔さんやほかの友人たちともまだ付き合いが浅く、みんなが話しているときにもその内容が全部理解できるわけではないジョナサンが、きっと自分ひとりだけがその場で起きていることをわかっていないと思われて不安になる瞬間があるだろうことは想像ができた。自分が彼の国に行けば立場は逆になるし、一緒にイタリアとかスペインに行けばふたりともよそ者になる。

けり子は、自分たちの過ごした時間の長さの背景にある複雑な経緯を説明するのが面倒くさいわけではないよ、と言い足そうと思い、頭のなかで英文をつくりはじめたが、そんな説明は必要ない、と思い直した。つまりは、知らない、ただそれだけだし、自分がそう言ったらただそれだけのことだとジョナサンは理解してくれる。

けり子の返答に軽く小さく頷いたジョナサンは皿についた泡を流しながら、台所の前の半分ほど開けてある小さな窓から外の廊下を見た。

昨日の夜、八朔さんの家からこのけり子のマンションに帰ってきたのは十二時頃だったが、四階まで階段をあがってきたら、けり子の部屋の前の廊下にオレンジがひとつ転がっていて、ふたりは、なにこれ？　と言い合ったが不気味なので拾わなかった。

オレンジはまだそこにあった。昨日は夜で廊下も少し暗かったし、お酒を飲んで帰ってきて疲れていたからちゃんと見なかったが、あれはみかんとは大きさが違うな、とジョナサンは思った。日本は柑橘類が豊富で、いろんな名前のみかんがある。八百屋とかスーパーマーケットに行くと、小さなみかんでも三ケ日《みっかび》とか有田とかいろんな名前がついていて、なるほどどれもちょっとずつ違うようだった。みかんより大きいぽんかんとか伊予柑とかも見分けがつかない。ややこしいことにそれらのこともすべてみかんと一緒くたに呼ぶひともいて、いよいよ混乱する。外国産のものは外国産のもので名前があるが、外国産のものはみかんではなくオレンジと呼ばれることが多く、じゃあ国産のみかんを英語で言うとこれもオレンジで、ジョナサンは、もうお手上げ、と最近覚えた言い回しを使ってみたくなる。八朔というのもオレンジの名前なのだと教えてもらったのは結構前だったけれど、ジョナサンはまだ本物の八朔を見たことがなかった。今度見つけたときに教えてあげるね、とけり子は言ったが忘れているのかもしれない。

感覚的に区別できないがゆえに外国語話者が使い分けに厳密になる、というのはよくあることで、自分も両親の母国であるスリランカのフルーツや野菜については名前の違いをうまく説明できないものがいくらでもあるような気がする。英語でも同じようなことはたくさんある。ロンドンで手にするオレンジも実はいろいろ種類があるのだと思う。オレンジで通るのだからオレンジでいいけれど、一応けり子に、外のオレンジまだあるよ、と言ったあと、あれはなんて名前？　と訊いてみたが、えーわかんない、たぶんオレンジ、という返事だった。

ていうか日本人でも三ヶ日とか有田とかふつう見分けつかないし、ぽんかんとか伊予柑とかもほとんどのひとはわかんないよ。八朔も値札とかに書いてないとわかんないよ。

そうなんだ。え、八朔さんも？

どうだろ、八朔さんはわかるかもだけど、私はわかんない、けり子はそう言って、お風呂入ってくる、と風呂場に行った。

ジョナサンは皿を洗い終えて、居間のソファに座り、開けてあった部屋の窓から外を見た。晴れている。今日はふたりで天麩羅を食べに出かける予定だった。ジョナサンは、日本の料理では天麩羅がいちばん好きだ。マンションの下の道を、車が通り過ぎる音がした。風呂場からけり子がシャワーを浴びている水の音がして、それが天麩羅を揚げる油の音みたいに聞こえはじめると、いま朝ご飯を食べ終わったところなのに、また食欲がわいてくるようだった。

この頃のジョナサンは仕事で日本とロンドンを行き来していて、日本にいるときはこのけり子のマンションを滞在先にしていた。けり子のマンションの最寄りの駅周辺はいまは再開発されて駅ビルも駅前のロータリーもきれいで大きくなっていたが、むかしは繊維関係の問屋街で、いまもその名残で布地や服飾関係の製品を売っている店が並んでいる。駅から少し離れたこのマンションの近所には歩いていると小さな町工場が残っているのが目につき、もう営業はしていないがよく見ると昔は路面で商売や家業を営んでいたような構えの家も多かった。古い東京の風景が残っているが、浅草とか隅田川に近い東の方のいわゆる下町とも違うし、谷根千《やねせん》のあたりと比べてももう少しうらぶれていて中心近くにありながら周縁的な風情がある、という微妙な土地の雰囲気や歴史をジョナサンは実際に滞在して町を見て歩いたり、けり子から説明してもらったりするなかで、だんだんと理解してきた。それにつけても今日の天麩羅が楽しみ。

窓の下から、高齢らしい歩行者が、誰かになにか話している声が聞こえた。日本語であることはわかったが、内容までは声が遠いせいもあって聞きとれない。同行のひとと話しているのか、それとも道で知り合いに会って挨拶しているのか。発話される声の調子も、言葉の音も、けして柔らかなだけの印象ではなく、むしろ気怠《けだる》く不機嫌そうな響きを聞き取ることもできそうだったけれど、いま外から聞こえたのはたぶん普通の挨拶、普通の会話だと思う。ジョナサンはそういう、聞こえなかった日本語の聞こえ方が、だんだんわかってきた、と思った。

それで、ジョナサンは窓から顔を出して下をのぞいてみたけれど、道路にいるひとの姿は部屋の窓からは見えなかった。窓のサッシにはかつては手すりか柵があったらしい痕跡があったがいまはなにもなく、身を乗り出して落っこちたら四階から地面までそのまま真っ逆さまだ。このビルは古くてぼろいが、それでも築四十年くらいと聞いた。ロンドンなら建ててから百年以上経った家やアパートメントがたくさんあるから、日本とは建物の古くなり方が全然違った。

このマンションの一階で刃傷事件があったのは去年のことだ。一階の部屋に住んでいた夫婦の妻が夫を包丁で刺して怪我を負わせた。原因は無職の夫の酒乱で、夫婦喧嘩の行き過ぎとして片付きかけたが、部屋や廊下に夫婦の血液型と一致しない血痕が混ざっていたことがわかって話が少々ややこしくなった。すぐにもうひとりの関係者は妻の不倫相手の男だったことがわかり、そもそもはその男が夫と話をつけに夫婦の部屋に乗り込んできたのがことの発端だった。妻の不倫相手の男は空手だか合気道だかの心得があり、脅しのつもりなのか夫を本気で組み伏せるつもりだったのか、なんと道着姿でマンションを訪れたという。道着はさすがに目立つ。その姿をほかの部屋の住人が目撃していて事件の全容が明らかになった。酒の入っていた夫がほとんど前後不覚の状態で刃物を持ち出して道着男を切りつけ、男はほうほうの体《てい》で逃げ出した。妻は夫を止めようとしたがもみ合いになって夫が怪我を負った。逃げた男は事件が大事になったのを知って関わり合いを怖れ、妻は妻で自分の不貞が露見すると立場が悪くなると考え道着男の関与を口にせず、夫は道着男が名乗り出ないのをいいことに自分が危害を加えたことを口にせずにいて、しかし結局すべて露見すると誰が悪くて誰が気の毒なんだかよくわからない話だった。おもしろおかしく取り上げるテレビのワイドショーもあり、特に道着の男は嘲笑の的になったが、その話を聞いたとき、道着はちょっといいな、とジョナサンは思った。

けり子の部屋にも警察が訪ねてきた。事件の当日や、ふだんからマンション内で不審な点や異変に気づかなかったかという形式的な質問に、別にいつも通りでしたよ、とけり子は応えたが、このマンションはいつでも異変だらけだった。

たとえば四階と三階のあいだの階段の踊り場にはけり子が三年前にここに住みはじめてからずっと大きな姿見が置きっぱなしになっていた。誰かが不要になったものを置きっぱなしにしたんだろう。出かけるときに服装を確認できるので便利だが、夜中などはなにか映り込みそうで怖い。ゆうべもこの部屋の前には謎のオレンジがひとつ転がっていたし、ふだんからこのマンションの入口や廊下にはいろんな食べ物が落ちていた。いろんな国籍のひとが住んでいるから落ちている食材の種類も世界的で、見たことのない魚や生肉やモツ類だったり、スナック菓子がぶちまけられていたこともあった。食べ物に限らずきれいな花が散らばっていたり、液体がこぼれて広がっていることもあった。各部屋から漏れる声には様々な言語の音と調子があり、それとともにいろんなスパイスや調味料の匂いがした。四階のけり子の部屋も、ジョナサンが来るようになってからはよくカレーを作るから、その匂いが外に漂っているはずだった。

道着の男、とジョナサンは思った。彼は物笑いの的にされたが、道着を着て乗り込むのは少しいいよ、とジョナサンは思ってしまう。ジョナサンは空手とかはできないが、道着は着てみたい。けり子に言ったら、そんないかにも外国人みたいなの恥ずかしいからやめなよ、と言われそう。

ジョナサンはいつか道着を着た自分が、このマンションに乗り込むのを想像する。階段を上がってきて、四階手前の踊り場の姿見で道着姿の自分を確かめる。部屋の前まで来て、落ちているオレンジを拾い、皮ごとかじって食べてみる。甘くておいしい。食べたことのない味だ。もしかしてこれが八朔かもしれない。そう思った瞬間、ジョナサンは喉に、そして次には全身に異変を感じる。床に倒れて喉を押さえ悶え苦しむ。オレンジには毒が仕込まれていたのだ。いったい誰が？　台所の窓の隙間から、こちらを見ているのはけり子だ。混乱と苦しみのなか意識が遠ざかっていく。ああ、どうしてこんなことになってしまったのだろう。でも一階の部屋の夫婦だってきっとかつては仲睦まじく幸せを感じながら暮らしていたに違いない。時間というのは、どのようにもひとを、関係を変えてしまう。というか、時間のなかで、ひとはどのようにでも変わってしまうものなのだ。無常。最後にもう一度天麩羅が食べたかった、私のいちばん好きなタネは海老です、とジョナサンは思った。天麩羅にはいろいろのタネがある。寿司の場合はネタで、天麩羅の場合はタネなのがこんがらがる。果物みたいに衣のなかに入ってるからタネって覚えたらいいよ、とけり子に言われたが、そうすると今度は果物のなかに入っているのがタネだったかネタだったかがわからなくなる。でもあるときけり子が床に寝そべって、お寿司は米の上にこうやって魚が寝てるでしょ、だからネタ、と言って、それから間違えなくなった。お寿司屋さんのテーブルやカウンターでお寿司を食べるたびに、あのときのけり子の姿を思い出してジョナサンは胸がいっぱいになり、あのときのけり子みたいにその場でうつ伏せに横たわりたくなった。

けり子が風呂から出てきて、畳に横たわっているジョナサンを見て、なにしてんの、と言った。

私はけり子に殺されました。

かわいそう。じゃあ天麩羅食べにいけないね。

私はかわいそうです。私のことは天麩羅にしてください。

天麩羅は大変なので海苔巻きにします、そう言ってけり子はジョナサンのお腹の下に手を入れてごろりと転がした。

仰向けにされたジョナサンがはっとした表情で起き上がり、海苔巻きはインサイドに巻いてあるからタネ？　それともお寿司だからネタ？

海苔巻きは具。

具！

でも今日食べるのはお寿司じゃなくて天麩羅だよ。天麩羅ちゃんのいちばん好きな天麩羅です。

そう、私のいちばん好きな天麩羅を食べに出かけよう。

それでふたりはその日は天麩羅を食べに出かけて、天麩羅はもちろん大変においしく、昨日の八朔さんのことも思い出さなかったし、廊下に転がっていたオレンジのことも思い出さなかった。ときどきそれぞれの頭のなかに、昨日のこととか、今日とは別の昔のこと、あるいはずっと未来のことが浮かぶことはきっとあっただろうが、わざわざ口に出すことはせず、ふたりは天麩羅を頬張って、舌と歯で味わって、どこかで自分たちを待ち伏せしている悲しみを消し去るような心持ちで呑みこんだ。

私たちについて

それでけり子とジョナサンは天麩羅を食べて満足したあとは、天気もよかったから神田にあった天麩羅屋から歩いて神保町に至り、お濠を左手に靖国神社を通ったので桜を少し見て、市ヶ谷で外濠を渡った。外濠のまわりも桜がきれいで、休日で天気もよかったから人出も多かった。防衛省の横で、あそこで三島がハラキリしたんだよ、とけり子が言った。ジョナサンは、そうなんだ、と応え、その日の朝、けり子のマンションで前にあった刃傷事件のことを思い出したり、けり子に毒を盛られることを不意に想像したときの不穏さが少しよみがえってきた。

八朔さんの家でお花見をした次の日を、私たちはそうやってそれぞれに過ごした。前夜酔って乱れた窓目くんはそのことをすべて忘れ、散髪をして護国寺に行った。夫はゆうべ帰りの電車で出くわした顔見知りの小説家が新聞に連載していた小説の最終回を読んだ。妻は夫が発表している小説について講談社に文句を言いに出かけ、窓目くんと偶然会って護国寺のジョナサンでご飯を食べた。八朔さんは娘を連れて実家の近くの川に行った。けり子とジョナサンは天麩羅を食べた。

あの日、けり子とジョナサンがマンションに帰ったとき、前の晩に廊下に落ちていたあのオレンジはまだ同じ場所にあっただろうか。それとももうなくなっていただろうか。ジョナサンはもう思い出せなかった。あれがどんな種類のオレンジだったかもう確かめようがないが、時間が経つにつれ八朔だったのではないかと思えてくる。思えてくればくるほど、そうでなかっただろうという気持ちも不思議と強まる。八朔さんが泣いた夜、けり子の部屋の前に八朔が落ちているなんて。そんな偶然、映画や小説ではないのだから、という気持ち。

東京、と思いながら、ジョナサンは東京二十三区の紙の地図を床に広げた。その床はあのけり子の住んでいたマンションの部屋の畳じゃない。市ケ谷はここ、と指差して、防衛省のまわりをなぞってみると曙橋から東新宿に抜ける道があった。そのまま進めると指は大久保にたどり着き、その頃にはもう日が暮れてお腹も減っていたから、ネパール料理屋で夕飯を食べたんだった。お昼の天麩羅も、夜のネパールの料理も、おいしかった。それでたぶん電車で日暮里まで行ってけり子のマンションに帰ったことを思い出したが、廊下のオレンジのことはやっぱりそれ以上思い出せなかった。

私たちがあのマンションで過ごしたのは、あれから数か月ほどの期間だった。その年の夏、それまでロンドンと東京を行き来していたジョナサンが仕事の拠点を東京に移し、けり子はあのマンションを引き払って、ふたりは一緒に暮らすための家を借りた。

それがここ、とジョナサンは楕円形の山手線の東側に指を置いた。いまいるこの家。

けり子とふたりで見に来て、契約をし、テーブルなどの必要な家具を買いそろえた。家はゆるい坂の上にあり、家からＪＲの線路と新幹線の高架線が見えた。ということは電車や新幹線のなかからも自分たちの家が見えるはずで、引っ越してすぐの頃、ふたりはそれを確かめに電車に乗り、新幹線にも乗った。新しい自分たちの家は一瞬だけど確かに車窓から見えた。

引っ越して家のなかも落ち着いた八月、友人たちが引っ越し祝いに家に集まってくれた。八朔さん植木さん、円ちゃん、窓目くん、私たち夫婦に、ほかにもけり子とジョナサンの友達が集まって、ジョナサンが料理をつくった。

お家気に入ってる？　と訊かれて、ジョナサンは、すごい気に入ってる、と応えた。

小さな庭があったのでそこに鉢を置いてシソやパクチーを育てはじめた。近所ののら猫たちが庭に来るようになって、けり子がえさと水をやるようになると何匹かは家のなかにも入ってくるようになった。

猫？　と円ちゃんが訊き返し、猫だよ、とジョナサンが座っていた床に手をついて猫の鳴き声を真似してみせると円ちゃんは興奮して駆け寄ってきて、ジョナサンの腰やお尻をぽこぽこ叩きながら跳ねた。猫さんもうすぐご飯食べにくる時間だよ、とジョナサンが言うと、円ちゃんは、どこから！　と四つん這いになったジョナサンのお腹の下をのぞいた。

そこからじゃないよ、とジョナサンは言って、どこでしょうか、と地図に指をのせてぐるぐるまわしはじめた。円ちゃんが、ここ？　ここ？　とあちこちを指差した。

うーん、ここかもしれない、とジョナサンはいまいる家のもう少し南のあたりを指差した。そこはけり子が三年間住んだあの古いマンションがあるあたりで、横ではしゃいでいる円ちゃんの声が遠ざかり、ジョナサンは地図を眺めながら、東京、とまた心中でこの街の名前を呼んだ。

ロンドンで生まれてロンドンで育った自分がホームタウンを離れて住むことになった街。結婚した相手が住んでいた街。これから先ずっと東京に暮らすかどうかはわからないし、東京のなかの違う場所に住むこともあるかもしれない。けり子はどこにでも住めるし住んでみたいといつも言っていた。今日はタイの田舎に住みたいと言ったかと思えば、次の日にはローマで暮らしたいと言い、その次の日は信州に住んでみたいと言う。いったいどこに住みたいのかと訊けばどこでもいいと応える。私の結婚相手はどこでも暮らせそうなひとです。けり子と一緒に、この先自分がどこに住み、どこへ移動していくのか、ジョナサンは想像がつかない。思えば私たちは遠く離れたロンドンと東京にいたのに、ある日出会って、やがて一緒に暮らすようになったんだから、なにがどうなっても不思議じゃない。私たちの人生はこの地図のなかでは収まりそうにない。けれどもその私たちのこれからのはじまりとなる場所がこの東京なのだ、とジョナサンは新しい家の壁や床を見、この先に続いていくはずの自分たちの人生の長い時間を思って、また地図に目を落とした。八朔さんの家はこのへん？　とジョナサンは騒がしい円ちゃんを抱きかかえて地図をのぞき込んでいた八朔さんに訊ねた。

うちはね、ここかな、と八朔さんはジョナサンがさっき指差したところからずっと西に移動し、山手線の楕円から外へ延びる中央線と西武新宿線のあいだに指を置いた。

円ちゃんのお家ここだって、とジョナサンが円ちゃんに言うと、うちはここ、と円ちゃんはまた全然違う場所をあちこち指差した。どこ？　どこ？　と戯れながら、いろんな場所がある、とジョナサンは思った。私たちはこれからどこへでも行くかもしれない。円ちゃんが指差す東京のいろんな場所を、ジョナサンは見逃すまいとひとつひとつじっと見た。

この一年ほどジョナサンは、ふた月か三月に一度、二週間くらいずつ東京に来て仕事をしていた。滞在中はずっとけり子のマンションで過ごしていたから、東京での暮らしはもうとっくにはじまっていた気もした。ふたりで暮らす新しい家は、私がはじめて日本で得たアドレスだけれど、いまも心のアドレスはまだあのけり子のマンションの四階の部屋にあった。駅や電車で路線図を見ても、地図を見ても、どこかあのマンションの方へと私の気持ちは引っ張られます。

ヒースローから東京まで、およそ十二時間のフライトを終えて日本に着くと、空港かどこかの駅まで迎えにきたけり子と落ち合い、ハグをして、どこかでご飯を食べる。それでけり子のマンションに行く。日暮里という名前はニッポンに似ている。いつからかあのマンションは、向かう先じゃなくて帰る先という感じがするようになった。マンションの前に立つと、ここが日本の東京にある自分の居場所だという気がしていた。

郵便受けの並ぶエントランスを抜けて薄暗い廊下に出る。正面に一階のいちばん端の部屋のドアがあって、その部屋が件の刃傷事件の現場だった。酒乱の夫、不貞を働いた妻、その不倫相手の男がどんなひとたちだったのかジョナサンは全然知らないが、その部屋の前に立つと、道着を着て夫のもとに乗り込んだ男の姿が思われて、少し気持ちが昂ぶる。道着というのがやはりポイントで、その姿はサムライとかハラキリといったストイックでホーリーなニッポンの美学のイメージと結びつく。けり子によればそういうのはステロタイプに過ぎず、そんな奴はいまどきどこにもいない。しかし実際にけり子のマンションの一階に現れたのだし、三島も本当に腹を切ったのだ。事件後は空き室のままらしいその部屋から、一階の部屋のドアが並ぶ廊下は右へ延びているが、ジョナサンは左手の階段で四階にあがる。エレベーターはない。階段や廊下には、食べ物やゴミがたくさん落ちている。各階のいろんな部屋からいろんな料理のにおいがしてくる。いろんな国のひとが住んでいるから、共有スペースの衛生観念も、食べ物のにおいもみんな違う。四階にたどり着く手前の踊り場にはキャスター付きの大きな鏡がずっと置きっぱなしになっている。四階に着いたらけり子の部屋で、部屋の扉は鉄製で開けようとすると重く、閉まるときは自重で勢いがついてものすごい音をたてる。指なんか挟まれたら大変だ。砲撃でも受けたみたいなそのドアの音がマンションのあちこちからいつも聞こえた。玄関の脇にキッチンがあって、キッチンに面した六畳とその横に襖戸をとっぱらって間続きにした四畳半がある。奥の四畳半にはベッドを置いていたからほとんど床はつぶれている。狭いけれど、けり子はものを持たないたちで、室内はさっぱりしていた。いつもなにかしら本を読んでいたが、読み終わった本もたいてい捨てるか売るか誰かにあげるかするから部屋の棚には数冊しか本は置かれていない。CDやレコードの類もなく、音楽はスピーカーだけ置いてノートパソコンをつなげて流した。マンションの各階の部屋からは、いろいろな国のものらしい音楽もよく聞こえた。

こうして思い出していると、いまもあの部屋にけり子が住んでいて、そこを私が訪れることができるみたいに思えてくる。けれども実際には、あの部屋にはもう私たちはいない、とジョナサンは思った。あの部屋は私たち自身の手で数か月前にからっぽにされ、私たちはいまの家で暮らしはじめた。

でもいる気がしちゃうよね、と夫がジョナサンに言った。私たちが、まだ、前の家に。うん、するよね、とジョナサンは応えた。

うちのいまの家は、ここ、と夫は地図を指差した。あ、そうなんだ、とジョナサンが横で言った。

このあいだジョナサンとけり子も来てくれたでしょ。で、前まで住んでた家は、ここ、と夫は前の家の場所を指差す。夫は、そこに私たちがまだいる気がしている。

それを横で聞いていた妻はしかし、夫の言う私たちという主語に含まれている自分は全部の自分じゃない、と思った。夫の私たちのなかにいる私は、私とは違う私だ。

私たちが引っ越しをしたのはその年の五月の連休のさなかだったから、けり子とジョナサンの引っ越しより少し早かった。やはり六月に友人たちが引っ越し祝いに集まってくれた。けり子とジョナサン、窓目くん、八朔さんと円ちゃん、ほかにも夫の友人や親しい仕事関係のひとたち。

いいお家だね、よかったね、と八朔さんが言った。

妻は、八朔さんありがとう、と言った。

家探しをしていたときにこの家の情報を見つけて教えてくれたのは八朔さんだった。八朔さんは物件サイトを見るのが趣味で、私たちが引っ越しを考えていると知ってからはあれこれ条件に合う物件情報をメールで送ってくれて、そのうちのひとつに私たちは住むことになった。私たちは八年間暮らした家から、その新しい家に移り住んだ。八年間階下にいた大家のおじちゃんとおばちゃんと別れ、歩き慣れ見慣れた近所の景色や道と別れ、乗り慣れたバスや電車、通ったスーパーや居酒屋や中華料理屋とも別れた。

そして少しずつ新しい家に、新しい近所に、道や店に慣れていき、だんだんと前の家のことを忘れていった。私は、と妻は思った。夫のようにかつて暮らした家に私たちがいまもまだいるなんて思うことはない。あの家にはもう私たちはいない。もっとも、私が思う私たちのなかに含まれる夫もまた、夫自身が思う夫ではきっとないのだろう。

職場とかでちょっと時間があくとさあ、と八朔さんが言った。休憩がてらすぐ物件サイト見ちゃうんだよね。いまの家がいつ立ち退きになるかわかんないってのもあるけど、でも引っ越ししたいとか現実的に考えるってよりかは、延々といくつものあり得る生活を夢想するみたいなそんな趣味だよ。いま住んでる家は気に入ってるから引っ越したくないんだけど。もう住んで何年になるんだろう、と言ったところで八朔さんは視線を宙に泳がせた。

黒目がちな八朔さんの目は、いつでもどこかここではない遠くを泳いでいるみたいな感じもした。夫も、窓目くんも、けり子さんも、彼女と親しく付き合うひとたちは、みんな八朔さんのその目が好きだった。私も好きだ、と妻は思った。八朔さんに向かって、八朔さんの目はいいね、と言ったら、私は彼らの私たちという主語のなかに抵抗なく入ることができるかもしれない。私はそれを言わない。

五年になるのか、と八朔さんは言った。植木さんと一緒に住みはじめた頃には、円もまだいなかった。どこかでそういう存在を、想像上の彼女か彼かを迎えるような気持ちはあったような気もするけれど、いなければいないし、一度いてしまえばいなくならない存在がいはじめてからは、もういなかった頃のことをうまく思い出せない。それは幸せで、よろこばしいことだ。これから年をとって、まわりのひとがだんだん死にはじめたら、いまこうして思っていることが反対の意味で感じられてくるのかもしれない。

妻と八朔さんは、そのようなことを思い、そのいくらかを口にして、口にせずそれぞれに思ったことをも共有するようなやりとりをしたのだった。私たち、なんて主語は必要がなかった。

飲み過ぎた窓目くんが床で寝てしまった。

何月何日

朝寝がしたいんだよ、妻は声に出してそう言った。窓の外の、たぶん電線に止まっているカラスが鳴いた声で目が覚めて、布団のなかでまさに朝寝をしているわけだけれど、夢うつつのなか頭に浮かんだひと言を、誰も聞いていないのに口にした。

家のなかに誰もいないのはわかった。夫はどこかに出かけたのだろう。誰かがいれば物音がしなくてもわかるし、誰もいないときも家のなかには誰もいないときの音がしているからわかる。何年も住んでる家っていうのはそういうものだよね。

自分の体の下には敷き布団、体の上には掛け布団、両方の布団が含んだ空気と、布団と自分の体のあいだにある空気と、自分の体温と眠気が混ざって溶け合った温《ぬく》ましさ。温ましさ、なんて日本語はないかもしれない。でもちょっといまほかの言い方が思いつかないからそう言わせておいてくれ。その温ましさのなかで、どこまでが自分の体かわからなくなる。この眠気も、もしかしたら眠りそのものなのかもしれない。この温みはどんな季節の空気とも違う。全部の季節から少しずつ集めた日差しのようだ。だから窓の外の明るさを感じながら布団のなかにいると、いまがいつの季節なのだったかもわからなくなる。私はこうしている時間が生きてる時間のなかでいちばん好きだ、と妻は思った。

目をつむっても昼間の光はなんとなく感じられるが、なにも見えない視界のなかに、夫と窓目くんが夜道を歩いていく様子が浮かんだ。自分はその様子を後ろから眺めていた。昨日のことだ。八朔さんの家でお花見と称した飲み会をした。窓目くんは飲み過ぎて酔っ払い、言動がどんどん怪しくなって、夫は窓目くんにもう帰るように言った。夫は窓目くんと一緒に外に出て、駅に向かう窓目くんを途中まで送っていった。

ふたりは夜の川沿いの道を歩いていた。窓目くんは立ち止まって電子煙草に火を点けて、堤防の柵に腕をかけて寄りかかった。川の水は少なかった。コンクリートで護岸された堤防の高さのぶん、道の柵から見下ろす水面までは距離があった。黒い水面に街灯の光が反射して小さく揺れていたが、水の流れはほとんど滞留しているようにも見えた。川底のブロックやその隙間から生え出た草が露出し、堤防の下の暗がりにもわずかな色や質感の違いがあった。

どこで間違えたのか。窓目くんはさっきまでいた八朔さんの家での自分を思い出していた。今日は天麩羅ちゃんとけり子と駅で待ち合わせをして、スーパーで買い物をして、お昼前に八朔さんの家に着いた。円と遊んだり、八朔さん植木さんと話をしたりしながら、天麩羅ちゃんが考えてきてくれたスリランカの料理をみんなで手伝いながらつくった。最初からビールを飲んでいたから、だんだんとひとが集まって、夜にはずいぶん酔っぱらっていた。なにを言っても、自分が思っているようにその言葉が響かない。自分の思っていることがほかのひとに伝わらない。自分とまわりとが全部ちょっとずつずれている。酔っ払うといつもそうなるわけではないが、ときどきそうなる。そのずれを取り戻そうと、組み直そうと、言葉を重ねるけれど、笑っても、身振り手振りを交えても、言えば言うほど、やればやるほど、友人たちは俺の伝えたいのとは違うふうに俺の言動を理解して、まるでそれが俺の本心であるかのように、俺の気づかない俺の本心であるかのように受け取って俺を見てにやにや笑いやがる、馬鹿にしやがる。それは酔った自分が陥りがちな偏屈状態であることも、頭のどこかでは気づいていた。でもほかでもない自分がその状態に陥っているのだから、自分の頭のどこかで気づいているなんてのは仕方がない。口惜しくて情けなくて涙が出てくる。涙は屈辱と偏屈から流れ出る。

右の目に屈辱が、と窓目くんは夫の方に向き直って夫の顔に顔を近づけた。夫は窓目くんの濡れた目を認め、うん、と相槌を打った。左の目に偏屈があるんだ、と窓目くんはさらに夫に顔を、その左目を寄せた。夫は、うん、と応える。夫は、これまでにもあった似たような窓目くんの取り乱した場面を思い出したが、それ以上に夫の胸に迫るのはこの友人と知り合ってから自分たちが過ぎてきた二十年近い時間だった。それは目でも、手でも、はかることができない。うん、とだけ応えた自分の声の短さ、目の前の窓目くんが襲われている感情の激しさとは釣り合わないあっけなさこそ、俺たちの時間の長さをはかる物差しになる、というようなことを夫は思っていた。夫は夫で酔っているのだ。いまと反対に、夫の方が窓目くんを相手に弱り目や醜態を晒したことだってあった。夫はそれを語ろうとしないけれど。右目に屈辱、左目に偏屈。両方の目に共通してあるのは、屈《かが》むという字である、と窓目くんは言い、夫は、なるほど、と思った。それで窓目くんはまた川の方を向いて、柵の手すりに手をかけたまま、屈伸運動をした。夫は後ろからそれを黙って見ていたが、窓目くんが立って屈んでをいつまでも繰り返してやめないので、後ろからかけ声をかけた。おいっちに、さんし、おいっちに、さんし。がんばれ、がんばれ。

　妻はその様子を離れたところから眺めていたのだけれど、ふたりと一緒に外に出たわけじゃなかったからそんな場面を見ていたはずがなかった。ということはそれはゆうべの出来事ではなくて、別の日のことだったのかもしれない。

夜の川沿いの道にいるふたりのもとを離れて、つむったままの視界がまた窓の外から入る光を薄く感知した。寝室は南側に大きな掃き出し窓が、西側に腰窓があった。朝早いうちはそんなに日は入らないが、八時とか九時とかそのくらいになれば、南側の窓はずいぶん明るくなる。八年住んでいるこの家の明るさの推移を妻は知り尽くしていた。つむった目のうちに届くこの明るさは、もう、九時をまわって十時近いくらいだと思う。家の前の道を、自動車が通った。小さな鳥が鳴きながら窓の前を飛び過ぎていった。ひと晩のうちに布団のなかにできあがった私の温《ぬく》い世界に、南の窓から差す今日の日がゆっくり混ざっていく。世の中はとっくに目覚めて今日の活動をはじめているが、私はまだ布団のなかに居続けるつもりだ、と妻は思い、また誰も聞いていないけれどもそう言った。

このあいだ内見に行って夫がたいそう気に入った家に、自分たち夫婦は引っ越すことになるのだろうか。あの家は八朔さんが物件情報を見つけて教えてくれた。昨日の花見でも、八朔さんは自分の紹介した物件と私たち夫婦の引っ越しのことを気にかけていた。たしかにあの家はよかったと思う。きれいにリフォームされていたが、元の古い建物の部分も残されていて古い型の窓はとても大きく、どの部屋も日がよく入りそうだった。二階からは隣の敷地の小学校の裏庭が見えて、日中は子どもの声やチャイムの音が聞こえるだろう。私は平日の昼間は家にほとんどいないけれど、家で仕事をする夫はその家に毎日届く音を気に入る。この家なら寝坊しても学校が近くていいな、とベランダから小学校を眺めながら夫が言った。家を案内してくれた管理会社の石毛さんはそれを聞いて、お子さんがいてもいい環境だと思いますよ、とトトロみたいな顔で言った。

私たちにはまだ子どもがいないし、この先子どもと一緒に暮らすことがあるのかもわからない。でもまったくそれを想像しないわけじゃなかった。というか、少し前から夫婦はいくつかの医院に不妊治療の相談に赴いてもいた。けれども夫は当初あまり通院に積極的じゃなかったし、ふたりともそのことを知り合いや友達にまだ話したりはしていなかった。治療を受けたとして、子どもができるのか、産むことができるのかはわからない。だから子どもを持つ未来の想像はとても漠然としていたし、不確定の出来事に強い願望や熱意を注ぐのが怖くもあった。でもあの家を見に行った日、石毛さんが口にした言葉に背を押されたように、妻は家のなかで夫が赤ん坊を抱いて立っている姿を一瞬想像したのだった。あまりそういう光景を思い描かないようにしていたのに。夫の横には缶ビールを手に座って笑っている窓目くんの姿もあってそれはいくらか不穏でもあったが、あんな風景が自分の未来に本当に現れることがあるのだろうか。

昨日の八朔さんの家では、二歳になる円ちゃんの相手をするのは窓目くんとか夫ばかりで、八朔さんは円ちゃんを彼らに任せて、ジョナサンの料理の様子を見ながらつまみ食いをしたり、お酒を飲んだりしていた。ときどき円ちゃんが母親である八朔さんのもとに近づいて小さな声でなにかを訴え、すると八朔さんは円ちゃんに顔を近づけて、どうしたの、と小さな声で訊ねてその訴えを聞き、応えてやっていた。毎日ああやって八朔さんと娘のあいだでたくさんの意思や感情が、わずかずつの言葉が交わされているのだ、と私は思った。

どうやらアンパンマンのグミを食べたいと伝えたらしい円ちゃんが八朔さんからグミをもらえた。円ちゃんはさっきまで遊んでいた窓目くんでなく妻のところに来て、グミの袋を差し出した。妻は、くれるの？　と訊いたが、くれるのではなく開封してほしかったらしく、妻は、なんだ、と笑って袋の口を破いて渡すと、円ちゃんは小さなマカロニみたいな指で袋からグミをひとつ取り出して妻の手に乗せてくれた。ありがとう。子どもの手の指も、腕も、足も、小さいけれどとても厚みがあってやわらかく、体温をため込んだ朝の布団みたいに暖かい。こんなひとがお腹のなかにいたとき、八朔さんはどんな感じだったのだろうか。

こんな感じ。お腹のなかで小さな手が動いて、ぐっと壁を押した。妻は驚いて思わず目を開けそうになった。円ちゃんのあの小さな指が握られたグーの手が、布団に横たわる自分のお腹のなかでたしかに感じられた。手の甲の指の付け根にあるあのぼこぼこした部分はなんという名前の関節なのか、あんなに特徴的なのに呼び方がわからない。小さなぼこぼこが並んだあそこでお腹のなかの壁が押された。急に自分の腹が自分の思っているのとは違う膨らみを持っているように感じられてきた。八朔さんの家で円ちゃんの指を見たのは昨日ではなくてもっとずっと前のことで、自分は八年住んだ家からとっくに引っ越して、いまは新しい家の寝室で大きなお腹で朝寝をしていた。つむった目の外の明るさは前の家ではなく、新しい家の明るさで、けれどもどこにいたって日は毎日のぼって外は明るくなる。いまはやっぱり九時過ぎ、十時近い。布団の外の世界はもう活動をはじめているが、一階にいるのは大家さん夫婦ではなく先に起きてなにか料理をしているらしい夫で、食器や流しの音が聞こえた私はまだもう少しこの大きなお腹と一緒に布団のなかに居続けたい。どこにいてもこの時間がいちばん好きだ。

いやそんなわけはない、と今度こそ本当に目を開けた。下の階から、大家のおじちゃんが庭で仕事をしている音が聞こえた。鉄製のなにかを、たぶんまたどこかの床屋から回収されてきた青と赤のぐるぐるを金槌で叩いている。さっきまでは冬か、春か、もう少し室内の気温は低くて、厚みのある布団にくるまっていた気がしたけれど、いま部屋のなかは暑く、薄い夏掛けもとっくにはいで、足もとでくしゃくしゃに丸まっていた。体には汗をかいている。暑い。窓の外でセミが鳴いている声も聞こえた。お腹のなかには誰もいない。むしろ胃袋がからっぽでお腹がすいていた。今朝のご飯はなんだろうか。家のなかには誰もいない。夫は朝からどこに行ってしまったのか。今日は何月何日なのか。

夫によれば私はよく寝言を言うそうだけれど、あとからその内容を聞いても大抵は覚えていない。なにか夢を見ていたのはわかっても、なんの夢だかは忘れていることが多かった。それはたぶん特別なことではなくて、夫も同じだという。誰も似たようなものなのかもしれない。しゃべっているのは私でも、その言葉はいまの私じゃない誰かの言葉なのかもしれない。眠っているあいだ私の言葉は私とはぐれているのかもしれない。起きているあいだに自分でしゃべっていると思っている言葉も、もしかしたらただそのへんを流れている言葉にたまたま自分がうまく乗っかっているだけで、そのうち私は私の言葉とはぐれていくのかもしれない。

朝の布団のなかでは夜のあいだにほどけていた自分や時間がまだ元に戻りきらず、いろんな時間のいろんなひとのところに行ける。子どもの頃からそうだった。子どもの頃にも、今日のこの今朝の時間を過ごしたことがあったような気がする。布団のなかにいる限り、まだ私はいやな仕事や学校に行かなくてもいい。やっぱりいつまでもこうしていたい。

子どもの頃一緒に暮らしていた祖母は私に甘くて、今日は学校を休みたいと言うと父や母には怒られたが、祖母は学校に電話して熱があるから休む、と嘘をついてくれた。私は今日は休む。

初出＝「本」二〇一八年四月号〜二〇二〇年一二月号

滝口悠生（たきぐち・ゆうしょう）

一九八二年、東京都生まれ。二〇一一年、「楽器」で新潮新人賞を受賞しデビュー。二〇一五年、『愛と人生』で野間文芸新人賞受賞。二〇一六年、「死んでいない者」で芥川賞受賞。他の著書に『寝相』『ジミ・ヘンドリクス・エクスペリエンス』『茄子の輝き』『高架線』『やがて忘れる過程の途中（アイオワ日記）』がある。

長《なが》い一《いち》日《にち》

二〇二一年六月二八日　第一刷発行
二〇二三年五月八日　第三刷発行

著者＝滝《たき》口《ぐち》悠《ゆう》生《しょう》

発行者＝鈴木章一
発行所＝株式会社講談社
〒一一二―八〇〇一
東京都文京区音羽二―一二―二一
☎〇三―五三九五―三五〇四（出版）
〇三―五三九五―五八一七（販売）
〇三―五三九五―三六一五（業務）
印刷所＝凸版印刷株式会社
製本所＝株式会社若林製本工場

ISBN978-4-06-523614-7　JASRAC 出 2103867-101